나목문학선집

羅牧文學選集

나목문학선집

초판 1쇄 발행 2025년 12월 25일

지은이 나광화
펴낸이 장길수
펴낸곳 지식과감성#
출판등록 제2012-000081호

디자인·편집 지식과감성#

주소 서울시 금천구 벚꽃로298 대륭포스트타워6차 1212호
전화 070-4651-3730~4
팩스 070-4325-7006
이메일 ksbookup@naver.com
홈페이지 www.knsbookup.com

ISBN 979-11-392-2966-0(03810)
값 16,800원

지식과감성#
홈페이지 바로가기

나목문학선집

羅牧文學選集

시 29편

수필 5편

단편소설 4편

장편 시나리오 1편

나광화 지음

지식과감성#

프롤로그

누군가에게 좋은 영향을 주기를…

2017년 목회를 은퇴하고, 성남문예대학에서 3년간 시, 수필, 소설 등 문학공부를 하였고, 한국시나리오작가협회 부설 영상작가교육원에서 2년간 시나리오 공부를 하며 문학에 발을 들여놓은 지 어언 8년이 지났습니다.

언감생심(焉敢生心)이란 말이 있습니다. 어찌 감히 그런 마음을 품을 수 있겠느냐는 뜻으로 전혀 그럴 마음이 없었음을 이르는 말입니다. 기독교의 경전이요 인류 역사에서 찬연히 빛나는 신구약 성경에 수록된 66권의 책은 모두 작가가 있습니다. 어떤 책은 작가를 잘 알 수 없는 책이 있지만, 아무튼 누군가는 썼을 것입니다. 그리고 그 작가는 언감생심(焉敢生心) 자신이 쓴 책이 성경에 실려 세상 사람에게 영향을 주는 영원한 하나님의 말씀으로 남을 줄은 생각지도 않았을 것입니다.

세상에는 정말 좋은 글을 쓰는 훌륭한 작가들이 많습니다. 대형서점에 가면 베스트셀러라고 하며 특별 코너에 진열해 놓은 책들이 엄청납니다. 저는 그런 정도의 능력은 못 되는 사람입니다. 그냥 매일매일 생각나는 대로, 때로는 경험하고 느낀 것을 쉽게 글로 쓴다는 마음입니다. 그런 결과, 부족하나마 시집 《은하수》, 《하나님의 시》와 아버님 회고록 《가난의 십자가를 지다》를 냈습니다. 이왕지사(已往之事) 책으로 펴냈으면 베스트셀러는 아니더라도 본전이라도 뽑으면 좋으련만 세상이 그렇게 만만하지 않습니다. 그러나 보이지 않는 티끌같이 이런 마음은 있습니다. 혹(惑) 먼 미래에 나의 글이나 책이 성경의 《룻기》와 같이 누군가에게 읽혀 조금이나마 삶에 영향을 줄 수 있지 않을까? 아무튼 지금까지 이렇게 시나리오, 시, 소설, 수필 등 글을 써왔습니다. 그러면서 그동안 쓴 글들 가운데 일부를 추려 부족하나마 《羅牧文學選集》으로 냅니다.

마지막으로 본서를 통해 시대정신으로 '정의와 공의'를 그려보고자 했으나 많이 부족함을 말씀드립니다.

이 책을 내는데 〈작품을 보고〉란 제목으로 작품 해설과 평을 해주신 중고교 은사 배영숙 선생님, 늘 옆에서 기도하며 도와준 아내와 스스럼없이 코칭한 아들들, 그리고 흔쾌하게 출판을 맡아주신 출판사 〈지식과감성#〉 장길수 대표님과 직원들께 무한한 감사를 드립니다. 독자제현(讀者諸賢)의 아낌없는 많은 조언을 바라며, 삼가 하나님 아버지께 영광과 함께 부족한 작품을 올리나이다. 감사합니다.

2025년 겨울, 저자

차례

프롤로그:
누군가에게 좋은 영향을 주기를… 4

詩

행복 10
천국 환송 시 11
자유 묵상 12
맘몬의 권세 13
친구 어머님을 기리며 14
광화문 풍경 15
여의도 횟집 16
평화와 자유 17
팔순 생신 18
玉浦灣 19
세상! 참! 20
여동생 21
자유의 바람 22
한 해를 보내며 23
새해를 맞아 24
골풀 25
유월이 오면 26
전능자시여! 27
친구를 보내며 28
氷河 29
의지의 불꽃 (1) 30
의지의 불꽃 (2) 31
의지의 불꽃 (3) 32
의지의 불꽃 (4) 33
의지의 불꽃 (5) 34
금토동 노래 35
달래내 고개 36
청계산 산행 37
손원일 선교센터 38

수필

詩의 산행 40
재미난 놀이들 43
미친 짓 하기 46
장생 형제 49
軍 宣敎 위문 행사 52

단편소설

부동산 여왕 56
현대판 바벨탑 96
노인정 127
聖牧會 175

장편 시나리오

단군왕검 210

작품을 보고: 323
문학에서 놀다 - 羅牧의 문학 세계 -

詩

행복

천국 환송 시

자유 묵상

맘몬의 권세

친구 어머님을 기리며

광화문 풍경

여의도 횟집

평화와 자유

팔순 생신

玉浦灣

세상! 참!

여동생

자유의 바람

한 해를 보내며

새해를 맞아

골풀

유월이 오면

전능자시여!

친구를 보내며

氷河

의지의 불꽃 (1)

의지의 불꽃 (2)

의지의 불꽃 (3)

의지의 불꽃 (4)

의지의 불꽃 (5)

금토동 노래

달래내 고개

청계산 산행

손원일 선교센터

♨ 詩와 찬송과 신령한 노래들로 서로 화답하며 너희 마음으로 주께 노래하며 찬송하며(엡 5:19)

행복

언젠가 그 옛날에는~
인터넷도 없고
컴퓨터도 없고
휴대폰도 없고
카톡도 없고
먹을 것도 없고
잘 입지도 못했는데~
그래도 행복했다

그런데 국민소득 4만 불
경제 대국이라는 오늘에는~

인간미가 없고
품위도 없고
염치도 없고
명예도 없고
정의도 없으니

행복은 다 어디 갔지
도망갔나
아니야 내 안에 있지
가긴 어디가

♨ 심령이 가난한 자는 복이 있나니 천국이 그들의 것임이요(마 5:3)

천국 환송 시

임이시여! 지난날을 돌아보니
임은 사랑의 달란트로
제자들을 양육하시어 우리를 기쁘게 하셨고
언제나 만나면 해바한 지혜와 지식으로
좋은 양식을 공급해 주셨으며
쉴 새 없이 거침없이 이야기하시는 것은
천부적인 스토리텔러이셨고
애국 시인으로 멋진 시조를 쓰시며
함께 나누며 즐거워하셨어요
이제 임의 몸은 하늘에 번제로 드려지고
한 줌의 유골만 남아 흙으로 돌리며
천국 환송식을 하지만 임의 영혼은 낙원에서
입성 환영식을 하며 생명나무 열매를 먹으며
즐겁게 차를 마시며 교제하시겠지요
앞으로 날마다 시온의 낙원을 거닐며
사모님과 가족들과 우리와 조국을 위하여 기도해 주셔요
저희도 남기고 가신 사랑의 법을 따라
힘을 다해 살다가 임 가신 낙원으로 갈게요
그동안 참으로 수고하셨고 감사했어요
영원토록 기뻐해 주세요

♨ 2021년 11월 25일, 시인이며 스승이신 양충훈 목사님 葬禮式 追慕詩 분당공원에서

자유 묵상

네가 종을 사면 그는 여섯 해 동안 섬길 것이요
일곱째 해에는 몸값을 물지 않고 나가 자유인이 되리라
누가 들 나귀를 놓아 자유롭게 하며
누가 빠른 나귀의 매인 것을 풀었느냐
주의 성령이 내게 임하셨으니 이는 가난한 자에게
복음을 전하게 하시려고 내게 기름을 부으시고
나를 보내사 포로 된 자에게 자유를
눈먼 자에게 다시 보게 함을 전파하며
눌린 자를 자유롭게 하려 함이라
그 바라는 것은 피조물도 썩어짐의 종노릇한 데서 해방되어
하나님의 자녀들의 영광의 자유에 이르는 것이라
이는 그리스도 예수 안에 있는 생명의 성령의 법이
죄와 사망의 법에서 너를 해방하였음이라
성령이 너를 인도하시면 네가 율법 아래 있지 아니하리라
거기에는 헬라인도 유대인도 종도 자유인도 차별이 없나니
오직 위에 있는 예루살렘은 자유자니 곧 우리 어머니라
그리스도께서 우리를 자유롭게 하려고 자유를 주셨으니
그러므로 굳건하게 서서 다시는 종의 멍에를 메지 말라
주 안에서 부름을 받은 자는 종이라도 주께 속한 자유인이요
그와 같이 자유인으로 있을 때 부르심을 받은 자는
그리스도의 종이라

* 자유인: 정당한 행위에 따라서 자기의 권리를 자유로 행사할 수 있는 국민, 구속함 받은 그리스도인

맘몬의 권세

456 백수들 게임이죠
한 사람이 죽으면 1억씩 쌓여요
게임 〈무궁화 꽃이 피었습니다〉
과반이 죽고 상금 228억 쌓여요
게임 〈설탕 뽑기〉
과반이 죽고 342억 쌓여요
게임 〈10명 1조 줄다리기〉
과반이 죽고 400억 쌓여요
게임 〈2인 1조 구슬 뺏기〉
과반이 죽고 상금 440억 쌓여요
게임 〈강화유리 다리 건너기〉
남은 자 3명(남2 여1) 상금 453억 쌓여요
마지막 〈오징어 게임〉
여인은 죽고 두 남자 남아요
처참한 싸움과 우여곡절 끝에
승리한 남자는 미지의 세계로 떠나요

♨ 영화 〈오징어 게임〉을 보고 시작(詩作)을 시도함

친구 어머님을 기리며

임이시여
때가 무르익어
하나님의 부르심을 받으셨군요

그동안 수고하셨어요

험난한 파도가 이는 인생의 바다를 헤치며
가정을 세우고 나라를 위하여 잘 사셨으니
삼가 머리를 숙이옵니다

한평생 기도해 오신 못다 이룬 소원들은
하나님께서 자녀들을 통해 이루실 것이오매
기쁨으로 하나님 곁에서 안식하셔요

지난 91년 성상을 눈물과 기쁨으로 쌓으셨던
사랑의 흔적을 이곳에 남겨요

하늘에서 주님과 낙원을 거닐며
후손들과 조국을 위하여
기도해 주셔요

♨ 2022년 7월 13일, 안순호 님의 모친 故 김순희 여사님을 기리며
영전에 삼가 올립니다

광화문 풍경

광화문
곳곳에서 들리는 소리
대한문으로 향하는 공수레 나팔 소리
멀리서 짱깨가 바라보는데
뒤에서 가시들 웃고 있다

푸른 제복 사나이들 호루라기 소리
멀리서 똥개가 짖는데
모른 채 손가락질하며 아이들 본다

오가는 쇠 차들의 삐꺽 소리
하늘 날며 까마귀가 우는데
사람들 너나없이 정신 잃고 본다

하늘 문이 열리며 나타나는 천군 천사의 행진 나팔 소리
생명의 빛 속에 우레 소리
자유의 함성에 땅이 요동치며 발광한다

조용히 울려 퍼지는 눈물의 아리랑 소리
그 소리에 취하여 눈을 감는다

♨ 2022년 8월 15일, 광복 77주년 기념일에

여의도 횟집

여의도 한가운데 소문난 횟집
모인 무리 시끄러운데

술판이 벌어지고 뒤따라
떡판이요 춤판이네

현대판 김삿갓 므니 형제
지팡이 들고 들어서며 보더니
큰 소리로 시 한 수 읊는다

술은 백성의 피요
떡은 백성의 살이다

나라가 백 년도 안 되어
무너져 내리는 소리로다

앞날을 생각하니
눈물이 폭포수일세

♨ 완전한 자의 공의는 자기의 길을 곧게 하려니와 악한 자는 자기의 악으로 말미암아 넘어지리라(잠 11:5)

평화와 자유

아기가 뱃속에서 놀아요
비록 좁지만
평화와 자유가 있어 행복해요

아기가 세상에 나와요
비록 넓지만
평화와 자유가 없어 불행해요

온갖 광풍(狂風)이 이는 세상으로
왜 하나님은 보내셨는지
생각해 보아요

모든 역경을 이기고
하나님과 이웃을 위해
목숨과 힘을 다해 살라 해요

이것이 인생의 진리라고 해요
마음에 평화와 자유가 있어요
참으로 행복하네요

♨ 2022년 10월 3일, 개천절에 광화문에 모인 애국시민들을 생각하며

팔순 생신

어느새 팔순 생신을 맞으셨네요
그동안 수고하셨어요

험난한 인생의 바다를 헤치며
오직 믿음으로 오직 사랑으로 오직 소망으로
아름답게 가정을 일구고 사랑의 교회를 세우며
힘차게 살아오셨네요

주님의 말씀이 떠오르네요
마음이 가난한 자는 복이 있나니
천국이 그의 것이라

못다 이룬 소원들은 이제 자녀들에게 맡기셔요
세상 것들 다 내려놓으시고
주님과 주위의 산천초목을 벗하며
기쁨의 꽃집이랑 웃음의 집이랑 세우셔요

남은 세월
하나님 아버지께서 사랑하는 팔순의 딸을
아프지 않고 평강 가운데 살도록 하시고
어느 날 홀연히 하늘로 데려가시기를
감사하며 기도드려요

♨ 2022년 10월 8일, 조카 은정 외조모님 팔순을 기리며, 카페 〈기억창고〉에서

玉浦灣

충무공의 얼이 서린 너 곰곰이 생각에 잠긴다
그날은 너를 처음 만난 날이었다
이미 말없이 떠난 한 친구 떠오른다
그와 함께 너를 보며 걸었다
누구도 몰랐으리라
특교대 연병장에 모인 청춘들
장차 나라와 바다를 위하여 몸을 불태우리라
다짐하던 백 명의 젊은 용사들
태산 같은 파도와 싸워 이기며 조국의 바다를 지켰다
동, 서, 남해 오대양을 누비며 조국과 세계를 지켰다
세월도 빠르구나
50년이 지나 백발이 성성하다
그러나~ 마음은 청춘
얼굴도 그때 그 얼굴
마음도 그때 그 마음으로 변함없으니~
그건 왜 그럴까 백발의 순정인가
알 수 없도다~ 아니 알 것 같다
옥포만에서의 약속 때문이리라
진리를 구하자 허위를 버리자 희생하자
충무공의 얼이 서린 너 옥포만아~
너와 나~ 아니 우리는 하나였구나
그대여 영원하라 영원하라~

♨ 해사 30기 입교 50주년을 기념하여, 동기생 송년 모임에서

세상! 참!

EO란 도적이 있었네
세상을 뺏기 시작했네
미안하다며 돈은 일백 냥 주었네

사람들은 숨을 죽였네
이년 후 도적이 나타났네
뺏은 세상을 다시 일만 냥에 무르자네

도적이 겁을 주네
사람들 화났네
이판사판 도적에게 달려드네

도적이 겁먹고 도망하네
숨죽이며
혀를 차더니 두 손 드네

여동생

지금 무얼 하니
아침이니
세수하니
늘 웃어라

아~ 아 내 정신 좀 봐
그래 내가 기도할게
사랑의 주님 앞에 나아가
온종일 무릎 꿇고 눈물로 간구할게

오늘 수술받을 때
잘 이겨 내야지
십자가에서 흘리신 주님의
진홍빛 보혈을 생각하며

그 어떤 아픔도 참아내야지
지금 갑자기 너의 아픔이 나에게 사무쳐 오네
그래 내가 아파 줄게
일단 마음 평안히 해라
늘 웃어라

♨ 2022년 12월 15일, 아침 묵상. 입원 중인 여동생을 생각하며

자유의 바람

하늘과 땅 곳곳에
훈훈한 자유의 바람이 분다
마을마다
자유의 바람이 조용히 불며
하나가 된다

자유의 바람이 산을 넘어
동토의 땅을 품으며
꽁꽁 언 대동강을 녹인다

자유의 바람이 바다를 건너
용의 나라 천안문에 이르니
젊은이들 두 손 들고 환호하며
만세 만세 만만세

자유의 바람 앞에
총칼 든 자들 쓰러진다
거대한 공룡들 무릎 꿇는다
온 누리에 훈훈한 자유의 바람이 분다

♨ 2022년 12월 8일, 세계자유북한인총연맹 창립대회를 보며

한 해를 보내며

금년에도 하나님 앞에 무릎 꿇었다

날마다 온 땅의 평화를 기도하였다
우크라이나가 러시아를 이기게 하소서
우한 코로나를 없애 주소서
공산주의 국가들이 사라지게 하소서
강한 나라가 약한 나라를 돕게 하소서
온 땅에 천국 복음이 퍼지게 하소서

조국 자유 대한을 위하여 기도하였다
정의와 공의가 강같이 흐르게 하소서
대통령 선거에서 부정선거를 막아 주소서
깨끗한 지방선거를 하게 하소서
대통령이 정치를 잘하게 하소서
남북한이 자유 복음 통일을 이루게 하소서

가정을 위하여 기도하였다
매일 성경 묵상을 잘하게 하소서
하나님 나라와 그 의를 구하나이다
가족들에게 자비를 베푸소서
하나님 나라의 의와 평강과 기쁨을 누리게 하소서
자녀들이 건강하고 후손들이 번창하게 하소서

새해를 맞아

하나님 아버지 기도 올리나이다
지난해를 잘 보내게 하셨으니 감사합니다
새해에도 잘 보내게 하소서
이 땅에 사는 사람들이 모두 예수 믿게 하사
천년왕국을 누리게 하소서
주님께서 속히 재림하사 하늘로 들리게 하시며
신랑 되신 예수를 신부로 맞게 하소서
날마다 흰옷을 준비하며 깨어 있게 하소서
세상에 속한 교회들이 빛을 발하게 하소서
임인년에 못 이룬 복음을 온 땅에 전하게 하소서
저 아프리카에 성령의 바람이 일게 하소서
아시아 마을마다 교회가 세워지게 하소서
북한에 자유의 물결이 넘치게 하소서
하늘에서 천사들이 내려와 복음을 전하게 하소서
병원이 없어지게 하소서
경찰서가 없어지게 하소서
거짓과 조작과 사기와 위선이 사라지게 하소서
정의와 공의가 강같이 흐르게 하소서
진리 안에서 자유케 하소서
새 언약이 성취되게 하소서

골풀

운중천 상류
아담한 카페~ 풀길~
긴 테이블에 친구와 마주 앉아
가까이 서 있는
너의 모습을 눈여겨보니
달래 같은데
고불고불 엉켰구나

바로 옆에서
소녀의 노래 들리는데
아~ 아~
내가 네 안으로 살살 들어가
하나 되어
나도 모르게 잠드네
친구와 잠드네

유월이 오면

유월이 오면
어린 시절, 그때가 떠오른다

외갓집 뒤뜰에 모란꽃이 피면
각양각색 나비들이 날아와 꽃의 주변을 비행한다
일벌 왕벌 말벌 다양한 벌들이
가끔 윙~ 윙 거리며 나비들과 어울리고
꽃과 사랑을 나눈다

동무들과 개울물에 뛰어 들어가
송사리 불거지 피라미 미꾸리 가재 새우 붕어 모래무지
몰래 잡으려 하면 눈치채고 달아난다

뒷동산에 올라가면 온갖 새들 우는 소리 들리고
산새 딱따구리 꿩 때까치 꾀꼬리 뻐꾸기 부엉이 할미새
다가가 몰래 잡으려 하면 눈치채고 날아간다

지금은 고속도로 차량 소음과 환경 오염으로
우리의 그리운 옛 벗들은 모두 떠나 보이지 않고
빌딩과 풀, 나무만 무성하다

몸짓으로 말하며 노래하던 옛 동무들 어디로 갔을까?
어린 시절, 그때가 그리워진다

전능자시여!

매일 아침마다 양과 잉어로 제사 드린 나라
에덴의 동쪽에 백의민족 朝鮮을 세우셨나이다

에덴을 망친 대적자 黑龍이
조선에 굴절된 십자가를 세우고
민족의 얼을 갉아 먹으니 조선이 망했나이다

새로운 조선에 이르러 예수 십자가 복음이 전해졌으나
무지한 왕들이 배척하였나이다

새 조선을 海龍 압제 아래 두사
고통의 눈물이 바다를 이루게 하시고
때가 되매 天軍으로 海龍을 쳐 자유케 하였나이다

서룡과 북룡이 대동강 이무기를 도와
나라가 난리 끝에 천군이 승리했으나
악한 자들의 거짓 선동에 백성들 현혹되어
나라가 백척간두에 섰나이다

이참에 복을 주사
대동강에 엘리야의 불을 내려
꼬리 치는 이무기를 처형하고
복음으로 자유 통일 이루소서

친구를 보내며

벗이여
지금 밖에 비가 하염없이 내리고 있소
혹시나 하고 폰을 열고 친구들 대화방을 보니
낯익은 이름의 부고가 보였소
아~ 아~ 조용히 먼저 갔구나
불과 한 달 전
우리는 동네 친구 어머님 문상 때 만났지
그날 그대의 모습은 평소와는 매우 달랐소
그대는 늘 호들갑 떨며 악수를 청했지
그러나 그날 그대는 잠시 나를 보더니
악수는커녕 갑자기 고개를 숙였소
나는 바쁘다고 헤어지며 생각했소
내가 그대에게 무얼 잘못한 것이 있는지
아무튼 부족한 나의 잘못이오
그대에게 물었어야 했소
건강은 어떤지~ 아픈 곳은 없는지~ 말이오
지금 친구들 방에는 숱한 친구들 이름이 올라와 있소
그대가 그리워하고 좋아하던 이름들이오
그들은 한결같이 외쳤소
친구여~ 명복을 빌고 또 빕니다~
영원한 빛의 세계에서 안식하소서
언젠가 웃으며 다시 만납시다

♨ 2023년 7월 13일, 성남 제생병원 장례식장 〈호복〉의 영전에서

氷河

영화 〈人狼〉을 보다가
밤늦게 잠이 듭니다

얼음산이 나타나
무너져 내리며 빙하가 됩니다

수많은 펭귄 무리와 곰들
빙하를 타고 춤판을 벌이는 사이
어느덧 大洋에 옵니다

빙하가 녹으며 가물가물
펭귄과 곰들이 사라집니다

애견 동석이 우는 소리에
잠에서 깨어났는데 왠지 으스스합니다

TV 옆의 펭귄과 곰 친구가
아침 인사를 하며 반가이 묻습니다

우리 친구들 만났죠
춥고 무섭죠

그래 지금도 소리가 들려
내 안에 빙하가 흐르고 있어

의지의 불꽃 (1)

아~ 아~ 벗이여!
내가 어찌하여 이 글을 쓰는지 아느뇨?
꼬~ 옥 답을 주시게.
지금 이곳 가면의 도시는 죽음의 재로 가득 쌓여 있고
진실을 찾으려는 사람의 그림자는 한눈에도 보이지 않는다.
지나가는 싸이 독의 윙윙 울림만이 두 귀를 따갑게 한다.
누가 이것을 모르는가?
아~ 아~ 인간아! 너는 가면을 쓴 산송장이다.
어둠 속에 살아가는 짐승보다 조금 나은 동물일 뿐이다.
왜 저 푸른 하늘을 훨훨 날지 않는가?
저 맑은 하늘 가운데 솟아나는~
거대한 양털 구름을 향해 힘차게 날아라.
너는 침묵하지 말고 내게 진실을 말하라.
너는 영롱한 천국의 황금의 길을 밟으려고 몸부림쳐라.
다시 한번 저 하늘의 구름을 보라.
그는 지금 어디론가 향해 달리고 있다.
어딘가 멈추는 곳이 있겠지? 거기가 어디겠는가?
벗이여! 내게 말하라. 저 구름이 멈추는 곳. 얼마나 멋질까?
아니 알 수 없는 그곳이 얼마나 신기하고 무서울까?
시작이 있으면 끝이 있고, 알파가 있으면 오메가가 있는데~
저 하늘 떠가는 구름은 어디까지 가는지 끝을 알 수 없노라.

의지의 불꽃 (2)

이제 잠시 나를 거꾸로 바라보노라.
나는 지금 저 구름처럼 어디론가 흘러가고 있노라.
정의(正義)를 향하여 달려가노라.
의지(意志)와 성실(誠實)로 힘차게 달려가노라.
그런데 왜 이렇게 한세상 살기가 고달픈가?
아~ 아~ 벗이여!!
저 멀리 태양열에 붉게 타오르는 황무지를 보라.
영원히 그는 누군가를 위하여 부글부글 타오르고 있노라.
너와 나를 위하여 불타고 있노라.
몹쓸 인간을 위하여 타오르고 있노라.
어차피 인간은 배반자!!
자연을 배반한 가면의 동물 아닌가?
그들은 자위하나니 자기들이 영원한 만물의 영장이라고~
그들은 속고 속이기를 즐기노라.
사실을 거짓이라 하고 거짓을 사실이라 하노라.
그들의 속고 속임은 끝이 없어 지구를 계속 돌고 있노라.
이제는 아예 만물을 보지 못하나니 지구는 사라졌노라.
아~ 아~ 벗이여!!
어느 날 밤!
나는 소나기를 무릅쓰고 집을 나섰노라.
천둥과 번개가 치는데 정신없이 달리며 세상을 향해 외쳤노라.
인간아!
너는 누구냐?

의지의 불꽃 (3)

나는 방황하며 니체의 방황이 생각났노라.
그는 구름같이 방황하였노라.
어디로 가는지도 모르고 힘차게 세상을 향해 외쳤노라.
"신은 죽었다"고 외쳤지만 세상은 그에게 매정하였노라.
누구나 그를 버렸노라.
그런데 그를 환호하며 맞아 주는 자연이 있었노라.
그는 자연을 벗 삼아 살며 생각하였노라.
나는 바보라고. 나는 무지한 자라고.
그는 마지막으로 깨달았노라.
저 하늘 떠나가는 구름을 바라보며 생각했노라.
아~ 아~ 무섭도다.
내가 1차원의 세계를 달렸구나.
여기서 천둥을 알고 번개를 만났구나.
아~ 아~ 벗이여!! 소나기를 맞으니 왜 이렇게 시원한가?
어느덧 祕苑의 숲속을 홀로 걷노라.
속세를 멀리하려고 하는 고독한 박새의 마음을 알겠노라.
그들에게 보금자리가 어딘가는 있겠지.
어두운 가면의 도시!!
지금 수백만의 사람들이 알지 못하는 늪에 빠져~
죽음을 재촉하고 있노라.
철부지 아이들만 세상을 모르고 환락의 골목으로 들어가노라.
그런 가운데 나를 낱낱이 밝히노라.
나라고 하는 무데뽀적인 인간의 정체를 밝히노라.

의지의 불꽃 (4)

아~ 아~ 벗이여!!
그러나 나는 나의 정체를 모르겠노라.
알고 있다면 나를 모른다는 것이노라.
그래서 니체가 말한 초인간 짜라투스트라를 생각했노라.
그는 인간의 정체를 알지 않을까?
그러나 초인간은 없노라.
그도 하나의 인간일 뿐이니. 평범한 인간일 뿐이니.
아~ 아~ 비원(悲願)의 벗이여!!
하늘의 별을 보고 싶구나. 그런데 안개가 가리고 있네.
숨바꼭질을 시작했네. 도무지 밤인가 낮인가 알 수가 없네.
안개를 친구 삼아 말하네. 안개야! 나를 위하여 사라져라.
조용히 안개가 내 말을 듣고 순종하네.
맑은 하늘에 은하수가 보이네. 별들이 집을 짓고 있네.
집 위에 파란 십자가 있네.
한 곳에 광야가 펼쳐져 있네.
광야에 큰 눈이 생기네. 그 눈에서 맑은 샘물이 나네.
그 눈에서 비가 내리네.
별들이 노래하네. 비가 내리는데~

의지의 불꽃 (5)

나는 파~ 란 하늘을 바라본다.
어제의 하늘이 아니다.
어제란 미래에 막대한 선전 포고를 하며 오늘을 보내노라.
나는? 나는 곡선이 아니고 직선을 가노라.
저무는 햇녘을 힘차게 계속 달리노라.
하늘새 우는 새벽부터 징경 울리는 저녁
귀뚜라미의 밤놀이가 끝날 때까지.
나는 하늘을 나는 나그네이었노라.
의지의 청년으로 영원을 부르짖노라.
짜라투스트라는 그렇게 말했노라.
플래시 밝히는 자동차도 달리다가 내 옆에 섰노라.
긍휼의 신이여! 우리는 간다.
드디어 동서남북에서 다이내믹한 빛과 꿈이 밝아 온다.

♨ 1971년 8월 27일, 18세 때, 서울 삼선동 도서실에서

금토동 노래

태어나서 자라고 지금도 머무는 곳
옛날 옛적 남쪽에서 과거 때문에 한양 올 때
판교~ 달래내 고개 지나 말죽거리로 가려면
지나던 마을~ 우리 고향 금토동

도선 대사가 쉬었다 간 곳
도선 고개를 넘어
우리 밭 효자묘지 옆을 지났으나
지금은 판교테크노밸리로 변했구나

월천현 위 천림산 봉수대
쇠푸니 청계산 속 정일당 강씨 묘
어느 유명 여배우가 살던 쓰러져 가는 기와집
누가 알겠는가

어린 시절 동무들과 함께 놀던 부엉바위 산
꾀꼬리 때까치 장끼 박새 할미새 종달새 어디 가고
과학 문명의 그늘에 갇혀
고속도로 가까이 산새들만 구슬피 노는구나

개발이 共産軍인가
이삼사통 원주민 모두 밀쳐내어 떠나니
만나면 실향민이라며 눈물을 머금는다
힘내어라 잘 자라라 우리 고향 금토동아

달래내 고개

어릴 적 원탄 친척 집에 가려면
깔딱깔딱 너를 넘어야 했다

어느 겨울 서울로 시험 보러 갈 때
눈 덮인 너를 넘으며 얼마나 힘들었는지
평지가 되었으면 달래 보기도 했다

세월이 약인가
지금은 많이 낮아지고
서낭당은 한 용사의 비석만이 덩그런하다

차를 타고 오르며
전설로 내려오는 너의 이야기를
조용히 생각하며 미소를 짓는다

그 옛적 소나기를 맞으며 오르던
소년과 누나의 이야기를~~
세종임금과 태종의 묘 이야기를~~

청계산 산행

어둠골 계곡은
울툭불툭한 대소암반 길이다

중수소 걱정 없는 물이 졸졸졸 흐르는데
소년 소녀 총각 처녀 영혼 앗아 간 소나무엔
아직도 무거운 어둠이 깃들어 있다
계속되는 크고 작은 암반을 오르내리는 싸움은
젊은 날의 곡예의 삶과 같은데
드디어 최대 난코스 나무 계단에 이르러
깔딱거리며 오르다 중간에 쉬며 아래를 보면
쉼 없고 험난했던 중년 시절 같다

헉헉대며 깔딱 고개를 지나 평평한 길이 이어지니
인생의 황금길인 장년 시절인데~~
머잖아 정상 이수봉이다
그러나 산을 정복한 것은 아니니
산을 넘지는 않고 온 길로 내려감이다

그러니
인생의 산을 정복하는 것은
온 길로 돌아가는 것이 아니요
끝까지 앞으로 나아가야 한다 하니
청계산아 너의 충고 고맙다
너는 나의 진정한 친구로다~~

손원일 선교센터

칠흑 같은 어둠의 바다 가운데 함선들 달린다
달려드는 험한 파도 아랑곳 않고~
사방에서 들리는 砲聲
汽笛과 함께 사라진다
밤하늘에 나는 갈매기 울음 따라~
黎明과 함께 퍼지는 기도의 哭聲
진리의 등대 되리라
새천년 오대양을 死守하며~
무궁한 하늘에 우뚝 선 붉은 십자가를
바다 위에~ 바닷속에 세우리라~
항상 꿈꾸며 일궜다~ 손원일 선교센터
예수 그리스도의 용사들아
해군에 복음을 심고 십자가 보혈에 성령의 검을 닦아~
날뛰는 리워야단의 무리를 잡아 왕중왕께 제물로 드리자
십자가의 보혈에 성령의 검을 닦아~
옥포만에서 북극해까지 사랑의 종소리 울리자~
고요한 중에 사랑을 기도하면서
굳건한 믿음으로 소망의 복음의 횃불을 함께 들자
주님 오시는 그날까지
순교적 각오로~ 그리고 잠잠히~ 영원히
할렐루야~

♨ 2024년 5월 1일, 진해 손원일 선교센터, 〈해목회〉 아침 모임에서

수필

詩의 산행
재미난 놀이들
미친 짓 하기
장생 형제
軍 宣敎 위문 행사

詩의 산행

청계산 정상! 벤치에 앉아 판교 시가지를 바라본다.

높은 빌딩들이 자신의 몸값을 나타내듯 하늘을 막대그래프로 갈라놓았다. 시원한 바람이 머리카락을 흩날린다. 챙겨온 앙꼬빵을 베어 물며 각자의 이야기를 갖고 정상까지 올라온 사람들을 둘러본다.

문득 궁금해진 저마다의 산행. 사람들은 산을 오르며 각자의 복잡한 마음을 산에 하나씩 심으며 빈 마음으로 정상에 모인다. 그리고 가벼운 마음으로 주위의 풍경을 바라본다. 사람들은 삶의 환기(還起)가 필요한 순간 이렇듯 산에 오르는 것이 아닐까? 부스러기처럼 남아 있던 앙꼬빵을 마저 입에 털어 넣고는 다시 판교 시가지를 바라보며 올라오며 겪은 산과의 시간을 곱씹어 본다.

공공주택개발지구로 수용된 금토동. 평생을 살아왔던 고향을 떠나야 한다는 나의 선택이 아닌 정부의 결정으로 억지로 등 떠밀려 삶의 터전과 기억들을 터무니없는 가격에 내줘야 했다. 지나온 시간과 추억에서 멀어지기 싫었다. 그래서 수용되지 않은 윗동네로 이사를 하며 학창시절, 20년의 군 생활, 그리고 25년간의 목회 활동을 그곳에 묻어버리고 일에서 은퇴하였다. 은퇴 후, 내가 하고 싶었던 시, 소설, 수필, 시나리오 등 글쓰기가 나의 소중한 벗이 되어 주었다. 새로 이사 온 집 뒤의 청계산은 새로운 벗들과 대화하기 좋은 영감(靈感)의 샘터가 되었다.

오늘도 아내가 챙겨준 아침밥을 먹고, 물 한 병과 앙꼬빵이 든 배낭을 메고 자작나무 지팡이를 손에 쥐고 산행에 나섰다. 나를 배웅하는 백구를 뒤로하고 참나무 숲에 들어서자 반겨주는 새들의 노래. 그 향연에 맞춰 지팡이로 뒤늦게 떨어진 잣을 멀리 날려 본다. 돈 하나 안 들이고 골프 연습을 하니 얼마나 좋은가? 조금 더 걷다가 마주한 '겟세마네 숲'. 큰 바위들이 산재하여 밤낮으로 기도하기 좋아 명명한 이 숲을 지나며 사랑의 신에게 잠시 기도를 드리고 마음을 비워본다. 발자국을 뗄 때마다 바스러지는 낙엽의 속삭임. 잠시 후 옹달샘에 이르니 청둥오리 부부가 하늘로 날아오른다. 언제부턴가 버려졌던 옹달샘. 지난해 봄내내 돌본 덕에 새로운 친구가 놀러 온다. 샘가에 앉아 산과 옹달샘의 이야기를 들으며 150여 편의 노래로 옮겼고, 올해 초 첫 시집 《은하수》를 발간했으니, 작은 열매이지만 그 기쁨은 '생명나무' 그 자체였다. 옹달샘을 지나면 조선 시대 고관대작들의 큰 무덤들을 만난다. 남원 윤씨 가문의 이 묘지는 잔디가 잘 조성되어 있고, 봄이면 철쭉, 진달래, 연산홍 등이 꽃동산을 이루며 한 시대를 살다간 이들의 묘지를 아름답게 수놓는다. 이마에 땀이 맺힌다. 지금까지는 가벼운 산책이었지만 이제부터 등산이다. 좁은 산길을 따라 오르니 마당바위를 만난다. 어릴 적 추억이 깃든 곳이다. 칡을 캐고, 다람쥐를 잡고, 다래를 따 먹던 곳이다. 추억을 뒤로하고 바위 고개를 지나면 작은 오두막이 반긴다. 아랫마을에 사는 친구들이 만들었는데 산행 중 잠시 앉거나 누워 쉬며 마른 목을 축일 수 있는 곳이다. 여기서부터 정상으로 가는 능선까지는 200여 미터로 경사가 심한 난코스이다. 얼마 전 저녁을 먹은 후 가벼운 마음으로 이곳을 오르다 길을 잃어 얼마나 심하게 고생했는지 모른다. 땀을 닦고 헉헉거리며 능선에 닿았다. 이후 정상까지는 평지와 같다. 여유롭게 詩를 읊으며 휘파람 불며 천천히 30여 분 걸으니 어느새 정상 이수봉이다.

산에 묻히며 올라온 소중한 시간. 그 시간이 다시 쌓여 나의 노래와 시(詩)가 되다니! 다시 나의 뺨을 스치는 솔향기를 맡으며 눈앞의 풍경을 바라본다. 눈을 들어 하늘을 보니 '하늘 화가'가 그림을 그린다. 뭉게구름이 피어오르는데 꼭 아내의 모습처럼 곱고 예쁘다. 스마트폰으로 사진을 찍어 '글 그램'으로 시를 쓰려는데 갑자기 먹구름이 와서 덮어 버리더니 눈이 날린다. 급히 서둘러 하산하는 수밖에 없었다. 내려가는 길이 미끄럽기 때문이다. 언뜻 '눈은 나의 친구'라는 생각이 떠오른다. 눈 친구가 날 찾아 하늘에서 내려오는데 도망하면 되느냐 싶었다. 발걸음을 멈추고 눈에게 물었다. 친구야! 왜 나에게 왔니? 눈이 대답하였다. 네 마음을 맑게 해주고 싶었어. 그러면 시도 더 잘 쓸 수 있을걸! 나는 대답했다. 그래 친구야! 정말 고마워. 나를 위해 저 먼 하늘에서 내려왔네. 나도 언젠가는 네가 온 곳으로 갈 거야. 함박눈이 내리기 시작하였다. 눈과 이런저런 이야기하는 동안 어느새 집에 다다랐다. 옷이 눈에 흠뻑 젖었지만 춥지도 않았다. 나를 위해 하늘에서 내려온 하얗고 따스한 친구 눈과 함께한 신비로운 詩의 山行이었다.

♨ 지혜가 제일이니 지혜를 얻으라 네가 얻은 모든 것을 가지고 명철을 얻을지니라 (잠 4:7)

재미난 놀이들

매일 산책을 즐긴다. 가급적 식사 후에는 소화를 시킬 겸 산책을 한다. 산책할 때는 자작나무로 만든 큰 지팡이를 들고 다닌다. 지팡이는 여러 가지로 유익하다. 뱀이 나타나면 잡을 수도 있고, 경사진 곳을 오를 때면 한 다리 역할을 해주어 힘이 덜 들고, 길에 거추장스러운 것들이 있으면 쉽게 치울 수 있다. 특히 아침에 이슬이 많이 내렸을 때 정글 같은 숲을 헤치고 가는 데 적격이다.

산책로에는 돌이며 나무 등 다니기에 불편을 주는 것이 많다. 작년에는 길에 떨어져 있는 나무들을 많이 치웠다. 어릴 때 마을에서 동무들과 자치기를 많이 했다. 그것을 연상하며 지팡이로 나무들을 지팡이로 쳐서 멀리 보내는 것이다. 혼자서 하는 것이지만 놀이도 하고 길도 깨끗해지니 一石二鳥 아닌가? 가끔 친구들과 산책할 때도 있다. 예비로 만들어 놓은 지팡이를 주어 서로 파트너가 되어 검도를 연습하기도 한다. 산에서 친구와 지팡이로 겨루는 것은 매우 묘미가 있다. 영화에서나 볼 수 있는 멋진 장면들을 연출할 수도 있기 때문이다. 나무와 바위를 이용하여 뛰고 피하며 하는 '칼싸움 놀이'는 해본 사람만 안다. 몇 개월을 자치기 놀이를 하니 솔방울이 길에 떨어진 나무가 거의 없다. 지난 4월부터 지팡이로 돌들을 치웠다. 골프 큐로 골프공을 치듯이 하는 것이다. 소소한 재미가 있다. 솔방울이 떨어진 나무도 없고 돌들이 거의 없으니 산책로가 매우 깨끗해졌다. 산책로 입구에는 많은 잣나무가 자라고 있다. 산책로에는 솔잎이 떨어져 걷는 기분을 좋게 한다. 요즘은 길에 잣이 많이 떨어진다. 잣은 타원형으로 계란보다 조금 크다. 지팡이로 잣을 치는 기분이 괜찮다. 목표를 세우고 세게 쳐서 목표물에 마칠 때는 기분이 좋다.

성경의 인물 중에 다윗이 있다. 아버지 이새가 羊牧場을 하였다. 그는 아버지를 도와 들에서 양들을 돌보며 물맷돌로 새나 짐승들을 잡는 놀이를 하였다. 점차 물맷돌 던지는 경험과 훈련이 쌓이며 물맷돌 名手가 되었다. 이웃 나라 블레셋이 이스라엘을 쳐들어왔을 때 다윗은 물맷돌로 적장 골리앗의 이마를 맞추어 죽여 나라를 구한다. 물맷돌이 활이 되고 총이 되고 대포가 되고 미사일로 발전한 것이 아닌가? 기본 원리는 같은 것이다. 그러고 보니 어릴 때 놀이가 떠오른다. 굴렁쇠, 담아치기, 딱지치기, 썰매 타기, 딱지 게임, 연날리기, 비행기 접어 날리기, 새총 쏘기 등이다. 요즘은 대부분 전통 마을에나 가야 볼 수 있는 놀이가 되었다.

실제로 전통 놀이는 시대와 계절에 맞게 당시 사람들이 시간을 즐겁게 보내기 위해 만들어 놓은 지혜의 결과라고 볼 수 있다. 요즘은 남녀노소 스마트폰을 가지고 다니며 즐겨 사용하는데, 이제 게임(놀이)도 산업화 시대에 하나의 상품이 되었다. 그래서 사람들은 아이디어가 돈이라고 한다. 요즘 애니메이션 만화가 인기다. 아이들이 좋아하기 때문이다. 아예 폰 게임 놀이에 중독이 되어 부모들이 걱정을 많이 한다. 영상 미디어 시대! 후손들에게 다방면으로 큰 유익을 주는 창의적인 놀이가 많이 개발되길 바란다. 돈 들어가지 않고 어디서나 남녀노소 누구나 즐길 수 있는 그런 놀이 말이다. 그런데 이제 나이가 들어서인지 스마트폰 게임은 하기가 싫다. 가끔 아내가 '숫자놀이'가 재미있다고 권하지만 고개를 흔든다. 나이가 들어 집에서 하는 놀이로는 그래도 바둑이 좋다. 다행히 삼 형제 가운데 막내가 가까이 산다. 바둑 실력이 비슷하여 가끔 만나 실력을 겨루며 밥 사기를 하기도 한다. 가급적 그냥 져준다.

미친 짓 하기

성경에는 고의로 미친 짓을 한 인물들이 있다. 다윗이 대표적인 인물이다.

그가 청소년이었을 때, 이스라엘의 왕은 사울이었다. 이웃 나라 블레셋(지금의 팔레스타인)이 골리앗을 앞세워 쳐들어와서 나라가 위험하였다. 사울 왕은 골리앗을 죽이는 자는 공주를 아내로 주고 많은 상금을 준다고 포고령을 내렸다. 10대 소년이었던 다윗이 자원하여 물맷돌을 가지고 도전하였고, 골리앗은 다윗이 던진 물맷돌에 맞아 죽었다. 소년 다윗의 기적 같은 승리였다. 백성들은 승전보를 접하고 노래하기를 "사울왕은 천천이요 다윗은 만만이다."라고 노래하였다. 사울은 약속대로 다윗에게 공주를 준다. 그러나 백성들의 노래를 들은 사울은 분을 품고 사위인 다윗을 미워하며 죽이려 하였다. 다윗은 어쩔 수 없이 사울을 피하여 도망을 다녔다. 작은 이스라엘 땅에서 숨을 곳이 없자, 다윗은 이웃 나라인 '아기스'로 도망갔다. 아기스왕이 다윗을 환대하였으나, 신하들이 다윗은 위험한 인물이라며 죽이는 것이 좋다고 하였다. 이것을 눈치챈 다윗은 궁리 끝에 아기스왕과 신하들 앞에서 침을 질질 흘리며 미친 척한다. 아기스왕과 신하들은 다윗이 미친 것을 보고 안심하며 다윗을 살려 준다.

구약성경을 보면 대선지자로 불리는 이사야도 고의로 미친 짓을 한 인물이다. 이사야는 왕족이었지만 맨발로 옷을 입지 않은 채 벌고 벗고 거리를 다녔다. 성경에는 하나님의 명령을 따랐다고 하나 미치지 않고 어떻게 대낮에 거리를 벌거벗고 다닐 수 있겠는가? 그가 벌거벗고 거리를 거닐면 그를 보는 사람들이 어떤 모습을 보였을지는 뻔하다.

M 대통령은 인권변호사였다. 그래서 그를 지지했다. 그런데 그가 대통령에 취임하고 나서 김일성 주체사상을 신봉하는 공산주의자임을 알게 되었다. M 대통령의 정체를 알게 된 자유 우파 국민이 광화문에 모여 대통령 하야를 요구하는 집회를 했다. 광화문부터 시청까지 매주 토요일마다 인산인해를 이루었다. 알고 지내는 목사님으로부터 집회 참가를 권유받고 나갔는데 마침 '전군구국동지회'가 참여하였고, 모교인 'NA구국동지회'도 있었다. 나는 확신한다. 작년(2020년) 4·15 총선에서 T 당이 선관위의 전산시스템과 사전투표 조작을 통해 부정선거로 180석을 차지하자 애국시민들이 광화문에서 대법원이 있는 강남역으로 옮겨 부정선거 규탄 집회시위를 하고 있다. 그런데 주사파 정부가 코로나 방역을 핑계 대고 10명 이상 집회는 불허하고 있다. 그러자 애국 시민들은 피켓을 들고 1인 시위에 나섰다. 'NA구국동지회'도 기를 들고 강남 거리를 거닐며 1인 시위를 하였다. 문제는 가족들이었다. 가족들이 집회 참여를 반대하였다. 어느 연세 많은 목사님 이야기다. 그는 아내에게 운동하러 간다고 핑계 댔다. 강남역까지 지하철을 타고 가면서 미친 척하고 1인 시위를 하였다.

"아이고! 아이고! 아버지, 이 나라가 망해 갑니다. 대한의 젊은이들이 죽었기 때문에 이 늙은이가 이렇게 나왔습니다. 아이고! 아이고! 아버지, 내가 미쳤습니다. 아이고 아이고."

그는 앞에 구호가 적힌 피켓을 차고 있었다. '4·15 총선 부정선거를 규명하라'는 피켓이었다. 앉아 있는 사람들이 모두 그를 주목하였다. 그런데 메트로 경찰이 지나가다 그를 보았다. 순간 앉아 있던 승객들이 경찰을 주목했다. 경찰은 시민들의 따가운 시선을 의식한 듯 "다음 역에서 내리세요." 하고 사라졌다. 다행이다 싶었다. 그는 승객들에게 머리 숙여 감사함을 표시하고 다음 강남역에서 내렸다.

누구나 인생을 살아가면서 이런저런 상황에 닥칠 때 미친 척하는 것이 매우 유익할 때가 있다. 미친 척하는 짓은 순간적 계략으로 자타에게 좋은 영향을 줄 수 있고, 분명히 지혜와 용기 있는 행동이기 때문이다.

'미친 짓 하기'를 조금 더 업그레이드하여 생각해 보자. 강남의 사랑의 교회를 일군 故 옥한음 목사는 평소 광인론(狂人論)을 설파하였다. 예수님은 이스라엘 길거리를 다니며 "하나님 나라가 가까이 왔다."라고 광인이 되어 전도하였고, 12 제자들에게도 그와 같이 전도하라고 하였다. 오늘날도 많은 전도자들이 예수님처럼 미친 듯이 노방전도하고 야외 설교하는 것을 볼 수 있다. 옥한음 목사가 지금의 사랑의 교회를 세운 것은 그의 '광인적 정신' 때문이리라. 예수님의 광인적 전도원리와 그를 따르는 전도자들의 광인적 실천이 오늘의 기독교를 만드는데 큰 힘이 되었음에 틀림없다. "미쳐라. 그러면 못할 것이 없다." 오늘도 나는 옥한음 목사의 '광인론'을 묵상해 본다.

그러나 아무리 그래도 구약성경의 예언자 이사야처럼 옷을 벗고 벌거벗은 채로 거리를 다니며 미친 짓 하기는 어려울 것 같다. 어린 시절 공동묘지에서 보았던 진짜 광인(狂人)들도 옷 같은 옷은 아니나 항상 옷은 걸치고 있었다.

♨ 여호와를 경외하는 것이 지식의 근본이거늘 미련한 자는 지혜와 훈계를 멸시하느니라(잠 1:7)

장생 형제

경찰서에서 갑자기 전화가 왔다. "맹장생을 아시죠. 그가 술을 마시고 노숙자 쉼터에 방화하여 피의자로 조사 중입니다." 길지 않은 전화였다. 예수님은 "나는 의인을 부르러 온 것이 아니고 죄인을 부르러 왔노라." 하셨다. 교회는 온갖 죄인들이 모이는 곳이다. 따라서 교회에는 별별 사람이 다 모이고, 또 별별 일들이 종종 생긴다.

교회목회 10년 차, 그러니까 20여 년 전 일이다. 잘 알고 지내는 목사님으로부터 전화가 왔다. 자신의 교회에 '맹장생'이라는 40대 전도사가 있는데 보수는 원하지 않고 방 하나만 주면 된다며 동역(同役)을 권면하였다. 당시 나는 50가구에 주민이 150여 명 되는 산골 마을 단독주택에서 목회하고 있었다. 교인이 20여 명 되는 작은 교회였다. 교회 일꾼이 필요했던 나는 이것저것 묻지를 않고 곧 허락했다.

며칠 후 장생이 짐을 들고 교회로 왔다. 첫인상이 매우 험악하고 우락부락하였다. 교회 교육관에서 차를 마시며 그의 이야기를 들었다. 그는 20~30대에 지방에서 조폭 조직 두목을 하였지만, 이제 회개하고 새 사람으로 거듭나 신학교를 다닌다며, 거의 누더기가 된 성경책을 자랑하며 보여 주었다. 조폭이었다는 말과 험한 첫인상에 내심 걱정이 되었으나 대화를 마친 후, 좋은 방을 내주었다.

장생은 나의 염려와는 달리 한 달 동안은 성실히 생활하는 듯하였다. 그런데 걱정이 현실이 되고 말았다. 교회의 가장 큰 행사 중 하나인 부활절을 며칠 앞두고, 예수님의 최후의 만찬을 기념하는 성찬식을 하기 위하여 포도주와 빵을 냉장고에 넣어 두었다. 부활절 새벽에 기도하고 성찬식을 준비하기 위해 교회로 가서 현관문을 열었는데 장생의 구두와 붉은색 여자 하이힐이 나란히 있는 것이 아닌가? 언뜻 생각에 장생이 여자를 데려와서 자고 있구나 싶었다. 예배실 문을 열고 들어가니 장생의 방문이 반은 열려 있고 장생과 한 여자가 이불을 덮고 자고 있었다. 방문을 조용히 닫고 기도를 한 후, 성찬식을 준비하려고 식당으로 가서 냉장고를 여니 며칠 전에 준비해 놓은 포도주와 식빵이 없어졌다. 장생의 짓이구나 하는 생각이 들었다. 황당했으나 마음을 추스르고 교회를 나와 마을 가게로 가서 포도주와 빵을 사고, 교회로 와서 현관문을 여니 여자 구두가 보이질 않았다. 그 사이에 여자가 가버린 것이다. 예배실로 들어가니 장생의 방문이 닫혀 있었고 그가 자는 것 같았다. 부활절 성찬식 준비를 마치고 11시가 되어 예배를 시작하였다. 순서에 따라 성찬식을 마치고 찬송하는데 갑자기 방문을 열고 나오는 장생의 모습이 가관이었다. 그는 팬티 차림에 상체가 끔찍한 마귀 형상의 문신으로 가득하였고 얼굴이 벌건 상태로 술에 취해 비틀거렸으며, 머리도 엉망이었다. 한마디로 공포 영화에 나오는 좀비 모습이었다. 순간 모든 성도가 두려워하며 그를 쳐다보았고, 그는 씩씩거리며 강대상 옆을 지나 뒤뚱거리며 화장실로 가는 것이 아닌가? 성도들이 찬송하다가 멈추는 듯했으나 다행히 잘 이어갔다. 그런데 장생이 큰일을 보고 다시 예배실로 들어서자 덩치 큰 한 성도가 그에게 분노하며, "야! 이 사람아! 지금은 예배 시간이야." 하며 소리쳤다. 순간 장생의 조폭 근성이 드러나며 입에서 거품을 내고 인상을 쓰며 그 형제를 노려보며 싸우려는 찰나에, 내가 조용히 "형제님! 들어가 쉬세요."라고 하자, 그는 허둥지둥 비틀거리며 자기 방으로 들어갔다. 어렵사리 예배를 마치고 오찬을 한 후, 모든 성도가 모여 '공동의회'를 하였다. 논제는 '장생 형제를 어떻게 할 것인가?'이었다. 열띤 토론이 벌어졌다. 두 개로 의견이 나뉘었다. ① 당장 장생을 교회에서 내보내야 한다. ② 사랑으로 용서해야 한다. 나는 '사랑으로 그를 용서하자'고 하였지만, 한 여성도가 그러면 자기는 교회를 그만둔다고 하여 난감하였다. 한마디로 딜레마에 처했다. 그런데 난데없이 장생이 짐을 싸 들고 방에서 나와 읍소하며 말했다. "죄송합니다. 제가 죄를 지었으니 조용히 떠나겠습니다." 그는 그렇게 교회에서 떠났다.

몇 달 후. 그에게서 전화가 왔다. "교회 단체에서 운영하는 노숙자 쉼터에서 총무로 일을 잘하고 있다."라고 하였다. 나는 '그가 회개하고 다시 새사람이 되었구나'라고 생각했다. 그런데 불과 두어 달 후 경찰서에서 전화가 온 것이었다. "그가 술을 마시고 노숙자 쉼터에 방화하여 조사 중이다." 장생은 젊은 날 한때 죄악의 늪에 빠졌지만 뉘우치고, 교회에 나가 신앙생활 하며 새사람이 되기 위하여 발버둥을 쳤다. 그러나 술이 늘 발목을 잡았다. 술만 마시면 악한 짓을 하던 장생 형제. 오늘도 그를 위해 기도한다. 언젠가 만나는 날에 그의 변화된 참모습을 보고 싶다. 예수님과 같은 변화된 새로운 모습을!

♨ 내 아들아 악한 자가 너를 꾈지라도 따르지 말라(잠 1:10)

軍 宣教 위문 행사

해마다 소속한 경성노회(예장합동)를 통해 軍 선교 위문 행사를 하고 있다.

해군에서 장기 복무를 한 후, 신학을 하고 목사가 되었기 때문에 해군에 대한 관심이 아직도 적지 않다.

작년(2020년)에는 코로나로 쉬었는데, 지난 10여 년간 거의 매월 실시하는 해군 교육사 진중 세례식을 1년에 한 번씩 소속된 노회를 통해 후원하였고, 생각하면 매우 의미가 있는 선교 활동이었다. 올해도 코로나로 계획이 쉽지 않았다.

M 정권이 들어서며 군에도 많은 변화가 있다. 과거 정권 시절에는 군에 안보교육이 중요한 비중을 차지하였다. 그러나 M 정권은 남북 간의 평화를 강조하기 때문에 군에서 안보교육보다 인성교육에 힘쓰는 것 같다.

잘 알고 지내는 목사님 한 분이 계시다. 그 목사님은 군목으로 전역하였는데 가끔 군에 가서 인성교육을 하고 있다. 이번 '군 선교 위문 행사'도 인성교육과 관계가 있다. 그 목사님의 인성교육에 병행한 행사라고 보아야 타당하다. 함께 군 선교 문제를 가지고 의논하는 가운데 강화도 ○○ 포병대대를 선교 위문하기로 하였다. 세부계획을 노회에 보고하였고, 노회도 재정을 지원하기로 하였다. 이리하여 6·25 전쟁 기념일을 하루 앞두고 행사를 하게 되었다.

강화도 군부대 부근 ○○ 음식점에서 노회장 목사 등 여러 명이 모여 점심 식사하고 강화교회로 갔다. 건축한 지가 30여 년 된 교회였다.

기도 후, 차 두 대로 부근에 있는 카페로 갔다. '플라워'란 이름의 카페였는데 정원과 내부 인테리어가 잘되어 있었다.

커피와 차를 마시며 교제를 한 후, 목적지인 포병대대로 가서 본부에서 부대 간부들을 만나 선교기금과 다과를 선물하고, 대대장 N 중령의 인솔로 야외 교육장으로 가니 장병 250여 명이 대기 중이었다. 야외 교육장은 계단식이었는데 경사진 것이 해병대 특성을 보여 주는 듯했다.

코로나로 인하여 역시 거리 두기를 하고 있었다. 먼저 해군 측 안내자인 후배 목사가 인성교육을 하고, 이어서 老會長이 〈상황과 상태〉라는 제목으로 10분 설교를 하였다. 아주 은혜로운 말씀이었다. 인생을 살아가며 다가오는 그 어떤 최악의 상황도 마음의 상태가 좋으면(그 안에 예수 그리스도가 있으면) 아무 문제가 없는데, 사도 바울이나 다니엘 같은 성경 속 인물들이 증거한다고 쉽게 설교하였다. 장병들이 듣고 잘 이해하는 것 같았다. 설교를 마치고 장병들과 사진 촬영을 하였다.

선교 위문 행사를 마치고, 대대장의 안내로 전방 ○○ 전망대로 갔다. 몇 명의 사람들이 구경하고 있었다.

한강을 사이에 두고 있는 북한을 바라보며 언제나 통일이 이루어질까를 생각해 보았다. 얼마 전 어느 유명한 K 목사님이 10년 이내로 남북통일이 이루어질 것이라고 말했는데, 전능자이신 아버지께서 한국을 사랑하사 남북한이 하나 되어 자유롭게 왕래하기를 소망해 본다.

대대장 등 간부들과 인사하고 헤어진 후, '솔향기'라는 식당에서 식사하고 헤어졌다. 잘 보낸 하루였지만 그래도 무언가 아쉬운 그런 '군 선교 위문 행사'였다. 전 장병에게 축복기도를 하지 못했기 때문이다. 속히 코로나가 사라지고 좋은 시절이 오기를 기도한다.

단편소설

부동산 여왕

현대판 바벨탑

노인정

聖牧會

♨ 오직 정의를 물 같이, 공의를 마르지 않는 강 같이 흐르게 할지어다(암 5:24)

부동산 여왕

부동산 개발 회사 '미래'

장경수의 하얀 볼 위로 눈물이 흘러내렸다. 그녀는 손수 차를 몰고 작은 터널을 나왔다. 그러자 그녀 앞에 비닐하우스들로 덮인 시골 마을 '백두리'가 보였다. 그녀의 차가 비닐하우스를 고불고불 이리저리 돌며 간 곳은 남성우 목사의 전원교회이었다. 농장 입구 간판에는 '주님말씀 농장'이라고 쓰여 있었고, 하단에 작은 글씨로 '생명연구소'라고 표기되어 있었다. 그녀는 간판 부근에 차를 주차하고 내려서 20여 미터를 걸어 농장 비닐하우스 문을 열고 안으로 들어갔다. 비닐하우스는 남성우 목사가 하는 교회 예배당이었다. 그는 여기서 전원교회 스타일로 성도 이십여 명 되는 작은 교회를 하고 있었다. 그녀가 예배당 현관문을 열자 잘 정돈된 작은 예배실이 나타났다. 그녀는 붉은색 구두를 벗어 놓고 안으로 들어가 문을 닫은 후 강대상 앞으로 가더니 무릎을 꿇고 기도하기 시작하였다. 기도는 점점 거칠어지고 흐느끼기 시작하더니 급기야 통곡하며 슬프게 울기 시작하였다.

2011년 5월 어느 봄날 아침. 남성우 목사가 농장에서 일하고 있었다. 천여 평의 농장엔 10여 년 된 매실나무, 앵두나무 등 나무가 잘 자라고 있었다. 매실은 제법 굵고 탐스러웠으며 얼마 후에는 딸 것 같았다. 한쪽에는 무성한 녹색 잎의 감자도 잘 자라고 있었다. 남 목사는 곡식과 채소를 심기 위해 괭이로 흙을 일구며 이랑을 만들고 있었다. 오전 10시경으로 하늘이 흐리고 비가 올 것 같았다.

장경수가 기도하기 시작한 지 한 시간 정도 지났을 때, 남 목사는 밭일하다 힘이든지 괭이를 매실나무에 걸쳐 놓고 밖으로 나오며 수건으로 땀을 닦고 한 손으로 등허리를 두드리며 혼잣말을 하였다.

"아유 힘들다! 잠시 쉬며 커피라도 한잔하자!"

밭에서 일하다가 마시는 커피 한잔은 정말 꿀맛 그대로였다. 그는 커피를 마시기 위하여 비닐하우스 문을 열었다. 그런데 예배실 현관 앞 작은 마루에 웬 여자의 빨간 구두가 있는 것이 아닌가? 이상하게 생각하며 그는 유리창으로 예배실 안을 들여다보았다. 투피스 양장 차림의 낯선 여자가 강대상 앞에서 무릎 꿇고 처량하게 울며 기도하고 있었다.

"웬 여자가 기도하고 있지?"

남 목사는 그녀의 기도를 방해하지 않기 위하여 조용히 문을 닫고 밖으로 나와 농장 잔디밭에 있는 파란색 원탁 테이블로 가서 앉았다. 하늘을 보니 검은 구름이 몰려오고 있었고 곧 비가 내릴 것 같았다. 전방 멀리 고속도로 넘어 산을 바라보는데 조부모님의 산소와 비석이 보였고 어린 시절 놀던 때가 떠올랐다. 고속도로가 생기기 전에는 산에 예쁜 새들이 많이 살았다. 꾀꼬리, 때까치, 꿩, 박새 등 다양한 새들이 살았다. 토끼며 노루도 많았다. 그러나 고속도로가 생긴 후로는 새들과 산 짐승들이 거의 보이지 않았다. 고속도로 차 소음 때문일 것이다. 과학과 산업의 발달에 따른 생태계의 황폐화! 얼마나 아이러니인가? 남 목사가 산을 보며 생각에 골몰하고 있는데 여인의 나긋한 낯익은 목소리가 들렸다.

"목사님! 무얼 그렇게 생각하세요?"

남 목사가 고개를 돌려보니 '미래부동산개발' 장경수 회장이었다.

정부는 1980년경 성남 분당지구에 아파트 상가 중심으로 1기 신도

시 건설을 시작하였는데 차츰 전국적으로 번져 나갔다. 특히 수도권은 일산, 파주, 평택 등 곳곳에서 아파트와 상가 중심의 개발이 이루어졌다. 이러한 추세에 맞추어 등장한 직종이 '부동산개발업'이었다. 신도시 계획이 발표되는 곳마다 '○○ 부동산개발'이니 '○○ 대토개발'이니 하며 중소 부동산개발 회사(업체)들이 우후죽순 생겨났다. 장경수가 대표로 있는 '미래부동산개발'이 그중 하나였다.

남 목사는 일어나 그녀에게 인사하며 의자를 권하였다. 그녀는 기도하며 울어서 그런지 화장이 많이 지워지고 머리도 흐트러져 있었으나 얼굴만은 매우 아름다웠다. 그녀가 조심스럽게 의자에 앉았다. 남 목사는 의아해하면서 반갑게 물었다.

"아니? 이 아침에 장 회장님이 웬일로 우리 농장에?"

그녀는 차츰 마음에 여유가 생겼는지 손가방에서 손거울을 꺼내어 머리를 만지고 빠르게 얼굴 화장을 손질하며 대답하였다.

"목사님! 사연이 길어요. 저 좀 도와주세요."

그녀의 의외의 말에 남 목사는 그녀의 얼굴을 응시하며 말했다.

"무슨 사연이 있었군요. 천천히 말씀해 보세요."

장경수는 교회에 오게 된 이유를 조용히 말하기 시작하였다.

2009년 1월 20일 '용산 개발 화재 참사' 당시 장경수는 수용되는 부동산과 화재사고로 인해 부모님이 세상을 뜨며 정부로부터 많은 보상을 받았다. 그녀는 부모님 장례를 마친 후 혼자 지내게 되었다. 그녀에게는 금융기관에서 간부로 일하는 애인 오문호가 있었다. 그는 후리후리한 키에 미남형의 남자로 여간해서 말이 없는 조용한 남자였다. 장경수가 부모님 장례를 마치자, 오문호는 그녀에게 해외여행을 제안하였다. 그녀는 외로움도 달래고 마음의 상처도 회복할 겸 오문호와 태평양 마리아나 제도에 속한 사이판으로 일주일간 여행을 떠났다. 두 사람은 해변에 누워 오붓한 사랑을 나누며 미래의 계획에 대하여 의논하였다.

"경수야! 앞으로 어떻게 할 거야?"

"글쎄. 생각 중이야."

"보상을 많이 받았는데 요즘 뜨는 부동산개발은 어때?"

"오빠! 나도 그러고 싶어. 비록 경험이 없고 여자지만 한번 큰 사업을 하고 싶어."

장경수가 오문호의 눈을 보며 부동산개발에 대한 강한 의지를 보이자, 그가 대견해 하며 말했다.

"내가 도와줄게! 서로 도우며 살아야지. 우리 부동산 여왕님!"

"오빠가 곧 퇴직하니까 원하는 건설회사를 하며 나를 도우면 좋겠지. 우리 오문호 고문님!"

그렇게 사이판에서의 두 남녀의 달콤한 사랑은 깊어만 갔다.

2009년 7월, 정부는 수도권 일원 백두지구에 공공주택단지 개발계획을 발표하였다. 발표가 무섭게 부동산개발 회사들이 생기기 시작하였다. 장경수도 신속히 뛰어들었다.

그해 9월 초, 그녀는 애인 오문호를 고문, 평소 알고 지내던 장석호를 주민 담당, 오문호가 소개한 한우직을 대외영업 담당, 최범식을 총괄 담당으로 채용하고, 백두리에서 15분 거리의 시내에 오십 평형의 오피스텔을 임차하여 '미래부동산개발'을 출범하였다. 그녀는 사업 경험은 없었으나 일단 두 가지 목표를 정했다. 첫째로, 대토 보상을 받을 주민들을 잘 설득하여 조합을 만든다. 둘째로, LH를 통해 대토 800평과 2,000평 두 필지를 확보하여 빌딩을 짓고 분양하여 큰 수익을 창출한다.

그녀는 사업에 전념하기 위하여 20대 운전기사 김은호와 행정 사무 직원으로 20대 여성 조민진을 고용하였으며, 임원들에게는 높은 월급과 고급 승용차를 렌트하여 주었다. 당연히 장석호 등 임원들은 장경수에게 충성하였다. 그러나 고문인 애인 오문호는 고문이랍시고 일을 열심히 하지 않고 출근도 잘하지 않았다. 그는 건설업을 한다며 가끔 회식 자리에만 얼굴을 내밀고 자기 멋대로 하였다. 장경수는 크게 기대했던 애인 오문호의 알 수 없는 태도에 크게 실망하였으나 어쩔 도리가 없었다. 그녀는 사업자금으로 그에게 삼십억 원을 빌려주었는데 마음에 근심이 되기도 하였다. 그녀는 매일 오전 10시에는 임원 회의를 통해 그날의 할 일을 점검하고 오후 5시에 모여 일의 결과를 보고하면 퇴근하도록 하였다.

백두리 주민은 이백여 명 정도 되었다. 고려 시대부터 나라에서 준 많은 땅을 가지고 떵떵거리며 살던 '왕씨족'과 그들의 수하에서 일하며 힘겹게 살던 '노씨족'들이 함께 살고 있었다. 세월이 지나며 외지인들이 많이 이사 왔고, 자연스럽게 두 씨족과 합세하며 파당을 이루었는데 마을 사람들은 '왕씨파'와 '노씨파'라고 불렀다. 두 씨족이 합쳐 주민의 30%는 되었기 때문에 이들이 마을의 일을 거의 좌지우지하였다. 그런데 '왕씨파'와 '노씨파'는 오랜 과거부터 갑을관계로 살아온 터라 해방 이후 언제부터인가 마을에 문제가 생기면 서로 다투며 사이가 좋지 않았다.

어느 날 출근한 장경수는 임원 회의를 주재하였다. 회의에는 최범식, 한우직, 장석호가 참여하였고 오문호의 자리는 비어 있었다. 행정경리를 맡은 미스 조가 끓여다 주는 차를 마시며 장경수가 주민 담당 장석호에게 물었다.

"장 이사님! 주민들과 좀 더 가까워지기 위하여 어떻게 해야죠?"

주민 담당을 맡은 장석호는 어느 정도 백두리의 상황을 알고 있었다. 장석호가 한숨을 길게 쉬며 두 주먹을 쥐더니 눈에 힘을 주며 말했다. 그는 거의 웃는 모습이 없고 언제나 눈을 부릅뜨며 퉁명하게 말했다.

"회장님! 우선 백두리의 역사를 좀 알아야 합니다. 백두리는 예부터 왕씨의 후손인 '왕씨족'과 그들 수하에서 일하며 돕고 살던 '노씨족'이 중심이 되어 살죠. 그러나 지금은 70%는 외지인들이 들어와 살아요. 늦게 들어온 외지인들은 자연스럽게 두 씨족과 결합하여 결국은 '왕씨파'와 '노씨파'를 형성하였죠. '왕씨족'들은 현재 사람 수는 많지 않으나 아직도 땅을 많이 가지고 있죠."

장경수가 듣고 있다가 놀래면서 눈을 크게 뜨며 또 물었다.

"'왕씨파', '노씨파'. 그럼 우리는 어떻게 해야죠?"

"'왕씨파'들은 옛날부터 문턱이 높아 접근하기가 어려워요. 우선 부담없이 접근할 수 있는 '노씨파'와 가깝게 지내는 것이 좋을 것 같아요."

"구체적으로 누군가요?"

"진범수 통장과 저의 사회 술친구 김성수입니다."

장경수는 즉석에서 진범수와 김성수를 고용하기로 하였다. 진범수는 마을 통장이었는데 술을 좋아하여 거의 매일 술로 살았다. 그러나 사람은 합리적이고 다른 사람들을 잘 도와주는 착한 사람으로 마을의 큰 일꾼이었다. 김성수도 특별히 하는 일은 없으나 술을 좋아하고 마을 일에는 두 손 들고 나서는 두터운 입술을 가진 싸움꾼 스타일이었다. 그날 저녁 장경수는 청명산 '강림가든'에서 장석호 등 임원들과 함께 진범수 통장과 김성수를 만나 만찬을 하였다. 식사가 무르익어 가며 모두가 술 취한 가운데 장경수가 맞은편에 앉은 진범수와 김성수에게 말을 꺼냈다.

“두 분이 우리 미래개발을 도와주세요. 진 통장님은 마을 일을 돌보시면서 돕고 김 사장님은 현장소장을 맡아주세요. 충분히 사례하겠습니다.”

진범수와 김성수는 동시에 흔쾌히 대답하였다.

“아유! 그럼 좋지요. 빌딩을 세우면 나에게 시설관리를 맡겨요.”

“시설 관리하시면 잘하시겠네요. 약속합니다. 호호.”

술에 취해 김성수가 눈을 부릅뜨며 굵은 목소리로 그녀에게 물었다.

“현장 사무실은 어디에?”

“형님! 대형 컨테이너 두 대를 조속히 마을 입구에 설치합시다.”

그녀 옆에 있던 장석호가 즉각 답을 하였다.

“그게 최고야. 굿 아이디어!”

김성수가 큰 눈을 부라리며 즉각 받아쳤다.

이렇게 하여 장경수는 통장 진범수 및 김성수를 고용하였다. 그녀는 조속히 마을 진입로 입구에 대형 컨테이너 두 대를 설치하여 하나는 주민들이 무상으로 사용하고 다른 하나는 회사의 현장 출장소로 쓰기로 하였다. 컨테이너 설치를 주민 담당 장석호와 진범수 통장에게 맡겨 즉시 실행에 옮겼다.

회사 출범 둘째 주 월요일 오후, 하늘은 짙게 흐리고 가을비가 내리고 있었다. 20여 명의 마을 사람들이 보는 가운데 대형 차량에 실려 두 개의 대형 컨테이너가 도착하였고, 포클레인과 지게차가 동원되어 설치 작업을 하였다. 설치 책임자가 진범수 통장이었지만 장경수는 직접 설치 작업을 지휘하였다. 그녀는 분홍색 구두를 신고 양장을 한 채로 우산도 쓰지 않고 비를 맞으며 많은 주민이 보는 가운데 이리 뛰고

저리 뛰며 지휘하였다. 꼭 예쁜 붉은 나비가 정신없이 나는 것 같았다. 주민들은 비를 맞고 열심히 일하는 그녀의 모습에 웃으며 박수를 하였다. 컨테이너 설치는 장경수의 첫 번째 성공작이었다. 계획대로 한 컨테이너는 주민대책위가 다른 하나는 미래개발이 사용하였고, 이러한 장경수의 배려는 주민들에게 큰 호응을 받아내기에 충분하였다. 그러나 모든 것이 장경수의 뜻대로 되지는 않았다. '왕씨파'가 트집을 잡으며 문제를 일으켰다. 백두 마을은 과거부터 이권 문제가 있을 때는 주도권을 쥐기 위하여 '왕씨파'와 '노씨파'가 서로 양보하지 않고 서로를 비방하고 싸우곤 하였다. 몇 년 전 고속도로 건설 때도 이권 문제, 지도부 구성 문제로 소송까지 하며 크게 다툰 적이 있었다. 그와 같이 LH의 강제 토지 수용으로 큰 보상이 걸린 아파트 단지 개발사업임에도 '왕씨파'와 '노씨파'가 서로 주민대책위 조직과 지휘부 구성 문제로 하나가 되지 못하고 싸우며 갈등의 골이 심하였다. 이런 와중에 장경수는 일단 장석호의 의견을 따라 통장 진범수가 있는 '노씨파'와 손을 잡은 것이었다. 주민 담당 장석호가 늘 까다롭게 굴고 도도한 '왕씨파'보다 '노씨파'에 속한 합리적이고 착한 진범수 통장과 김성수를 좋아했기 때문이었다. 자연스럽게 컨테이너는 '노씨파'와 가까운 주민들이 차지하였다. 이렇게 되자 '왕씨파'와 가까운 주민들은 소외됨을 느끼고 마음이 상하여 '노씨파' 주민들과 미래개발에 반감을 드러낸 것이다. 컨테이너를 설치하려면 관할 군청과 경찰서에 신고해야 한다. 이러한 것을 알고 있는 '왕씨파' 주민들은 칠순이 넘은 전우성을 주민대책위원장으로 세우고 컨테이너 설치가 불법이라며 군청에 고발하고 컨테이너 철거를 요청하였다. '노씨파' 주민들은 통장 진범수를 중심하여 주민대책위원장으로 남성우 목사를 선출하고 임원들을 조직하여 즉각 대응하였다. 20여 명의 '노씨파' 주민과 미래개발 임원들이 군청으로 몰려가 담당자와 강력하게 싸우고 타협을 이끌며 컨테이너 설치 고발 문제를 잘 해결하였다. '왕씨파' 주민대책위는 '노씨파' 주민대책위가 컨테이너 문제를 아주 강력하게 대응하는 것을 보고 겁을 먹었는지 서서히 타협의 자세로 나왔다. 그러나 마을이 하나 되기는 쉽지 않았다. 이러한 마을의 상황을 알게 된 장경수는 주민 담당 장석호를 통해 두 파의 대책위가 하나가 되게 하는 데 많은 힘을 기울였다. 그러나 한쪽이 대책위원장을 양보하지 않으면 결코 하나가 될 수 없었다. 이러한 문제를 차츰 잘 알게 된 남성우 목사가 대책위원장직을 전우성에게 양보하려고 했지만 '노씨파' 주민들이 결사반대하였다.

이럭저럭 한 해가 가고 2010년 새해가 되었다. 장경수는 새해 벽두부터 마음을 다잡고 임원 등 직원들을 독려했지만 모든 것이 쉽게 이루어지지 않았다. 특히 애인이자 고문인 오문호는 장경수에게 서울에 빌라 건축 명목으로 연리 5%로 삼십억 원을 빌렸다. 그러나 그는 원금은 물론 약속한 이자도 갚지 않고 이런저런 핑계를 대며 그녀의 마음을 아프게 하였다. 그리고 임원들은 장경수에게 잘 보이기 위하여 서로 시기하고 암투를 벌이며 거짓된 충성을 하였다. 평일 오전 10시에 출근하여 회의하는데 장경수 앞에서는 서로 잘 지내는 척하나 장경수만 없으면 서로 적대시하며 서로 대화도 하지 않았다.

오문호의 배신과 공황장애

새해에 들어서며 백두리에는 새로운 개발회사들이 생겨났다. 그중에 하나가 '백두개발'이었다. 오문호는 애인인 장경수 모르게 이종사촌 동생 이종근을 대표로 앉혀 뒤에서 조종하였다. 장경수와 오문호. 서로 사랑하던 사이가 아이러니하게도 서로 적이 된 것이었다. 일찍이 증권업계에서 성장한 오문호는 돈을 욕심내어 사랑하던 여인 장경수를 배신한 것이었다. 장경수에게 가장 큰 문제는 사업 경험이 부재한 것이었다. 그녀는 언론에 백두지구 개발계획이 보도되자마자 너무 일찍 개발회사를 세워 주민보상과 대토를 받기까지 2년을 허송세월하며 기다려야 했다. '미래개발'이 출범한 지 1년이 되었을 때 총 지출한 운영비가 약 15억 원에 달했다. 단 하나 장점이 있다면 다른 개발회사보다 주민들을 많이 알고 가까워졌다는 것이었다. 이러한 여러 가지 어려움에 부딪히자 장경수는 마음이 지치며 서서히 우울증에 시달리고 몸을 지탱하기 어려운 공황장애 증세가 나타나기 시작하였다. 특히 공황장애가 심하였다. 지하 주차장처럼 어둡거나 엘리베이터 같은 협소한 곳에서는 답답하고 가슴이 터질 것처럼 뛰며 통증이 심해 죽을 것 같았다. 다행히도 '노씨파' 주민대책위가 위원장 남 목사를 중심으로 그녀에게 힘이 되어 주었다. 남 목사는 과거에 공무원으로 근무하며 익힌 기획력과 행정력으로 정부 및 군청과 LH를 상대로 주민대책위를 잘 이끌며 지도력을 발휘하였다. 장경수는 그러한 남 목사가 믿음직스러웠다. 그녀는 절망적인 가운데서 남 목사에게 일말의 희망을 걸었고, 자주 그의 농장을 찾아 의논하곤 하였다.

정부의 백두지구 개발계획 공시 후 LH는 곧 백두지구에 현장 사무소를 차렸다. 마을 주민대책위는 보상을 잘 받기 위하여 '왕씨파'와 '노씨파'가 하나가 되어 LH에 대응하는 것이 절실하였다. 어느 날 오후 5시경. '노씨파' 대책위원장인 남 목사는 모든 주민과 장경수 등 미래개발 임원들을 회의에 참석토록 하였다. 그리고 그 회의에서 남 목사는 대책위원장을 '왕씨파' 전우성에게 양보한다고 선언하였다. '노씨파' 주민들과 장경수 등 미래개발 임원들이 강하게 반대했다. 모두가 지난 과거를 들추어내며 전우성을 성토하고 지도자감이 아니라고 말했다. 그러나 남 목사는 폐회를 선언하고 말없이 컨테이너를 떠났다. 이렇게 하여 백두지구 주민대책위는 일단 급속히 하나가 되고 전우성을 중심으로 움직였다. 예상대로 전우성은 대책위를 합리적이며 공정하게 정상적으로 이끌지 않고 대책위 임원을 '왕씨파' 사람들을 중심으로 앉히고 막무가내로 이끌었다. 나아가 그는 웬일인지 장경수의 미래개발과 거리를 두었다. 전우성은 지도력이 없었다. 그는 회의를 정해진 때에 실시하지 않았고, 컨테이너에는 나타나지도 않았다. 이러한 전우성의 행태를 보고 이래저래 장경수의 마음은 절망으로 빠져들며 거의 탈진 상태가 되었다.

그럭저럭 미래개발이 출범한 지 1년 6개월이 된 어느 날이었다. 오후 5시경 퇴근 전 임원회의에서 총괄 담당 최범식이 고문 오문호와 임원들이 있는 자리에서 '삼일절 기념 등산'을 하겠다고 장경수에게 보고하였다. 그녀는 잘 알았다고 하면서 몸이 안 좋고 힘들어 자신은 참여하지 않는다며 오문호에게 책임을 지우며 안전에 유의할 것을 당부하였다. 평소 오지 않던 오문호가 참석한 것은 총괄 담당 최범식이 등산 계획을 세우며 특별히 부른 것이었다. 등산 계획대로 오문호와 임원들, 그리고 진범수와 김성수가 참여한 가운데 '청명산'을 등산하였다. 등산로가 잘 정비되어 있어 등산에 전혀 무리가 없었다. 문제는 정상까지 올라가서였다. 최범식이 술을 너무 많이 마신 것이었다. 하산하면서 최범식이 경사지에서 미끄러지며 우측 다리에 골절상을 입었다. 모두 하나가 되어 돼지같이 뚱뚱한 그를 들고 내려오는 큰 어려움을 겪어야 했다. 최범식은 병원에 입원했고, 김성수를 통해 등산 중 낙상 사고를 보고 받은 장경수는 절망이 깊어진 가운데 무조건 미래개발의 해체를 선언하였다. 즐거워야 할 삼일절 기념 등산 행사가 오히려 회사의 문을 닫는 결정적인 계기가 된 것이었다. 그녀는 사업에 전혀 도움이 되지 않고 신뢰할 수 없는 오문호와도 결별하였다. 그는 끝내 그녀에게 빌린 돈은 물론 약속한 연리 5% 이자도 한 푼도 갚지 않았다. 오문호는 그녀에게 곧 갚겠다며 만나주기를 전화로 요청하였으나 그녀는 빌린 돈 원금만 속히 갚으라며 냉정하게 물리쳤다.

장경수는 사십 평형의 아파트에서 혼자 지냈다. 그녀는 우울증과 공황장애가 심하였다. 어느 날 밤 아파트 지하 주차장으로 차가 들어섰는데 가슴이 터질 듯 아파서 숨을 쉴 수 없었다. 운전하는 심 기사가 그녀를 부축하여 집으로 겨우 들어갈 수 있었다.

식목일인 4월 5일은 장경수의 생일이었다. 장경수는 우울증도 달랠 겸 가깝게 지내는 여고 동기 동창생 김혜옥과 조영순을 집으로 초청하여 만찬을 겸한 생일파티를 열었다. 장경수의 아파트 거실은 매우 넓었는데 그녀가 인테리어를 잘하여 매우 분위기가 좋았다. 그녀가 파티 준비를 마치고 기다렸는데 정해진 시간에 혜옥이와 영순이가 함께 왔다. 혜옥이는 생일 선물로 꽃을 한 아름 준비하였는데, 영순이의 선물은 파란색 보자기로 싼 것이었다. 장경수가 좋아하며 영순에게 물었다.

"영순아! 이게 무어야?"

"끌러 봐! 아마 놀랄걸?"

장경수는 섬세한 손놀림으로 보자기를 풀었다. 제법 긴 나무 상자가 드러났다. 모두가 숨을 죽이며 바라보았다. 순간 영순이가 질문했다.

"무슨 선물일 것 같니?"

장경수가 생각하더니 말했다.

"음! 상자 크기로 봐서 곰 인형일까?"

영순이 웃으며 다그치듯 말했다.

"노우! 텔레파시가 통해야지! 자, 네가 빨리 열어 봐!"

장경수가 가만히 상자의 뚜껑을 열었다. 여는 순간 장경수가 비명을 질렀다.

"파란 십자가!"

혜옥이도 한마디 하였다.

"파란 십자가네. 야! 멋져."

영순이가 두 친구에게 말했다.

"경수야! 네가 아무 경험도 없이 개발사업을 하며 너무 힘들어하는 것 같았어. 그래서 힘과 희망을 주려고 파란 십자가를 선물로 준비했어."

파란 십자가는 배터리식이었다. 영순이 가볍게 전원을 누르자 십자가가 아름답게 파랑빛을 발하였다. 너무 신기하였다.

장경수는 파란 십자가를 두 손으로 들고 꼭 가슴에 안은 다음 입으로 키스를 하였다.

"영순아! 고마워 내가 이 파란 십자가를 늘 침대 곁에 두고 지낼게."

그런데 혜옥이 장경수를 보며 넌지시 물었다.

"경수야! 십자가가 무슨 의미지?"

그러자 장경수가 얼결에 대답하였다.

"언젠가 학교 다닐 때 영화에서 본 것 같아. 마귀가 십자가를 보면 도망가잖아. 십자가에는 어떤 알 수 없는 신비한 힘이 있다고 생각해!"

영순이 웃으면서 말했다.

"그것도 틀린 말은 아닌 것 같아. 나중에 교회 목사님께 물어볼게. 오늘은 여기까지?"

함께 만찬을 즐기며 세 사람은 밤늦게까지 시간을 보냈다. 그런데 시간이 갈수록 장경수가 표정이 우울해지는 것 같았다. 이것을 눈치챈 영순이 그녀에게 물었다.

"경수야! 어디 몸이 아프니? 얼굴 안색이 안 좋네."

"응! 회사! 폐업했어. 사업 경험도 없었고 너무 힘들어서 우울증이 오고 공황장애로 지하 주차장만 들어서면 가슴이 쿵쿵거리며 터져 죽을 것 같아."

장경수가 눈물을 글썽거리며 말하자, 혜옥이 즉시 받으며 말했다.

"그러면 빨리 정신과 진료를 받아 봐."

장경수는 정신이 번쩍 들었다.

"그래. 내 정신 좀 봐. 내가 잘 아는 정신과 전문의도 있는데."

혜옥이 되물었다.

"어디에?"

"서울 용산. 구하라 박사라고!"

세 친구는 오랜만에 만나 시간 가는 줄 모르고 생일파티를 즐겼다.

밤늦게 혜옥과 영순이 떠나고, 장경수는 뒤처리한 후 영순이 선물로 준 '파란 십자가'를 들고 거실 창가로 가서 하늘을 바라보았다. 그런데 하늘에 놀라운 현상이 벌어졌다. 하늘에는 은하수들이 깜빡이며 빛을 발하는데 놀랍게도 정면에 은하수가 '파란 십자가' 군(群)을 형성하고 있는 것이 아닌가? 그녀는 손에 든 '파란 십자가'와 하늘에 새겨진 '파란 십자가'를 번갈아 보며 여고 시절에 교회 다니던 때를 회상하였다. 그녀와 영순이와 혜옥이와는 단짝 친구였다. 함께 팔짱 끼고 학교와 교회를 오가며 살았다. 혜옥이는 유달리 봉사를 잘하는 봉사파이고, 영순이는 열심히 기도하는 기도파(祈禱派)라면, 장경수 자신은 은혜파였다. 보육원과 양부모 슬하에서 자란 그녀의 어린 날을 생각하면 그녀는 하나님의 은혜로 살고 있다고 생각하였다. 그러나 지금의 그녀는 어떤가? 교회를 떠나 믿음을 잃어버린 지가 언제였던가? 그녀는 손에 파란 십자가를 들고 하늘의 파란 십자가를 바라보며 얼굴에 미소를 지었다. 그리고 영순이의 선물 '파란 십자가'에 키스하고 침대로 와서 곧 깊은 잠에 빠졌다.

며칠 후, 장경수는 용산으로 '구하라 정신과 의원'을 찾아갔다. 그녀는 부모 없이 남양주의 사설 보육원에서 어린 시절을 지내다가 일곱 살에 용산에 살던 양부모에게 맡겨져 자랐다. 양부모님은 모두 좋으셨다. 그들은 그녀를 자주 집에서 가까운 구하라 박사를 찾아 정신과 진료를 받게 하곤 하였다. 그녀가 진료실로 들어가자 머리가 하얀 구하라 박사는 그녀를 알아보며 매우 반가워하였다. 서로 안부를 물은 후 장경수는 사업의 실패로 인한 공황장애 등 진료하러 온 목적을 자세히 이야기하였다. 그녀의 이야기를 들은 구하라 박사는 웃으며 진단과 함께 놀라운 처방을 하였다.

"사업 초기에 대부분 사람이 겪는 증상이죠. '안답죽미신드롬'이라고요. 살기가 너무 힘들어 안타깝고 답답하고 죽을 것 같고 미칠 것 같은 증상이에요. 좋은 치료법은 꼭 하나가 있어요."

그가 말하며 그녀를 지그시 바라보자, 그녀가 놀란 듯 그의 얼굴을 살피며 물었다.

“안답죽미신드롬? 좋은 치료법이 있다고요?”

“네. 치료법은 교회를 나가는 것입니다. 교회 가서 ‘말기찬요법’을 쓰세요.”

“말기찬요법요?”

“네! 성경 말씀 읽고 기도하고 찬양하면 나을 거예요. 쉽고 얼마나 좋아요. 하하하.”

장경수는 구하라 박사와 헤어져 차를 몰고 용산을 나와 강변도로를 따라 달렸다. 차창으로 시원한 강바람이 들어왔다. 그녀는 구하라 박사의 말을 생각하고 남성우 목사의 ‘주님말씀농장’을 떠올리면서 입가에 미소 지으며 읊조렸다.

“그래. 다시 교회를 나가자. 믿음을 되찾아야지. 남성우 목사를 찾아가자!”

장경수는 남 목사에게 두 시간 가까이 자신이 왜 교회에 왔으며 울며 기도했는지를 숨김없이 고백하였다. 남 목사는 즉시 그 자리에서 일어나 장경수 머리에 손을 얹고 안수기도 하였다.

“하나님 아버지! 장기간 아버지를 떠났던 사랑하는 딸 장경수 자매가 아버지께 돌아왔습니다. 임마누엘의 아버지께서 자매님의 영혼과 몸을 사랑하사 강건하게 하셔서 삶 속에 다가오는 모든 악한 적들과 역경들을 이겨내어 아버지께 영광 돌리며 십자가를 잘 지고 가게 하옵소서. 예수 그리스도 이름으로 기도합니다. 아멘.”

장경수도 큰 소리로 ‘아멘’ 하였다. 그러면서 남 목사를 바라보며 물었다.

“목사님! 십자가가 무엇이죠?”

"십자가는 예수 그리스도의 고난과 죽음에 의한 인류 구원의 은총의 표적이죠. 십자가를 진다는 것은 예수 그리스도의 구원 사역에 동참하며 자신을 하나님께 義의 산 제물로 드리는 것이죠."

남 목사의 말에 그녀는 간단히 되받았다.

"구원의 은총의 표적! 구원 사역을 위해 산 제물이 된다!"

"네! 그러나 잊지 말아야 할 것은 지금의 직업을 왜 하나님께서 나에게 맡기셨느냐 하는 것이죠."

두 사람은 시간 가는 줄 모르고 두 시간 가까이 이야기를 주고받았다. 하늘이 검어지더니 굵은 빗방울이 내리기 시작하였다. 장경수는 남 목사와 헤어져 차를 타고 가며 그녀의 생일에 영순이 선물한 '파란 십자가'와 십자가의 의미를 깊이 생각하며 읊조렸다.

"십자가! 구원 사역을 위한 의로운 산 제물이 되어야 한다! 왜 하나님은 힘든 이 일을 나에게 맡기셨을까?"

다시 일어서다

장경수는 남 목사의 교회에 출석하여 '말기찬요법'을 하며 신앙생활에 힘을 쏟았다. 여유가 있을 때는 집 가까이 호수공원에 나가 산책 겸 운동을 하였다. 장경수는 폐업한 지 3개월이 지나며 다시 건강이 회복되고 있었다. 그녀는 하나님께 건강회복을 감사하며 사업이 성공하면 순수익의 십이조를 하나님께 드리겠다고 서원하였다. 그것이 일종의 작은 십자가를 지는 것으로 생각하였다.

어느 날 오후였다. 장경수는 호수공원 주변을 운동하다가 벤치에 앉아 쉬고 있었다. 그런데 50대 정도 되어 보이는 남자가 운동하며 벤치 쪽으로 뛰어오는데 낯익은 얼굴이었다. 그가 그녀의 앞을 지나갔을 때 몇 년 전 그를 한번 만났던 일이 어렴풋이 생각났다. 평택 건축 박람회 때 오문호, 장석호와 함께 그의 사무실을 방문하여 인사한 바 있는 부동산 개발 전문가 송오한이었다. 오문호는 그를 소개하기를 교회 장로로 술도 마실 줄 모르며 몇 명 안에 드는 개발 전문가라고 하였다. 장경수는 그때를 회상하면서 송오한과 반대편으로 서서히 뛰어가 호수공원카페 부근 의자에 앉아 그가 오기를 기다렸다. 잠시 후에 그가 땀을 흘리며 천천히 뛰어오고 있었다. 그가 가까이 오자 장경수가 의자에서 일어나며 먼저 인사를 하였다.

"송오한 전무님! 안녕하세요."

그가 그녀를 보며 의아한 듯 물었다.

"누구시죠?"

"오문호 씨 아시죠. 몇 년 전 평택 박람회 때 찾아뵈었죠. 장경수라고 해요."

"아아! 장경수 씨! 이제 기억나네요."

"교회 장로님이라고 하셨죠? 장로님! 저기 카페에 가서 잠시 커피나 한잔하시죠?"

"좋아요."

두 사람은 야외에 놓인 테이블을 잡고 차를 주문하였다. 예쁜 여직원이 와서 무엇을 마실지를 묻자 두 사람 모두 거의 동시에 말했다.

"카페라테."

잠시 후, 여직원이 차를 가지고 왔는데 두 잔에 모두 갈색 하트 무늬가 유난히 잘 그려진 카페라테였다. 송오한이 찻잔을 보며 말했다.

"자매님! 감사해요. 잔이 너무 예쁘네요. 갈색 하트 무늬의 커피잔!"

장경수도 모처럼 하하 웃으며 잔을 들고 건배를 제의하였다.

"자! 송 장로님! 하나님께서 주신 만남이니 건배를 하시죠."

두 사람은 살짝 잔을 마주치며 서로를 보고 웃었다. 먼저 장경수가 사업의 실패와 교회를 나가게 된 이유 등 근황을 이야기하였다. 송오한은 그녀의 이야기를 듣고 충분히 이해한다며 자신도 평택 박람회를 마친 후 지인과 개발사업을 하다가 힘들어 쉬고 있다고 하였다. 두 사람은 전화번호를 주고받으며 서로를 위해 기도하기로 하고 헤어졌다.

그날 밤, 장경수는 침대에서 잠을 자며 이상한 꿈을 꾸었다. 그녀의 개발 회사에서 송오한이 함께 일하며 큰 빌딩을 짓는 꿈으로 많은 돈을 벌어 오갈 곳 없는 아이들을 돕는 꿈이었다. 그런데 송오한도 유사한 꿈을 꾸었다. 잠에서 깬 장경수는 꿈을 생각하며 하나님께서 자신을 도우려는 것이라고 믿었다. 그녀는 아침 식사를 간단히 마치고 송오한에게 전화를 하였다. 송오한이 곧 전화를 받았다.

"송 장로님! 지난밤에 이상한 꿈을 꾸었어요. 우리 회사에서 송 장로님이 함께 일하시고 큰 빌딩을 짓고 많은 돈으로 어린이들을 돕는 꿈이요."

즉각 송 장로도 답을 하였다.

"장 여사님! 저도 유사한 꿈을 꾸었는데 하나님께서 주시는 어떤 사인 같아요."

"장로님! 함께 기도하며 다시 개발 회사를 세우죠."

"네! 알겠습니다."

장경수와 송오한은 꿈을 통해 손을 잡고 개발 회사를 새롭게 세우기로 약속하였다. 송오한은 그야말로 개발 전문가였다. 계획이나 사람 고르고 쓰는 일도 남달랐다. 송오한의 의견을 따라 장경수는 시내 중심가 빌딩에 100여 평의 사무실을 얻어 '미래개발센터'라 하여 송 전무에게 맡기고, 백두지구에는 사무실을 임대하고 다시 김성수를 고용하여 현장 사무실을 맡게 하였다. 회사를 문 닫고 6개월 만에 다시 시작하는 것이었다. 마침 때를 맞추어 LH가 주민들을 대상으로 대토를 공급하고 있었다. 장경수는 현장 사무실에서 개업파티를 크게 열었다. 주민대책위원장 전우성, 사무장 강순호, 부위원장 남성우 목사 등 30명 정도의 주민들과 장경수의 '미래개발'과 경쟁 관계인 백두개발 대표 이종근도 참석하였다. LH 직원도 참석하여 개업을 축하하였다. 장경수는 파티를 시작하기 전에 남 목사에게 개업을 위한 기도를 부탁하였다. 남 목사는 하나님께서 장 회장에게 다시 건강을 주신 것을 감사하고 미래개발에 은혜를 베풀어 주실 것을 간절히 기도드렸다. 남 목사의 기도 후, 장경수가 컵에 포도주를 따르며 모두를 위한 건배를 하며 파티는 무르익어 갔다. 한참 파티가 절정으로 치달으며 장경수가 그녀 맞은편에서 술을 마시는 전우성 위원장의 이름을 큰 소리로 띄웠다.

"여러분! 전우성 위원장님께서 한 말씀 하시겠습니다."

장경수의 갑작스런 제의에 전우성은 손사래 치며 거절했다. 전우성은 말주변이 부족했다. 그러나 주위에서 부추기자 비틀거리며 의자에서 일어나 한마디 했다.

"에~ 에~ 간단히 하겠습니다. 모두 잔을 들어 주세요. 자~아~ 멋쟁이 장 회장님의 만수무강을 위하여!"

순간 모두가 배꼽을 잡고 웃으며 건배하였다.

"멋쟁이 장 회장님의 만수무강을 위하여!"

술에 취한 전우성은 장경수에게 한마디 했다.

"장 회장님! 감사합니다. 나를 도와주셨으니 나도 장 회장님을 도와야죠."

"위원장님! 감사합니다. 서로 도와야죠."

전우성 옆에 앉아 있던 남성우 목사가 장 회장을 보며 미소를 지었다. 그렇게 개업파티는 잘 끝났다.

LH의 개발단지 용도계획에 따라 주민들에게 생계대책용지 400평 1필지가 책정되어 있었다. 이것이 장경수의 첫 번째 획득 목표였다. 이미 주민들 대다수가 조합을 구성하고 있었기 때문에 절대적으로 주민들의 협조가 요구되었다.

다음 날 아침 출근하자 장경수는 송 전무를 불렀다.

"송 전무님! 생계대책용지 문제를 어떻게 풀죠?"

송 전무가 걱정하지 말라는 투로 웃으며 말했다.

"좋은 방법이 있어요. 지금 경쟁 상대는 이종근의 '백두개발'입니다. 마을에서는 둘 가운데 한 곳을 택해야 합니다. 제 생각은 싸우기보다 제비뽑기가 좋을 것 같아요."

"대토를 제비뽑기로 결정하자?"

"그렇습니다. 우선 남성우 목사에게 의견을 물어보세요."

"그래요. 내가 당장 현장도 둘러볼 겸 남 목사님을 찾아뵐게요."

장경수는 즉시 차를 타고 백두리 현장 사무실로 달려갔다. 송 전무가 전화를 해서 김성수가 사무실에서 그녀를 기다리고 있었다. 그녀는 현장 소장 김성수와 함께 남 목사의 '주말농장'으로 갔다. 가을에 접어들어 농장에는 배추며 무 등 채소들이 잘 자라고 있었다. 남 목사가 밭에서 일하다가 장경수의 차가 도착한 것을 보고 수건으로 땀을 닦으며 비닐하우스 앞 잔디밭 테이블로 왔다. 그가 장 회장과 김성수에게 의자에 앉으라고 권유하였다. 두 사람이 앉자 남 목사가 물었다.

"차를 마시겠어요?"

두 사람은 괜찮다며 남 목사에게 앉으라고 하였다. 장경수가 먼저 말을 꺼냈다.

"목사님! 그동안 감사했어요. 기도 덕분이죠. 아시는 바와 같이 생계대책용지 문제인데 경쟁회사인 백두개발과 제비뽑기를 하면 어떨까요?"

장경수의 제안에 남 목사가 웃으며 대답했다.

"저도 그 생각을 했어요. 대부분 개발회사가 대토에 관심이 있고 생계대책용지는 관심이 없어요. 듣기로는 '백두개발'이 관심이 있는 것 같아요. 내가 전우성 위원장과 의논해 볼게요."

그날 오후 5시에 강순호의 농원 안에 있는 대책위 사무실에서 전우성 등 대책위원들이 모였다. 전우성은 회의 절차 없이 자유롭게 의논하는 스타일이었다. 회의록을 기록하는 것도 없이 어떤 면에서는 좋은 점도 있었다. 먼저 전우성이 말했다.

"생계대책용지 400평을 누구에게 줄까? 이미 조합은 구성되어 있는데."

사무장인 강순호가 받아쳤다.

"간단해요. 미래개발과 백두개발의 싸움인데 돈을 많이 주는 쪽으로 해야죠. 경매요."

강순호의 말을 듣고 있던 남성우 목사가 조용히 제안했다.

"이미 평당 가격은 정해진 것이나 마찬가지죠. 그러므로 공정하게 제비뽑기를 하죠."

그러자 너도나도 진범수 통장을 보며 제비뽑기가 좋다고 하였다. 그 자리에는 통장 진범수가 참여했는데 그의 여조카가 백두개발에서 직원으로 근무하고 있었다. 전우성이 진범수를 보며 오른손으로 앞에 놓인 탁자를 치며 선언했다.

"내일 오후 두 시에 컨테이너에서 생계대책용지 주인을 결정하겠습니다. 강 사무장은 두 회사에 연락해 주세요. 방법은 제비뽑기라고."

모두가 손뼉을 치며 좋아하는데 사무장 강순호만 땅을 치며 한숨을 쉬었다.

"1원이라도 더 주는 쪽으로 해야지. 젠장!"

장경수는 남 목사로부터 제비뽑기로 결정되었다는 소식을 듣고 한편 걱정도 되었으나 하나님께서 도와줄 것이라는 믿음이 있었다. 다음 날 장경수와 송오한은 사무실에서 기도하고 백두지구 컨테이너로 갔다. 두 사람이 차에서 내리자 백두개발 이종근 대표가 밖에서 혼자 담배를 피우고 있었다. 장경수가 먼저 이종근에게 적당한 거리를 두고 인사를 했다.

"이 대표님! 잘 지내시죠. 공정하게 제비를 뽑으니까 좋지요?"

이종근은 초조한 듯이 아무 말 없이 웃기만 하였다.

"이 대표님 같이 들어가시죠."

장경수와 송오한이 컨테이너 안으로 들어가자 이종근도 따라 들어왔다. 이미 안에는 전우성 등 주민대책위 임원들이 제비뽑기를 준비하고 있었다. 장경수와 이종근이 함께 들어가자 모두 좋아하며 손뼉을 쳤다. 전우성을 중심으로 맨 앞자리 양쪽에 장경수와 이종근이 마주 보고 앉았다. 중앙에는 천으로 잘 만들어진 제비뽑기함과 두 개의 눈가리개가 놓여 있었다. 함은 꼭 교회에서 사용하는 헌금함과 유사했다. 약속된 2시가 되자 전우성이 일어나 말문을 열었다.

"이미 예고된 대로 '생계대책용지' 수혜자 78명이 조합원으로 구성되었습니다. 조합원 전원에게 제공되는 용지의 규모는 약 400평입니다. 이 권리를 미래개발과 백두개발 중 한 회사에 넘겨야 합니다. 공정하게 기회를 주기 위하여 제비를 뽑겠습니다. 이의 있는 분 있나요?"

참석자 모두 이의 없이 조용히 전우성을 주시하고 있었다. 전우성은 함 안에 손을 넣어 두 개의 구슬을 꺼내 보였다.

"이의가 없으면 지금부터 제비를 뽑겠습니다. 이 두 개의 구슬이 제비입니다. 형태가 같은 파란 구슬과 녹색 구슬입니다. 녹색 구슬에 영어로 '승리'를 의미하는 검은 색 'V' 자가 씌어 있습니다. 눈가리개를 하고 녹색 구슬을 집는 분이 승리자입니다."

설명을 마친 전우성이 두 구슬을 다시 함에 넣고 눈가리개를 두 사람에게 주며 말했다.

"양측 대표님 일어서서 눈가리개를 써 주세요."

장경수와 이종근이 의자에서 일어나서 눈가리개를 쓰자 전우성이 말을 이었다.

"자 그럼 두 분 각자 오른손을 함에 넣어 구슬을 잡으세요."

장경수와 이종근이 동시에 손을 함에 넣고 각각 구슬을 잡았다. 참석자 모두 숨을 죽이고 주시하고 있었다. 전우성이 큰소리로 외쳤다.

"꺼내세요."

두 사람이 동시에 손을 꺼냈다. 꺼내는 순간 이종근이 먼저 탄식하며 소리쳤다.

"아이구! 이런 망했다."

거의 동시에 장경수도 소리쳤다.

"하나님! 감사합니다."

전우성이 즉시 큰 소리로 선포했다.

"장경수 회장의 미래개발에 '생계대책용지'를 넘기는 것으로 결정합니다."

주민들은 장경수를 축하하고 이종근에게 위로하였다.

주민대책위와 헤어진 장경수는 송 전무와 회사로 돌아왔다. 그녀는 소파에서 잠시 쉬다가 송 전무를 불렀다. 송 전무가 들어와 소파에 앉았다.

"송 전무님! 오늘 우리의 목표가 반은 이루어졌네요. 전우성 등 대책위 임원들과 우리 직원들이 함께 오후 6시에 만찬을 하면 어떨까요?"

"장 회장님! 좋은 생각입니다. 어디로 할까요?"

"늦가을이니 단풍 구경도 할 겸 청명산 '강림 가든'이 좋을 것 같아요."

"네. 예약하고 준비하겠습니다."

다행히도 전우성 등 주민대책위 임원들이 만찬에 참여하겠다고 하였다. 장경수가 직원들을 대동하고 '강림 가든'에 도착하니 이미 전우성 등 대책위 임원들이 와서 큰 방을 잡고 있었고, 만찬도 잘 준비되어 있었다. 장경수가 인사를 하는데 남성우 목사가 보이지 않았다. 장경수가 김성수에게 물었다.

"김 실장님! 남 목사님은 안 오셨네요?"

"네! 농장 교회에 할 일이 있으시대요. 이사를 하신다는 것 같아요."

"그래요? 교회가 이사를 한다? 자, 그럼 먼저 건배를 하겠습니다."

장경수가 포도주를 돌리며 모두에게 잔에 채우게 하였다.

"자! 백두주민대책위 전우성 위원장님과 임원들을 위하여 건배합니다. 위하여!"

"위하여!"

이렇게 시작하여 만찬이 점점 무르익어 갈 무렵, 장경수가 일어나 방을 나와 화장실을 가는데 화장실 부근 한 방에서 오문호가 백두개발 이종근 등 직원들과 함께 방문을 연 상태에서 식사하며 술을 마시고 있었다. 오문호와 이종근이 매우 취해 있었다. 순간 장경수와 오문호가 눈이 마주쳤고, 오문호가 비틀거리며 일어나 큰 소리로 장경수를 부르며 뛰어나오더니 화장실로 들어가려는 장경수를 뒤에서 안으려고 하였다. 장경수가 놀라 오문호를 두 팔로 강하게 밀치니 그가 비틀거리며 힘없이 쓰러지더니 일어나지 못하고 버둥거리며 외쳤다.

"어어. 너 나를 쳤어? 경수야. 네가 나를 쳐? 한번 붙어 볼래?"

갑자기 소동이 벌어지자 이 방 저 방에서 사람들이 나왔다. 일찍 뛰어나온 송오한이 상황을 파악하고 잽싸게 기사를 불러 장경수를 모시고 가라고 말하며 그녀에게 눈길을 주자 장경수와 김 기사가 그 자리를 빠져나갔다. 그녀는 차를 타고 아파트로 가며 오문호와의 일을 더 문제 삼지 않기로 하였다. 그런데 궁금한 것은 왜 오문호가 백두개발 직원들과 함께 술을 마시고 있었을까 하는 것이었다. 이해가 되지 않았다. 집에 와서 음악을 들으며 쉬고 있는데 송오한으로부터 전화가 왔다.

"회장님! 놀래셨죠. 다행입니다. 오문호 그 친구가 술이 많이 취했던 것 같아요. 회장님이 떠나신 후 잠시 있다 대책위원들도 떠나고 제가 오문호와 함께하며 달래 주었습니다. 성격이 조용한 좋은 친구인데 많이 변했네요."

"송 전무님! 그런데 왜 그 사람이 백두개발 직원들과 함께 회식했을까요?"

"그러네요. 기회 되면 알아보겠습니다."

그렇게 승리를 기념한 '강림 가든' 만찬 회식을 마치고 종료하였다.

이후 장경수는 전우성 등 조합원들에게 약속한 용지 대금을 지급하고 위임장을 받아 LH와 군청을 드나들며 필요한 서류를 제출하여 '생계대책용지' 400평의 땅에 8층 빌딩을 지으며 즉시 분양에 들어갔다. '제비뽑기' 사건으로 장경수는 많은 주민과 더욱 친해지게 되었다. 그러므로 대토보상을 원하는 전우성 등 주민 4명을 조합원으로 구성하고 LH에 서류를 제출하여 근린상가용지 400평을 추가로 확보하고 제2의 8층 빌딩 점포겸용 오피스텔 건축에 착수하였다. 송오한은 개발 전문가답게 두 개의 빌딩 건축을 착수하자마자 시공은 물론 분양회사를 통하여 어려움 없이 분양을 마쳤다. 두 빌딩으로 예상되는 순 수익금이 약 180억 원이었다. 건축하는 데 약 2년이 걸렸다. 준공이 끝나자마자 분양받은 사람들이 몰려와 분양 잔금을 내고 개업을 시작하였다. 장경수는 남성우 목사를 센터로 불러 서원한 수익금의 십이조 36억 원을 어떻게 사용하는 것이 좋을지 의논하였다. 송오한이 배석한 자리에서 남목사가 말했다.

"장 회장님의 어린 날을 생각해서 어려운 보육원을 돕는 것이 어떨까요?"

남목사의 제안에 장경수가 손으로 무릎을 치며 받았다.

"남 목사님! 정말 좋은 생각입니다. 어떤 방법으로 하죠?"

"적지 않은 금액이니까 법인 설립을 생각할 수 있으나 자유롭게 돕는 길도 있죠?"

송오한이 듣고 있다가 말했다.

"그렇습니다. 장 회장님을 중심으로 일단 우리가 어려운 보육원을 찾아 돕기로 하죠."

"장 회장님! 몇 년 전 우리 농장에 와서 어린 시절 남양주 보육원에서 자랐다고 하셨죠. 시간 되면 기회를 봐서 거기 가보면 어떨까요?"

남 목사가 의외의 제안을 하였다. 장경수가 두 눈을 크게 뜨고 밝게 웃으며 남 목사를 보며 말했다.

"좋습니다. 일단 목표를 달성하였고 크게 할 일은 없으니 제가 자란 남양주 보육원을 가보죠. 금주 금요일 오전 10시에 제 차로 함께 가면 어떨까요?"

남 목사가 떠난 후 장경수는 남양주 보육원 어린 시절을 회상했다. 부모가 누군지도 모른 채 어린 시절 그곳에서 자랐다. 사십여 년 전의 어린 시절이라 기억이 아물거렸다. 어느 날 친구들과 보육원 마당에서 고무줄을 하며 놀고 있는데 서울에서 두 부부가 와서 원장님과 이야기하더니 그들에게 맡겨졌고, 그분들의 손을 잡고 서울로 와서 자랐다. 그녀는 양부모의 도움 속에 행복하게 성장하였다.

금요일 오전 약속대로 장경수는 남 목사 및 송 오한과 함께 남양주 보육원으로 향했다. 차를 타고 가면서 옛 어린 시절을 떠올리며 이야기하였다. 한 시간을 달려 도착한 보육원은 이제 옛 자취는 사라지고 공립 보육원으로 바뀌어 시설이 잘 꾸며져 있었다. 50대 여성인 원장은 정부에서 지원이 잘 되어 큰 어려움이 없다고 하였다. 장경수는 돌아오면서 선한 사업을 하는 것도 결코 쉬운 일이 아니라고 생각하였다. 그녀는 옆에 앉은 남 목사에게 넌지시 말했다.

"남 목사님! 저는 혼자 살고 있어요. 오직 하나님 신앙의 힘으로요. 사람은 언제 어떤 일이 일어날지 알 수 없지요. 혹시 제가 어떤 일로 천국으로 가면 그때 제게 속한 모든 재산을 하나님 사업에 잘 써 주세요."

남 목사는 그녀의 말에 아무 말도 하지 않았다. 그는 창을 통해 강물을 바라보며 깊은 생각에 잠겨 있었다.

욕심은 죄를 낳고…

한편 정부에서는 백두지구를 '제2주택개발사업지구'로 지정 고시하였다. 1차 사업지구는 그린벨트인 농경지를 LH가 수용하여 사업을 시도했다면 2차 사업은 주거지와 그 외의 농지를 수용하는 사업이었다. LH는 1차 개발사업을 통해 엄청난 수익을 올렸다. 그린벨트는 개발제한구역으로 1970년경 그린벨트법이 지정된 후 용도변경 등이 불가하여 땅값이 매우 낮았다. LH는 이러한 점을 이용하여 수도권 그린벨트 지역을 헐값에 매수하여 택지와 상가용지로 만들어 엄청난 수익을 챙기며 사업을 계속해 나갔다. 이러한 부조리를 잘 아는 개발사업지구 주민들은 조금이라도 땅값을 더 받기 위하여 대책위를 조직하고 LH를 상대로 싸웠으나 중간에서 땅값을 정하는 감정평가사를 앞세워 보상가가 정해지기 때문에 이러지도 저러지도 못하고 당하는 수밖에 없었고, 수용지역 주민들은 속이 타들어 가고 잠을 설치며 지냈다. 이러한 주민들의 분노를 잘 아는 LH는 '간접보상'이라 하여 '대토'와 '생계대책용지' 등을 주며 달래 보려 했다. 그러나 주민들은 LH가 수용하기만 하면 땅값 2백만 원짜리 농지가 즉각 2천만 원에서 1억 원짜리 택지와 상업용지로 바뀌어 불공정하고 불합리한 세상을 보면서 정부와 LH에 분노하며 눈물을 흘릴 수밖에 없었다. 그리고 LH의 이러한 공권력에 의한 묻지 마 식 개발은 정치인들과 부동산업자들이 개입하며 부동산 가격의 폭등을 일으키는 주범이 되었다. 이러한 가운데 부동산개발업자들도 한몫 챙기려고 우후죽순 생겨나고 있었다.

백두지구 2차 개발사업 고시가 발표되자마자 개발회사들이 난립하기 시작하였다. 기존의 '미래개발', '백두개발' 외에 '모두개발', '원주민대토조합', '하나대토개발' 등 굵직한 개발회사들이 개업을 시작하며 주민들을 끌어모으기에 안간힘을 쏟았다. 한마디로 '대토 전쟁'이었다.

장경수는 한편 긴장하면서도 그동안의 사업경험과 그녀를 도와주었던 주민대책위를 믿고 낙관적인 생각을 하고 있었다. 그러나 '백두개발'을 위주로 새로 개업한 회사들은 죽기 살기로 주민들을 확보하기 위해 뛰고 있었다. 특히 '백두개발' 이종근은 지난번 장경수의 '미래개발'과의 싸움에서 진 것을 만회하려고 주민들과 가까워지기 위하여 온 힘을 기울였다. 오문호가 뒤에서 비밀리에 이종근을 적극적으로 후원하며 조종하였다. 하늘은 대토를 확보하기 위하여 수단 방법을 가리지 않고 악한 짓을 일삼는 오문호의 편이었던가? 마을에서는 1차 사업지구 주민대책위가 저절로 해체되고 새로운 주민대책위가 만들어졌다. 1차 대책위가 60-70대 중심으로 OLD했다면 2차 대책위는 50대 중심으로 YOUNG하였다. 오문호는 장경수와의 만남을 조심하면서 백두개발로 출근하여 이종근과 함께 열심히 일해 나갔다. 그리고 새로운 주민대책위 임원들에게 최대한 좋은 조건을 제시하고 대토 조합원을 확보하려고 힘썼다. 그러므로 백두개발 사무실은 항상 주민들로 북적거렸다. 어느 금요일 오후 북적거리던 주민들이 다 가고 오문호와 이종근이 대화를 하는데 행정사무를 맡은 진미영이 퇴근을 준비하고 있었다. 오문호가 그녀에게 진중하게 한마디 하였다.

"미스 진! 내가 백두개발 대표라는 것을 절대 비밀로 해! 알았지?"

이종근이 말을 받았다.

"형님! 너무 걱정하지 마세요. 언젠가는 알려지죠. 요즘 비밀이 있겠습니까? 지난번 강림 가든 사건도 있었고."

미스 진도 맞장구쳤다.

"밤말은 쥐가 듣고 낮말은 새가 듣는다고 하잖아요? 벌써 누군가는 들어 알고 있을 거예요.”

세 사람이 조심스럽게 이야기를 하는데 통장 진범수가 문을 열고 들어왔다. 술을 좋아하는 그는 벌써 얼굴이 벌겠다. 오문호와 이종근이 당황하며 어쩔 줄을 모르는데 진 통장이 말했다.

“오 고문! 너무 걱정하지 말아. 걱정한다고 되는 것 아냐. 세상에 비밀이 어디 있나?”

오문호가 진 통장에게 애걸하였다.

“통장님! 일단은 주민들에게 비밀로 해주세요. 특히 장경수에게! 부탁합니다.”

“알았다니까.”

진 통장이 문을 열고 나가자 오문호가 오른손 주먹으로 책상을 내려쳤다.

‘모두개발’ 대표는 장석호였다. 그는 몇 년 전 오문호의 추천으로 ‘미래개발’에서 주민 담당으로 일하다가 장경수에게 해고당한 경험이 있었다. 그런데 그때 함께 일하다가 해고된 최범식과 한우직이 장석호를 도와 일하고 있었다. 장석호는 주민들과 잘 아는 사이로 사업 수완이 좋아 그의 사무실에도 주민들이 북적였다.

‘원주민 대토 조합’을 개업한 최양길은 원주민으로 돈이 많고 관계(官界)와 정계(政界)에 아는 사람들이 많았다. 그리고 유능한 개발 전문가를 채용하여 일하였다. 그러나 사람들이 북적대지는 않았다.

‘하나대토개발’ 대표는 부동산 개발 경험이 많은 사람이었다.

어느 날 오전 10시에 장경수와 송오한이 백두지구 김성수가 근무하는 현장 사무실을 찾아 회의를 주재하였다.

“김 실장님. 다른 개발회사들이 어떻게 활동하는지 조사를 해서 보고

해 주세요. 특히 '백두개발'과 '모두개발'이 주민들을 어떻게 포섭하는지 잘 알아보세요."

김성수가 걱정스러운 표정으로 말했다.

"장 회장님. 큰 문제는 주민대책위원장이 바뀌었습니다. 이름이 용주식인데 나이는 50대지만 머리통만 크고 한마디로 괴짜죠. 말이 안 통해요. 전우성보다 더합니다."

장경수가 걱정스러운 얼굴로 김성수를 바라보았다. 바로 그때 진범수 통장이 문을 열고 들어왔다. 아침인데도 술을 마셔서 그런지 얼굴이 푸석푸석했다. 장경수가 의자를 권하며 말했다.

"통장님! 잘 오셨습니다. 그렇지 않아도 뵙고 싶었는데."

진 통장은 밖에서 이야기하는 것을 다 듣고 있었는지 의자에 앉으며 말했다.

"장 회장님! 지난 1차 개발에서는 힘든 중에도 성공할 수 있었지만 2차 개발에서는 정말 쉽지 않겠는데요. '백두개발', '모두개발', 최양길의 '원주민 대토 조합', '하나개발' 등 모두 만만치 않아요. 특히 전에 장 회장님을 돕던 자들이 모두 적(敵)이 되었죠."

진 통장이 두 눈을 이리저리 부라리며 보면서 불평하듯 말하자 장경수 회장이 물었다.

"통장님! 저들 중에 어디가 경쟁 상대가 될까요?"

"아무래도 '백두개발'과 '모두개발'이죠. 특히 '백두개발'이죠."

"왜요?"

"비밀로 하려고 했는데요. 언젠가는 알게 될 거고 해서 알려드리러 왔어요."

"비밀요?"

“장 회장님! 오문호 그 자식요. 장 회장님의 고문이었던 오문호가 ‘백두개발’ 대표입니다.”

“세상에! 그럴 리가?”

장경수가 눈을 크게 뜨며 놀란 얼굴로 세 사람을 번갈아 바라보았다.

진 통장이 술 취해 붉어진 얼굴로 특유의 도리도리 머릿짓을 하며 말했다.

“며칠 전 우연히 자전거를 타고 가다 조카 미영이가 근무하는 ‘백두개발’에 들렀죠. 현관문을 들어가려고 하는데 안에서 오문호가 저의 조카딸 미영이에게 그런 말을 했어요. 내가 ‘백두개발’ 대표임을 누구에게든지 절대 비밀로 해야 한다고요. 조카 미영이가 비밀은 없다고 하자마자 제가 들어갔죠.”

장경수는 불현듯 오래전 청명산 ‘강림 가든’에서 있었던 일이 다시 생각났다. 오문호가 ‘백두개발’ 직원들과 함께 회식하고 있다가 그녀에게 행패를 부렸던 사건이다.

김성수가 말을 이었다.

“그래서 최근에 오문호가 거의 매일 ‘백두개발’에 보였구나. 못된 놈! 장 회장님의 돈도 떼어먹더니~ 장 회장님! 즉시 소송해서 받아내세요.”

장경수는 마음이 편하지 않았다. 서서히 머리가 시큰거리며 아프기 시작하였다.

“그래. 통장님! 마을 주민들의 분위기는요?”

“땅이 많은 ‘왕씨족’ 대부분이 ‘백두개발’과 대토 조합을 만들고 있지요. 젊은 대책위원장 용주식이 전우성의 조종을 받고 있어요. 요즘 대토에 모두 눈이 멀어서요, 만나는 사람마다 인사가 대토 대토 대토지요. 알 수 없는 세상이 되었어요. 자, 내가 할 말은 끝났으니 갈게요.”

진 범수가 일어나 나가자, 장경수도 일어나며 말했다.

"아아! 머리가 시큰시큰 아프네. 송 전무님! 센터로 가요."

장경수는 차를 타고 가며 송 전무에게 물었다.

"송 전무님, 어떻게 하면 좋죠?"

"대토 문제는 주민들 협조가 절대적이죠."

"남 목사님을 만나볼까요? 남 목사님도 보상을 받으시니까요."

송 전무는 무슨 생각을 하는지 차 밖을 바라보며 더 말하지 않았다. 장경수는 사무실에 도착하자마자 남성우 목사에게 전화하였다. 다시 마음이 무거워지며 그의 기도가 필요하다고 생각했다. 어제까지만 해도 흘가분했던 마음이 오문호 생각만 하면 가슴이 답답해지기 시작하였다. 남 목사가 전화를 받았다.

"네. 장 회장님. 하나님 안에 평안하시죠?"

"목사님! 힘드네요. 시간 되시면 센터로 오셔서 기도해 주세요."

"네. 알았습니다. 곧 갑니다."

한 시간쯤 지나 남 목사가 왔다. 함께 차를 마시며 장경수는 백두 2차 개발지구 대토 상황을 이야기하며 어려움을 토로하였다. 특히 사랑하던 애인 오문호가 '백두개발' 대표이며 그가 돈을 빌리고 갚지 않는다는 것과 새로 조직된 주민대책위가 오문호를 돕고 있다는 사실을 알고는 전처럼 다시 머리가 아프다고 털어놓았다. 그러면서 일말의 희망을 남 목사에게 걸고 있다고 토로하며 다그치듯 물었다.

"남 목사님! 대토하셔야죠?"

남 목사가 측은하게 장경수의 눈을 바라보며 대답하였다.

"주민들은 너도나도 대토에 미쳐 있어요. 만나면 인사가 대토 대토죠. 그런데 저는 목사입니다. 제가 대토에 뛰어들면 사람들이 말할 겁니다. 목사가 돈밖에 모른다고요. 반대로 대토를 안 하면 나를 바보라고 할 것입니다. 그게 목사의 딜레마죠. 목사는 사랑의 神! 오직 그분만 바라보아야 합니다."

장경수는 고개를 끄떡이면서 남 목사를 응시하며 물었다.

"목사님! 저는 어떻게 해야죠?"

"1차 지구개발 때도 죽을 고비를 넘기고 결국엔 성공하지 않았습니까? 생사화복(生死禍福)을 주관하시는 분은 사랑의 신 그분입니다. 오직 그분께 맡기고 나가야 합니다. 이것이 제가 장 회장님께 말할 수 있는 모든 것이죠. 일단은 목표를 향해 최선을 다하되 물 흐르듯이 해야 합니다. 억지로 하는 것은 하나님의 뜻이 아니죠. 자! 기도하시죠."

남 목사는 일어서서 장 회장의 머리에 손을 얹고 기도를 하였다.

"사랑의 신이시여! 당신의 딸에게 당신의 나라와 그 의(義)가 이루어지며, 딸을 도우사 형통케 하시고 영광을 받으소서. 영육 간에 건강 지켜 주소서. 예수 이름으로 기도합니다."

두 사람이 '아멘' 하였다. 남 목사가 일어나며 장경수를 보니 그녀의 눈가에 눈물이 고여 있었다. 남 목사가 떠나고 장경수는 송 전무를 불렀다.

"송 전무님! 제가 좀 힘드네요. 집에 가서 좀 쉴게요."

그녀는 센터를 나와 엘리베이터를 탔다. 아무도 없었다. 그런데 현기증이 나며 어지럽고 가슴이 쿵쾅거렸다. 심한 공황장애 증세였다. 잠시 앉아 있는데 차에서 기다리던 김 기사가 와서 부축하여 차에 탔다. 차 안에서도 공황장애 증상은 계속되었다. 눈을 감고 마음을 추스르며 겨우 아파트에 도착하였다. 그녀는 김 기사에게 지하에 주차하지 말고 외부에 주차하라고 한 후 밖에서 내렸다. 아파트 7층에 살던 그녀는 엘리베이터를 타지 않고 난간을 붙잡고 계단을 걸어 올라갔다. 그녀는 자신의 연약한 몸을 어떻게 할 수가 없었다. 그러므로 그녀는 자신의 몸 상태를 아는지라 가급적 어둡고 협소한 장소에 가는 것을 피해야 했다. 그녀는 겨우 자신의 아파트 문을 열고 거실에 들어설 수 있었다. 곧 방으로 가서 수면제를 먹고 침대에 몸을 맡기고 깊이 잠이 들었다.

장경수가 잠이 깼을 때는 컴컴한 밤이었다. 침대 옆 탁자 위에 파란 십자가가 빛을 내고 있었다. 그녀는 파란 십자가를 두 손으로 잡고 가슴에 안으며 창가로 가서 밖을 바라보았다. 저 멀리 어느 교회의 붉은 십자가가 보였다. 그녀는 두 십자가가 너무 아름다워 보였다. 그녀는 전방의 하늘을 바라보았다. 늦가을의 밤하늘은 너무 맑았다. 총총히 별들이 빛을 발하고 있었다. 가만히 은하수를 바라보니 신기하게도 파란 십자가 군(群)을 형성하고 있었다. 그녀는 혼자 말했다.

"파란 십자가! 사랑의 신이 나에게 무언가를 이야기하시는 거야."

그녀는 손에 든 파란 십자가와 하늘의 파란 십자가를 번갈아 보며 너무나 황홀한 상태가 되었다. 그때였다. 크고 긴 밝은 유성(流星)이 멀리 교회의 붉은 십자가를 향해 서서히 떨어지고 있었다. 그녀는 그 유성을 바라보다가 파란 십자가를 들고 거실로 갔다. 탁자 위에 성경책이 보였다. 파란 십자가를 탁자 위에 놓고 성경책을 무심코 폈다. 신약성경 야고보서 1장 15절이었다.

"욕심이 잉태한즉 죄를 낳고 죄가 장성한즉 사망을 낳느니라."

그녀는 성경 구절을 몇 번이고 읊조렸다.

다음 날 장경수는 오전은 쉬고 오후 두 시경 센터로 갔다. 빌딩 밖에서 내려 계단을 이용하여 사무실로 갔다. 센터에 도착한 그녀는 송 전무를 불렀다. 송 전무가 그녀의 사무실로 들어오며 염려스러운 얼굴로 물었다.

"장 회장님! 다시 공황장애 증상이 있으시다고요. 김 기사가 그러던데요."

"네. 제가 조금만 힘들면 그러네요. 잘 이겨내야 할 텐데. 송 전무님! 오늘 다시 현장으로 나가서 주민들과 다른 개발회사들의 동태를 직접 살펴보려고 해요. 저 혼자 가서 김 실장과 함께 둘러볼게요."

"장 회장님! 건강이 좋지 않은데 몸조심하세요."

송 전무가 걱정하며 말했다.

혼자 센터를 나간 그녀는 엘리베이터로 가고 있었다. 문 앞에 섰는데 아차 싶었다. 그녀는 김 기사에게 전화하여 밖으로 나오게 하였다. 차를 타고 현장에 도착하여 김성수를 만난 그녀는 바로 다른 개발회사들의 동정을 살피기 위하여 함께 차를 타고 떠났다. 잘 알아보지 못하도록 그녀와 김성수 모두 선글라스를 착용하였다. 먼저 최 양길의 '원주민 대토 조합'으로 갔다. 20여 미터의 거리에 차를 세우고 동태를 살폈다. 진 범수 통장의 말대로 한가해 보였다. 그녀는 '하나개발'로 갔다. 개발 전문가가 하는 회사답게 외부가 화려했으나 사람들이 북적이지 않고 한가해 보였다. 장석호가 대표로 있는 '모두개발'로 가니 밖에서 이야기하는 주민들이 보였다. 그 틈에는 함께 일했던 한 우직도 보였다. 진범수 통장이 자전거를 타고 오더니 길가 나무에 기대어 놓고 그들과 인사하고 안으로 들어갔다. 잠시 후 최범식이 목발을 짚고 현관문을 나와 담배를 피우며 장경수의 차를 바라보더니 차 쪽으로 걸어오고 있었다. 장경수는 김 기사를 재촉하며 '백두개발'로 가자고 하였다. 최범식은 청명산 등산 시 낙상 사고로 한쪽 다리가 불구가 된 상태였다. 정상회복이 안 되어 계속 재활 치료를 하고 있었다. 장경수가 많은 치료비를 주었으나 최범식은 완전히 치료될 때까지 치료와 보상을 요구하였다. 그러나 장경수는 그의 실수 때문이라며 1년 전부터 치료비를 끊었다. 그녀의 차가 떠나자 최범식이 목발을 휘두르며 치료비 물어내라고 험악한 인상을 쓰며 큰소리로 욕지거리를 하였다.

장경수의 차가 '백두개발' 부근 길가에 도착하니 소문대로 주민들이 매우 북적였다. 사무실 밖에는 전우성, 강순호 등 몇 사람이 커피를 마시고 담배를 피우며 이야기하고 있었고, 십여 명의 사람이 들락날락하고 있었다. 잠시 후에 오문호가 한 낯선 사람과 나오더니 담배를 피우며 전우성에게 가까이 가서 이야기하고 있었다. 김성수가 말했다.

"회장님! 오문호와 함께 나온 사람이 새로운 대책위원장 괴짜 용주식이죠."

"소장님! 내려서 오문호를 만나야겠어요."

그녀가 차를 내려 김성수와 함께 오문호 쪽으로 접근하자 오문호가 그녀를 보더니 황급히 담배를 버리고 사무실 안으로 들어갔다. 전우성이 그녀를 보더니 인사를 하였으나 그녀는 인사를 대충 받고 현관문을 열고 들어갔다. 들어가자마자 그녀는 문 입구에 있는 책상을 잡더니 들러 엎었다. 책상 위의 물건들이 쏟아지며 곳곳에 흩어졌다. 사무실에는 십여 명의 사람들이 소파와 의자에 앉아 있었다. 그녀는 큰 소리로 오문호를 향하여 소리쳤다.

"야! 오문호! 네가 사람이냐? 네가 사람이면 어찌 이럴 수 있냐? 빌려 간 돈 내놔. 어서!"

그녀는 보이는 것이 없었다. 막무가내로 손에 잡히는 것은 오문호를 향해 집어 던졌다. 그녀가 가까이 있는 의자를 집어 들고 던지려 하자 오문호가 당황하며 그녀를 제치고 날쌔게 몸을 날려 현관문으로 나가 길가의 차를 타고 도망하였다. 장경수도 급히 밖으로 나와 김 기사에게 오문호 차를 추적하도록 지시하였다. 이십여 분을 도망하고 쫓으며 두 차는 지방도로를 달리고 있었다. 김 기사가 운전을 잘하였다. 두 차의 차간 거리가 이십 미터까지 좁혀졌다. 그런데 공교롭게도 도로에는 터널이 많았다. 긴 터널에 들어서며 그녀에게 심한 공황장애 증상이 나타났다. 그녀는 토하며 죽을 것 같았다. 순간 그녀의 뇌리에 어젯밤 하늘에 나타난 파란 십자가와 서서히 떨어지는 유성이 보였다. 그러면서 그녀는 의식을 잃고 말았다. 김 기사가 룸미러로 의식을 잃은 그녀를 보고 터널을 지나자 길가 안전구역에 차를 댔다. 김 기사가 차에서 내려 그녀의 어깨를 잡고 흔드니 겨우 눈을 희미하게 뜨며 죽어 가듯이 말했다.

"김 기사! 그냥 아파트로 가."

"회장님! 병원으로 가야죠."

"아냐. 아파트로 가. 내 걱정은 말고."

오문호의 차는 어느덧 멀리 가물가물하게 보였다. 김 기사는 멀어지는 오문호의 차를 바라보다가 다시 차를 타고 유턴하여 그녀의 아파트로 향했다. 장경수는 축 늘어져 두 팔로 가슴을 안고 신음하고 있었다. 김 기사는 차를 밖에 세우고 그녀를 부축하여 엘리베이터를 탔다. 7층에서 엘리베이터를 내린 그녀는 거의 의식이 없는 것 같았으나 온 힘을 다하여 아파트 현관문을 열며 김 기사에게 힘주어 말했다.

"김 기사! 내 걱정은 말고 집으로 가 쉬어. 나도 잘 쉴게."

김 기사는 그녀가 걱정되었으나 어쩔 수 없이 헤어져 엘리베이터를 탔다. 그녀는 거실에 들어가자마자 탁자에 가서 어둠 속에 빛나고 있는 '파란 십자가'를 쥐고 가슴에 품으며 소파에 그대로 쓰러지며 말했다.

"파란 십자가! 나의 사랑 파란 십-자-가."

순간 밖에서 강력한 천둥소리와 함께 번개가 치며 소나기가 퍼붓기 시작하였다. 그녀의 몸은 움직이지 않았다. '파란 십자가'만이 그녀의 고운 얼굴을 환하게 비추고 있었다.

며칠 후 그녀의 몸은 군청에서 관리하는 영생원 화장터에서 번제(燔祭)로 사랑의 신께 바쳐졌다. 그녀의 남은 유골과 '파란 십자가'만 가까운 공원묘지에 묻혔다. 남 목사와 송 전무가 함께 그녀의 묘비를 잘 세웠다. 묘비에는 이렇게 쓰여 있었다.

"부동산 여왕! 파란 십자가를 품고 이곳에 잠들다."

두 사람이 묘비를 세우고 하늘을 보니 하얀 뭉게구름이 피어오르고 있었다. 작은 구름이 점점 커지며 한 여인의 얼굴을 보송보송하며 묘하게 디자인하고 있었다. 꼭 장경수가 웃으며 파란 십자가를 안고 있는 것 같았다. 그 아래로 비둘기들이 평화롭게 날고 있었다.

♨ 하나님의 나라는 먹는 것과 마시는 것이 아니요 오직 성령 안에 있는 의와 평강과 희락이라(롬 14:17)

현대판 바벨탑

이상한 꿈

남 목사가 양평의 국수역 부근 공원 주차장에 도착한 것은 오전 8시 반이었다. 공원은 크지는 않았지만 아기자기하게 잘 꾸며져 있었다. 그는 양평에서 사는 윤효성 목사와 9시에 이곳에서 만나기로 하였다. 시간이 30분이나 여유가 있어 공원을 거닐며 구경을 하였다. 호랑이 형태의 노란 국화, 고양이 형태의 적색 국화 등 다양한 색과 형태의 꽃 조경이 아름다웠다. 꼭 조각한 것 같았다. 스마트폰으로 사진을 찍어 집에 있는 아내에게 카톡으로 보냈다. 정확하게 9시가 되어 윤 목사가 차를 타고 왔다. 윤 목사는 신학교 3년 후배이다. 그는 신학교 졸업 후 군에 입대하여 장교로 근무하고 신학대학원에 위탁 교육을 받은 후 군목으로 근무하다가 몇 년 전 전역하였다. 윤 목사는 차에서 내리자 남 목사를 보며 큰 소리로 "필승!"을 외치며 거수경례를 하였다. 그는 늘 긍정적이고 성실하고 열린 마음이었다.

남 목사를 차에 태우고 윤 목사는 홍천으로 달렸다. 울긋불긋한 단풍으로 옷 입은 가을 산은 저절로 감탄이 일었다. 도로가 막히지 않아 한 시간 정도 걸려 홍천 맘마 햄버거 마트에 도착하였다. 함께 차에서 내려 마트로 들어가니 이미 여주인이 다섯 상자에 햄버거를 잘 담아 두었다. 햄버거는 모두 350개 정도 되었다. 윤 목사는 전역 후 하조대 부근의 군 교회를 열심히 섬기고 있었다. 그 교회에는 담임목사가 없었다. 그래서 류 목사는 전역 후 한 달에 두 번씩 그곳에 가서 예배를 인도하며 군 장병들의 신앙을 지도하였다. 이번에는 남 목사가 속해 있는 대한예수교장로회(예장합동) ○○노회 군목부가 주관하는 '군 선교 행사'를 하루 일정으로 하조대 교회와 거진의 한 부대에서 하기로 하여 가는 중이었다. 남 목사가 다리를 놓은 셈이다. 맘마 마트 여주인은 매우 기분이 좋은지 연실 웃으며 햄버거 상자를 차에 날라 실었다. 윤 목사가 함께 햄버거 상자를 실으며 말했다.

"목사님, 하조대 갈 때는 늘 이곳에 와서 장병들이 먹을 햄버거를 사서 가지고 갑니다. 그래서 아줌마와 친해졌죠."

햄버거를 실은 후 마트 주인에게 인사를 하고 윤 목사는 차를 하조대로 몰았다. 행사 참가하는 목사는 노회장 정일심을 포함하여 아홉 명이었다. 합동 노회에는 모두 200여 교회가 있는데 수원을 중심으로 수도권에 집중되어 있었다. 그래서 일차 모이는 장소를 하조대 교회 부근의 식당으로 하였다. 윤 목사의 차가 인제와 양양 간 터널을 지나자 내린천 휴게소가 보였다. 윤 목사가 남 목사에게 휴게소에서 커피를 마시고 가자고 제안하자, 그는 탱큐를 연발하였다. 휴게소는 매우 훌륭했다. 다른 휴게소와는 다른 면이 많았다. 윤 목사는 남 목사를 데리고 에스컬레이터를 타고 높은 곳으로 올라갔다. 그곳에 삼십 대 젊은 여성이 카페에서 일하고 있었다. 윤 목사가 그녀를 아는지 시아버님 안부를 물으며 커피 두 잔을 시켰다.

"아버님 잘 계시지? 아메리카노 두 잔 줘."

"아버님은 시골집에 가서 잠시 쉬고 계세요. 남편도 거기 가 있어요."

그녀가 커피를 주어 의자에 앉아 마시는데 남 목사에게 휴대폰으로 전화가 왔다.

"남 목사님. 이동섭입니다."

“네. 이 통장님. 잘 지내시죠.”

“목사님. 큰일 났습니다.”

“왜요?”

“이택지 가격이 나왔는데 평당 1,500만 원입니다. 두 시까지 대책위 사무실로 와주세요.”

“통장님. 제가 지금 양양에 와 있어요. 군 선교 행사 때문에요.”

남 목사가 전화를 끊자 류 목사가 물었다.

“목사님! 무슨 일이 있어요?”

“네. 내가 살던 마을을 EO가 수용하고 공공주택 지을 단지를 조성하고 있어요. 이주민들에게는 특별히 택지를 공급하는데 공급가가 평당 1,500만 원이라고 하네요.”

“얼마를 예상했는데요?”

“평당 700만 원이죠.”

“야! 그러면 평당 700만 원이나 차이나네요. 두 배!”

“EO가 횡포를 부리는 것으로 생각해요. 윤 목사님! 늦기 전에 가십시다.”

윤 목사는 하조대 약속한 식당으로 달렸다. 약속한 열두 시쯤 되어 목적지에 도착하였다. 마침 주위에 무료 주차장이 있었다. 요즘은 시골도 차가 많다. 어렵게 주차하고 식당으로 가니 노회장 등 행사 참가자들이 모두 와서 기다리고 있었다. 대구탕을 잘하는 식당이었다. 남 목사가 참가한 목사들에게 윤 목사를 소개하였다. 지난해에도 강화도에서 군 선교 행사를 윤 목사와 함께했기 때문에 몇 사람은 윤 목사를 잘 알고 있었다. 윤 목사가 정중하게 머리 숙여 인사를 하며 차분하게 말했다.

"남성우 목사님으로부터 소개받은 윤효성 목사입니다. 우리가 가는 부대는 여기서 10분이면 갑니다. 식사 후에 타고 온 차는 여기에 두고 내 차와 군목 부장님 차를 타고 가겠습니다. 이 식당은 특별히 우리가 방문하는 부대장이 추천해 준 식당이죠. 맛있게 드세요."

윤 목사는 식당 주인을 바라보며 부대장이 추천해 준 식당이라고 힘주어 말했다. 부대장이 특별히 주문했기 때문인지 식당 주인은 정성을 다하여 음식을 준비하였다. 한마디로 진수성찬이었다. 모두가 탄성을 지를 정도로 푸짐하였다. 모두 하나같이 이런 상차림은 난생처음이라고 말했다.

합동 노회 군 선교팀이 하조대 교회에 도착하니 장병 30여 명이 기다리고 있었다. 윤 목사가 사회를 보며 하조대 교회를 소개하였다. 지은 지 20여 년 되는 교회였는데 잘 관리하지 못하여 의자 등 성구(聖具)들이 상태가 좋지 않았다.

"목사님들이 보시는 바와 같이 예배당 시설이 관리가 부실하여 상태가 안 좋습니다. 하나님께서 마음이 아프실 것 같아요. 노회장님! 기노해 주십시오."

정 일심 목사가 앞으로 나와 짧게 기도하고 잠시 5분 설교한 후 주머니에서 흰 봉투를 꺼내며 말하였다.

"윤 목사님! 그리고 장병 여러분 노회에서 준비한 선교헌금입니다. 하조대 교회를 위해 잘 사용하여 주십시오. 그리고 얼마 되지 않는 햄버거지만 모든 부대원에게 전해 주세요."

윤 목사는 선교헌금을 받으며 눈물을 흘렸다. 남 목사는 윤 목사가 왜 격주로 양평에서 하조대 교회로 와서 교회를 돌보는지 알 것 같았다. 함께 교회를 나서며 남 목사가 윤 목사에게 말했다.

"윤 목사님! 목사님의 하조대교회 사랑을 하나님께서 기억하시겠죠. 대단하시네요."

"작은 일에 충성하라는 주님의 명령처럼 저의 작은 사명인 줄 알고 돕고 있죠."

부대장 및 장병들과 함께 사진 촬영을 한 군 선교팀은 곧바로 부두 주차장으로 가서 각자의 차를 타고 전방 거진 부대로 향했다. 윤 목사의 차가 해안도로를 달리는 동안 남 목사는 바다를 바라보며 생각에 잠겨 있었다. 윤 목사가 말했다.

"하조대 교회를 생각할 때마다 마음이 아파요. 그래서 사모와 격주라도 와서 봉사하는데…."

남 목사는 윤 목사를 보며 지그시 웃고는 다시 바다를 바라보았다. 군 선교팀이 거진 부대에 도착한 때는 오후 네 시경이었다. 부대장 등 장교들과 주임상사가 정문에서 기다리고 있었다. 부대에는 별도의 예배당이 없었다. 부대장은 예수를 잘 믿는 신앙심이 좋은 장교였다. 그는 군 선교팀을 부대장실로 안내하였다. 모두가 의자에 앉자 윤 목사가 군 선교팀을 소개한 후 노회장 정 일심 목사가 부대를 위하여 기도하였다. 정 목사는 기도 후 부대장에게 준비한 군 선교헌금을 주었다. 부대장은 헌금 봉투를 들어 보이며 감사를 표하였다.

"선교헌금을 잘 사용하겠습니다."

윤 목사가 즉석에서 큰 소리로 웃으며 제안하였다.

"부대장님을 위하여 안수기도를 해주세요. 부대장님! 앉은 자리에서 하죠."

그러자 부대장이 즉시 의자에서 일어나 무릎을 꿇고 머리를 숙였다. 정일심 목사 등 모든 목사가 부대장 머리에 오른손을 얹고 합심 기도를 하였다. 잠시 엄숙한 시간이 흘렀다. 안수기도가 끝나자 부대장은 감사를 표했다. 그의 얼굴이 상기된 표정이었다. 그는 서둘러 군 선교팀을 안내하여 밖으로 나갔다. 밖에는 50여 명의 장병이 사진 촬영을 위하여 기다리고 있었다. 남 목사는 장병들이 매우 씩씩하고 군 기강이 잡혀있다고 느꼈다. 모든 장병의 눈이 살아 있고 몸동작이 매우 빨랐다. 사진 촬영을 마치고 군 선교팀은 부대장 등 장병들과 인사를 나누고 바쁘게 헤어졌다. 어느덧 해가 져서 컴컴해지고 있었다.

윤 목사의 차를 타고 다시 양평으로 돌아오며 남 목사는 말이 없었다.

"목사님, 미시령을 넘어가겠습니다."

남 목사는 정신이 번쩍 들었다.

"그래요? 서울 양양 고속도로가 나을 것 같은데."

"좀 더 시간이 걸리겠지만 추억도 살리고요, 저녁 식사는 인제에 가서 하죠. 오늘 선교 행사는 어땠어요?"

"매우 의미가 있는 행사였죠. 하조대 교회도 그렇고. 거진 부대도 그렇고. 그런데 어디나 부대 장병들은 전방이라 그런지 눈빛들이 살아 있네요."

"부대장의 지도력이겠지요. 부대장을 중심으로 하나가 되어야 강한 부대가 되겠지요."

"그렇습니다. 여호수아 군대처럼 百戰戰勝의 군대가 되기 위해서는 강력한 신앙으로 정신무장을 해야 합니다. 군인은 무엇보다 투철한 사생관을 가져야 하고요."

차가 미시령을 넘을 때는 해가 지고 어두웠다. 운전하는 윤 목사는 매우 피곤해 보였다.

"목사님! 피곤해 보이는데 어디 카페가 있으면 쉬었다 갑시다."

“목사님, 피곤하지만 하나님께 기도하고 있습니다. 힘을 주시라고요. 염려 마세요.”

인제읍에 도착한 윤 목사는 허름한 기와집 옆에 차를 세우고 내렸다. 바지락 칼국수 집이었다.

“여기도 저의 단골 음식점이죠. 지날 때마다 종종 들르는데 맛이 일품이에요.”

두 사람이 안으로 들어가니 70대의 부부가 손님들이 없어 일을 끝내려는 듯이 청소하고 있었다.

“안녕하세요. 잘 지내셨죠.”

윤 목사의 말에 청소하던 남자가 바라보며 받았다.

“윤 목사님! 또 늦게 오셨네요. 문을 닫으려는 참인데.”

“네. 두 분을 잊지 못해 지나다가 들렸지요. 바지락으로 주세요.”

“윤 목사님은 늘 바지락이라니까.”

여주인은 곧 칼국수를 준비하여 내왔다. 남과 윤 두 목사는 바지락을 먹으며 이런저런 이야기를 나누었다. 식사를 마치고 윤 목사는 양평으로 차를 몰았다. 윤 목사는 종종 작은 소리로 기도하였다.

“주여 졸리지 않게 힘을 주소서.”

남 목사는 그의 기도 소리를 들으며 웃었다.

“윤 목사님! 대단하십니다. 오늘 종일 뛰어다니시고.”

“네. 새벽 세 시에 일어났어요. 피곤한데 하나님께서 힘을 주시기를 기도하고 있죠. 그런데 이택지 공급가 문제도 하나님께서 도와주시길 기도하겠습니다. 목사님을 향한 하나님의 숨은 계획이 있겠죠.”

“그렇습니다. 늘 저를 훈련시키는 하나님이시니까요. 기도하고 하나님께 맡겨야죠.”

어느덧 윤 목사의 차는 양평 시내를 달리고 있었다. 윤 목사는 운전하며 계속 '주여'를 읊조렸다. 남 목사는 그러는 윤 목사를 보며 존경심이 들었다.

"윤 목사님! 다 왔네요. 승리하셨습니다."

"남 목사님! 기도해 주셔서 무사히 도착하였습니다. 기쁘지만 힘든 하루였습니다. 감사합니다."

윤 목사의 차가 국수역 부근 공원 주차장에 도착하였다. 남 목사가 윤 목사에게 하얀 봉투를 건넸다.

"윤 목사님! 얼마 안 되지만 사모님과 함께 식사라도 하셔요."

"네. 감사합니다. 조심해 가세요."

남 목사는 윤 목사에게 주먹 인사를 나누고 차에서 내렸다. 가까이 K-5가 그를 반갑게 기다리고 있었다. 그가 차를 몰아 백두리 집에 도착한 것은 자정이 지나서였다. 너무 피곤하여 곧 침대로 가서 잠이 들었다. 그는 아기자기한 꿈나라로 갔다. 큰 공룡과 싸우는 꿈이었다. 그런데 그 거대한 공룡이 알 수 없는 여인에 의하여 힘없이 쓰러졌다.

백두리 실향민들! 시위 투쟁에 나서다

다음 날, 남 목사가 깨어난 것은 오전 10시경이었다. 아내가 아침 식사 준비를 마치고 깨운 것이었다. 남 목사는 식사하며 휴대폰을 보았다. 주민대책위 이동섭 통장이 보낸 모임 안내였다.

"열 시에 마을 대책위원들 모임이 있네. 가보아야겠어."

"그동안 조용하더니 왜 가세요?"

“지금은 상황이 다르지. 내가 조금이라도 도움이 되어야 할 것 같아.”

“이택지 가격을 두 배로 올리니 EO가 주민들에게 고향을 떠나라고 하는 것이나 마찬가지죠.”

“그와 마찬가지지. 잘되도록 하나님께 기도합시다.”

그때 남 목사의 휴대폰 벨이 울렸다.

“이동섭 통장입니다. 모두 왔으니 빨리 오세요.”

“네. 통장님. 죄송합니다.”

정부는 백두리 지역에 두 번의 공공개발사업을 추진하였다. 십여 년 전에 시행한 1차 개발사업은 산업단지개발로 상당히 진척되어 있었다. 오 년 전에 추가하여 고시한 2차 개발사업은 공공주택개발사업으로 삼 년 전 EO가 이미 보상을 끝내고 단지를 조성 중이었다. 보상을 받은 주민들은 그동안 소송 중인 몇 사람을 빼고 모두 타향으로 이주를 하였다. 토지보상법과 택지개발촉진법에 의하면 사업시행자는 이주민들에게 이주 대책의 하나로 ‘이주자 택지’를 공급하게 되어 있었다. 그것도 누가 들어도 넘어갈 듯한 분명한 구절이 있었다.

“이주자 택지 공급가는 조성원가의 80% 이내로 한다.”

주민대책위 모임 장소는 마을 중심 도로가에 있는 컨테이너였다. 노거수 느티나무 아래 있는 컨테이너에 남 목사가 도착하여 문을 열고 들어가자 대책위 임원들이 열띤 토론을 하고 있었다. 문 가까이 앉아 있던 이동섭 통장이 남 목사를 보고 인사하며 그의 옆의 의자를 권하였다. 초겨울이라 실내는 매우 서늘하였고, 다 낡은 폐품 같은 전열기를 켜고 있었다. 남 목사는 아는 사람들 보다 처음 보는 사람들이 많았다. 회의 분위기는 매우 격앙되어 있었다. 모두가 울분을 토하는데 한 남자가 점잖게 말했다.

“EO가 쉽게 나오지 않을 겁니다. 소송으로 가야 합니다.”

이동섭 통장이 남 목사에게 작은 소리로 말했다.

“변호사 사무실에 근무하는 김동호 사무장입니다.”

모두가 그의 의견에 동의를 표했다. 그러자 그 옆에 털모자를 쓴 한 여자가 정색하며 나섰다.

“여러분, 우리 남편에게 맡겨주세요. 변호사 수임료는 걱정하지 않아도 됩니다.”

남 목사가 이 통장에게 눈짓하자 그가 말했다.

“백미령 씨죠. 남편이 변호사죠.”

남 목사는 고개를 끄떡이며 그녀를 유심히 보았다. 그녀는 작은 몸매의 야무진 얼굴에 눈이 빛나고 있었다. 그녀의 말이 끝나기가 무섭게 그녀 옆에 있던 군인 잠바를 입은 남자가 일어나며 좌중을 둘러보더니 엄중하게 말했다.

“이택지 공급 자격자가 100여 명입니다. 이미 EO의 공급 일정이 공고되었는데 신청일까지 불과 한 달이죠. 당장 내일부터 EO 앞에 가서 시위 투쟁을 합시다.”

그의 말에 모두가 이구동성으로 하나가 되어 동의하였다. 이동섭 통장이 일어났다. 그는 심각한 표정으로 말했다.

“시위 투쟁을 하려면 방송 차량, 천막, 피켓, 현수막 등 여러 도구가 필요하고, 큰 비용이 듭니다. 일단 회원 1인당 삼십만 원을 거두면 좋을 것 같아요.”

역시 이 통장의 의견에 모두 좋다고 박수하였다. 이 통장이 앞에 앉은 안경 쓴 여자를 보며 큰 소리로 말했다.

“회계는 김소용 씨 어때요?”

그녀가 벌떡 일어나며 힘찬 목소리로 말했다.

"네. 제가 하겠습니다."

회의는 일사천리로 진행되었다. 어느 정도 회의가 끝나가자 대책위원장인 용주식이 큰 눈을 더 크게 뜨며 조용히 말했다.

"앞으로 모임의 명칭은 '이택지 비대위'로 하고 임시 총무를 이동섭 통장님으로 하겠습니다. 시위 투쟁을 모레부터 시작하겠습니다. 자세한 것은 이 총무가 주민 카톡방에 올리도록 하겠습니다. 수고하셨습니다."

모두 일어서서 나가려고 하는데 이 통장이 크게 소리쳤다.

"잠시 계셔요. 이분은 남성우 목사님이십니다. 내가 특별히 오시라고 했습니다. 함께 해주셔서 감사하는 표로 박수를 해주세요."

남 목사가 웃으며 일어나 인사하자, 모두가 힘차게 박수하였다. 컨테이너를 나온 사람들은 모두 바쁘게 차를 타고 떠났다. 남 목사가 차를 타려고 하는데 이 통장이 겸연쩍게 웃으며 말했다.

"모두가 실향민이죠. 불쌍한 백두리 실향민들~"

남 목사는 입을 꾹 다물고 웃으면서 차를 타며 손을 흔들었다. 남 목사는 차를 타고 집으로 오며 이런저런 생각을 하며 읊조렸다.

"기도하며 최선을 다하고 하나님께 맡기자."

남 목사가 집에 도착하니 카톡 소리가 났다. 폰을 열어보니 이 통장이 보낸 카톡이었다. 제목은 '백두리 실향민 시위 투쟁 모임'이었다. 남 목사가 문을 열고 거실로 들어서며 부엌에서 일하는 아내에게 힘차게 말했다.

"그동안 조용하더니~ 드디어 싸움이 시작되었군."

여전사 백미령

이틀 후 오전 10시경. 백두리 입구 EO 정문 앞에는 100여 명의 사람이 모여 시위 투쟁을 하였다. EO 옆을 통과하는 대로 주변에는 삼십여 개의 현수막들이 걸려 있었다. “EO는 해체하라” “EO는 조성원가를 부풀리지 마라” “EO는 이택지 공급가를 올려 폭리를 취하지 마라” 등등. 시위 집행부가 집회 신고를 하여 지역 담당 경찰서에서 경찰관들이 나와 EO 쪽으로 폴리스 선도 설치하고 있었고, 몇 명의 경찰들도 주위에 배치되었다. 그런데 정작 문제는 시위를 이끌어 갈 리더가 없었다. 그동안 주민대책위가 싸움 한 번 안 하고 시위 경험이 없는 것이 문제였다. 일단은 첫날이므로 싸우기보다는 참가자 명단과 앞으로 싸울 방법을 의논하기로 하였다. 잠시 침묵이 흘렀다. 그때 감은 테 안경 쓴 50대 여성이 앞으로 나와 마이크를 잡았다.

“여러분, 우리가 시위를 잘하기 위해서는 세 개 부서로 나누어야 합니다. 첫째는 전체를 통괄하는 총무팀, 둘째는 시위 투쟁을 전담하는 시위대, 셋째는 EO와 협상을 하는 협상팀입니다. 지금 당장 각 팀의 리더와 핵심요원을 정해야 합니다.”

그녀가 마이크를 놓고 들어가자 대책위원장 용 주식이 뛰어나오며 마이크를 잡았다.

“총무팀장은 대책위 심부름꾼이었던 이 통장님으로 하고, 회계는 김소용 씨로 하죠. 시위 대장은 늘 마을 일에 앞장서는 용감한 권선봉 씨로 하겠습니다. 가장 중요한 것이 협상팀인데 누구를 협상팀장으로 하는 것이 좋을까요?”

그의 말이 끝나기가 무섭게 한 여인이 일어나며 말했다.

"남성우 목사님을 추천합니다."

그러자 주위에서 여러 사람이 박수하며 거들었다. 한 남자가 일어나 말했다.

"임학순 씨를 추천합니다. 젊은 사람이 해야 잘 싸울 겁니다."

그러자 대책위원장 용주식이 말했다.

"누가 자천하는 사람 없나요?"

그때 50대의 한 남자가 일어나 앞으로 나오며 말했다.

"저는 강호상입니다. 제가 해보겠습니다. 젖 먹던 힘을 다하겠습니다. 끝을 보겠습니다."

그가 강단 있게 말하는 것을 보고 모든 주민이 그를 연호하며 박수하였다. 용주식은 강호상을 팀장으로 추천받은 두 사람과 서너 사람을 더하여 협상팀을 조직하였다. 첫날은 일단 거대한 공룡 EO와의 시위 투쟁을 위한 준비작업을 마쳤다. 백두리 실향민들은 '반드시 이기자'고 외치며 공룡 EO를 향해 주먹질한 후 서로 인사하며 헤어졌다. 남 목사는 집으로 돌아와 어떻게 해야 EO를 상대로 시위 투쟁을 잘할 수 있을까를 곰곰이 생각하였다. 그는 최근에 사회적으로 주목받는 광화문 집회를 떠올렸다. 시위 투쟁에는 행사를 이끌어 갈 사회자가 중요하다. 누구를 사회자로 할 것인가? 시위 참가자들을 하나 되게 하고 열정을 불어 넣을 수 있는 투사형 사회자가 있어야 한다. 최소한 두 시간은 참가자들을 즐겁게 하고 달굴 프로그램(순서)도 필요하다. 시위에 젊은 사람이 많으면 좋다. 남 목사는 이러한 내용을 요약하여 주민 카톡방에 올렸다. 말미에는 당장 내일부터 시위 투쟁을 잘해야 함을 역설하였다. 남 목사는 언젠가 보았던 광화문 집회를 생각하며 〈백두리 실향민 시위 투쟁가〉를 만들고 100부를 인쇄하였다.

피 끓는 심장으로 여기에 왔다
우리의 적인가 우리의 동지인가
EO EO는 들으라 우리의 고통을
우리의 아픔을 EO는 들으라
일오공공 NO 일오공공 NO 일오공공 NO
팔공공 팔공공 팔공공 OK~~
와~ 와~ 와~
나가자 싸우자 이기자
와~ 와~ 와~

남 목사는 군 시절을 떠올리며 아내가 보는 가운데 큰 소리로 시위 투쟁가를 불렀다. 아내가 크게 박수하며 좋아하며 말했다.

"당신은 음악을 전공해서 작곡가를 해야 했어요."

"문제는 시위를 이끌어 갈 사회를 누가 해야 하는데 그게 문제야."

"가급적 유머가 있고 말 잘하는 젊은 여자가 좋겠죠?"

"그러면 금상첨화지."

"하나님께서 누군가를 시키실 거예요. 걱정하지 마세요."

"나도 하나님께서 보내실 것이라 믿어."

남 목사는 광화문 집회를 연상하며 시위 투쟁방안과 행사 시나리오를 만들고 50부를 인쇄하였다.

다음 날 10시경 남 목사가 EO 시위 장소에 가니 실향민들이 모이고 있었다. 다행히도 시위장소가 공원이어서 여러모로 좋은 점이 많았다. 약간의 경사지여서 계단식 대리석 의자도 있고 햇볕이 잘 들어 초겨울이지만 따뜻하였다. 시위대가 대로에 삼십여 개의 현수막을 치고 방송 차량에서는 크게 〈고향의 봄〉이 스피커를 통해 흘러나왔다. 주민들은 어깨에 '결사 투쟁, 백두리 실향민 일동'이란 띠를 두르고 각종 표어가 새겨진 피켓을 들고 〈고향의 봄〉을 노래하고 있었다. 백미령 씨가 앞에서 노래하며 이끌고 있었다. 남 목사는 어제 준비한 시위 투쟁가 악보와 시위 투쟁 방안과 행사 시나리오를 참가자들에게 나누어 주었다. 백미령 씨가 좋아하며 순서에 따라 사회를 이끌어 갔다. ① 국기에 대한 경례 ② 애국가 제창 ③ 위원장 인사 ④ 시위 투쟁가 제창 ⑤ 웅변 ⑥ 악기 연주 등 장기 자랑 ⑦ 초청자 프로 ⑧ 시위행진 ⑨ 알리는 사항 등이었다.

주민들 가운데는 웅변하는 사람, 아코디언 연주자, 시 낭독자 등 장기를 가진 사람들이 있었다. 백미령 씨는 사회를 매우 잘하였다. 11시경 주민들이 시위하는데 협상팀이 EO 안으로 협상을 하러 들어가고 있었다. 위원장 용 주식, 협상팀장 강호상, 김동호, 박관수, 임학순 등 5명이었다. 남 목사는 협상 요원이었으나 밖에서 시위에 힘쓰기로 하였다. 백미령 등 주민들이 피켓을 들고 큰소리로 파이팅을 외치며 시위를 하였다. 주민들은 협상팀에게 일말의 기대를 하고 있었다. 그때 검은 안경을 낀 젊은이가 EO 쪽에서 오며 앞으로 나와 마이크를 잡았다. 연예인 같은 그는 크게 '하하하' 웃으며 자신을 소개하였다.

"뽀루루 호소문입니다. 제가 아까 EO 안으로 들어가는데 개 한 마리가 있었어요. 그런데 개가 짖지를 않아요. 그래서 내가 개에게 물었죠. 너는 왜 나를 보고 짖지를 않니? 그러자 개가 말했어요. 도둑을 지키는데 어떻게 짖어요. 내가 EO 안으로 들어갔어요. 안내 데스크 여자가 내게 물어요. 어떻게 오셨어요? 어떻게 오긴 두 발로 왔지. 마침 소변이 급해 안내에게 물었어요. 화장실이 어딨죠? 그녀가 얼굴을 돌려 저기요 했어요. 그쪽을 돌아보니 여자가 나와요. 그래서 안내에게 소리쳤죠. 거기는 여자 화장실이지? 아닙니다. 남녀 공용이에요. 내가 화장실로 가는데 어떤 여자가 화징실에서 나와요. 그래서 그 옆 화장실로 들어갔죠. 아 그랬더니 여자 화장실인 거예요. 안에 있던 여자들이 모두 놀래어 소리쳤어요. 와! 남자야! 내가 놀래 도망하듯이 나와 안내 데스크로 가니 안내가 물어요. 어떻게 오셨어요? 뛰어서 왔다. 마침 한쪽에서 우리 협상팀이 어떤 여성과 싸우고 있어요. 가서 보니까 그녀가 울고 있어요. 강호상 팀장이 말했어요. 울어야 할 사람은 우리죠. 여러분 우리도 웁시다. 모두 울기 시작했어요. 저는 늘 웃어야 좋다. 웃어야 복이 온다고 믿어요. 자. 여러분 모두 웃어봅시다."

그가 즐거운 만담을 길게 하고 들어가자 백미령이 마이크를 잡으며 말했다.

"뽀루루 호소문 씨에게 뽀루루 박수를 합시다."

순간 모두가 뽀루루 뽀루루 소리치며 그를 향해 박수하였다. 지나가던 EO 직원들이 웃으며 쳐다보았다. 12시경 협상팀이 나왔다. 용주식과 강호상의 표정이 어두웠다. 팀장 강호상 씨가 협상 결과를 발표하였다.

"조성원가 산정 자료를 요구했지만 절대 불가라고 합니다. 이택지가가 왜 다른 곳보다 두 배가 되느냐 물어도 묵묵부답입니다. 판매기획부장이 울상을 지으며 묵비권을 행사하니 어쩔 도리가 없습니다. 시간만 낭비한 것이죠. 더 강하게 투쟁해야겠어요. 감사합니다."

시위대 총무인 이동섭 통장이 마이크를 잡으며 광고를 했다.

"내일은 아침 9시부터 거리 시위행진을 합니다. 모두 대책위 컨테이너 사무실로 오세요."

주민들이 뿔뿔이 흩어지고 몇 사람이 남아 시위 도구를 정리하고 있었다. 남 목사도 도와주는데 백미령이 가까이 와 웃으며 말했다.

"목사님! 같이 식사할까요?"

"좋지요. 남은 시위 대원도 함께하죠."

백미령도 남 목사의 말에 동의하였다. 시위 도구를 정리한 뒤 백미령은 남 목사 등 몇 사람을 데리고 가까운 식당으로 갔다. 이름이 '새천년 동태집'이었다. 식탁에 둘러앉자 백미령이 말했다.

"시위는 즐겁게 해야 할 것 같아요. 우리 시위가 언제까지 하게 될지 모르니까요."

남 목사가 말했다.

"그렇습니다. 즐겁게 하는 방법을 택해야 합니다. 때로는 위장 쇼도 필요해요. 미친 짓도 해야죠. EO와 긴 싸움을 하기 위해서는 멋진 시위 시나리오가 필요해요. 사회를 보는 백미령 씨의 역할은 시위 투쟁의 절반을 차지합니다."

"제가 너무 말을 못해서요."

"아닙니다. 너무 잘하고 계세요. 하나님께서 보내신 MC이셔요."

백미령이 동태탕을 먹으며 말했다.

"겨울에는 동태탕이 일미예요."

"그런데 사모님. 결혼을 참 잘하셨어요."

남 목사의 말에 그녀는 잠시 생각에 잠기더니 힘주어 말했다.

"그래요? 사람은 살아보아야 알아요."

"맞아요. 젊어서 전혀 서로를 모르고 만나 함께 살며 서로를 알아가는 게 부부죠."

"목사님은 사모님을 잘 아세요?"

그녀가 젓갈로 동태 눈을 열심히 꺼내며 물었다.

“지난 오월, 집사람이 발을 다쳐 입원해 꼼짝 못 하고 누워 있을 때였죠. 어떻게 하면 아내를 위로해 줄 수 있을까를 생각하다가 즉흥적으로 ‘사랑가’를 작사 작곡했지요. 한 번 불러 볼까요?”

남 목사는 모두가 보는데 술 취한 듯이 조용히 애교스럽게 노래를 시작하였다.

사랑 사랑 누가 말했나아~ 아~
알 수 없는 당신의 마음~ 음
그래 알았어 알았어~
당신의 그 마음을~
언제까지나 변치 말자던
당신의 그 속삭임을~
언제까지나 변치 말자던
당신의 그 그 속삭임을~

남 목사가 노래를 부르는데 백미령이 눈물을 닦고 있었다. 함께 식사하던 동료들은 식사를 멈추고 조용히 듣고 있었다. 노래를 마치고 웃으며 남 목사가 말했다.

“마음이 중요하죠. 처음에 가졌던 마음요. 처음 사랑할 때의 마음요.”

그녀 옆에 앉아 있던 여자가 눈물을 티슈로 닦으며 물었다.

“목사님! 사랑이 무얼까요?”

남 목사가 웃으며 말했다.

“저는 내가 지은 빚을 조금이라도 갚는 것이라 생각해요. 내가 이 세상에 태어나서 알게 모르게 지은 빚이 얼마나 많아요. 특히 하나님은 우리에게 천하보다 귀한 생명을 주셨죠. 그 빚을 조금이라도 갚아야겠죠. 그게 사랑이라고 생각합니다. 그런데 많은 사람이 생명을 주신 하나님을 모르죠. 당연히 빚을 갚을 수 없죠. 그래서 예수님께서 우리의 빚을 다 갚아 주셨죠. 십자가를 지시고 피를 흘려. 그래서 예수님이 우리를 대신하여 속전이 되셨다고 합니다. 그것을 복음이라고 하죠. 오늘은 이 정도 해요."

백미령의 꿈

다음 날 아침 8시 반경 100년 된 노거수 느티나무가 있는 컨테이너 주위에는 100여 명의 주민이 몰려왔다. 2㎞에 이르는 거리 시위행진을 하기 때문이다. 이른 아침이라 매우 추웠다. 경찰서 정보과장도 순경 10여 명을 대동하고 와서 시위 대장 고 수장과 의논하고 있었다. 9시가 되자 3열 종대로 진형을 짜고 행진이 시작되었다. 맨 앞에는 두 여성이 'EO 해체하라! 1450 NO 777 OK'라고 쓴 현수막을 들고 힘차게 걸었다. 징과 꽹과리를 치는 사람도 있었다. 시위 대장 고 수장을 따라 구호를 제창하였다.

"EO 해체하라."

"고향에서 살고 싶다."

도로에는 건설공사를 위하여 많은 차량과 트럭들이 다니고 있었다. 주민들이 행진하니 차들이 오가질 못하고 대기하였다. 시위에 참여한 사람들은 반 이상이 60대 이상이었다. 그중에는 80세 이상인 분도 적지 않았다. 행진이 끝나려면 국도(대로)를 두 번 통과해야 한다. 경찰들이 신경을 곤두세우며 차와 주민들을 통제하였다. 한 순경이 도로 중앙으로 가서 교통통제를 하였다. 1차 국도를 건너서 2차 국도를 건너는데 남성우 목사가 횡단보도 중앙에서 몸을 기우뚱하더니 쓰러지며 정신을 잃었다. 난리가 났다. 뒤에 오던 사람들이 소리쳤다.

"남 목사가 쓰러졌다."

"큰일 났다. 119를 불러라."

순간 남 목사가 정신을 잃은 상태에서 이상한 말을 하였다.

"하나바다구리오야지시기도~"

누구도 알 수 없는 이상한 말이었다. 수많은 차가 통행을 멈추고 서 있었다. 그러나 남 목사는 쓰러진 상태로 계속 큰 소리로 이상한 말을 하고 있었다.

"하나바다구리오야지시기도~"

그러다가 그는 갑자기 벌떡 일어나며 말했다.

"하나님 감사합니다. 잠시 하나님 나라를 보게 하셔서."

보고 있던 사람들이 모두 놀래며 소리쳤다.

"와! 신기하네."

주민들이 모두 횡단보도를 건너며 행진은 잘 끝났다. EO 앞 시위 장소에 도착하자 갑자기 주민들이 모두 미쳐 날뛰었다. 춤추며 노래 부르는 사람, 꽹과리 치며 춤추는 사람, 흥에 젖어 그러는지 슬퍼서 그러는지 땅바닥에 앉아 눈물을 흘리며 통곡하는 사람 등 모두가 제정신이 아니었다. 가까이 나무 밑에서 정보과장과 경찰 몇 명이 담배를 피우며 바라보고 있었다. 그러는 사이 협상팀장 강호상 등 몇 사람이 EO로 가고 있었다. 백미령이 춤을 추며 노래하다가 협상팀을 쫓아가며 의자에 앉아 있던 남 목사를 불렀다. 남 목사도 협상팀에 합류하였다. EO 안으로 들어가니 로비에는 30여 명은 앉을 수 있는 의자가 있었다. 강호상 팀장이 안내 여직원에게 이야기하자, 그녀가 어딘가에 전화하니 잠시 후 한 50대 여자가 무언가를 손에 들고 로비로 왔다. 그녀는 마른 몸매에 앙칼져 보였고 자신을 판매부장 공 소진이라고 소개하였다. 그녀는 협상팀을 작은 룸으로 안내하였다. 모두가 의자에 앉자 그녀는 가져온 봉투에서 무언가를 꺼내며 한 부씩 주었다. 이택지 공급 공고문이었다. 공문에는 이택지 신청 날짜, 필지 추첨 날짜, 계약 날짜 등이 기록되어 있었다. 공문을 보던 백미령이 따지고 나섰다.

"지금 주민들이 시위하는 것을 알면서 이런 공문을 내밀면 어떻게 합니까? 우린 못 해요."

공 소진이 간드러지게 하소연하였다.

"죄송해요. 다음 달에는 대부분 직원이 인사발령을 받습니다. 이 일을 추진했던 제가 조속히 일을 마무리하고 가려고 합니다. 죄송해요."

강호상 협상팀장이 나섰다.

"우리가 소송한 것을 알죠. 조속히 요구한 자료를 주세요."

"그러한 자료는 영업상 비밀이기에 지금은 줄 수 없어요. 소송했으니 법원에서 요구가 오면 드리겠어요."

공 소진은 매우 사무적이었다. 백미령이 두 눈을 부릅뜨고 나서며 그녀에게 강력히 항의하였다.

"그러면 우리도 절대 당신들의 공고문대로 하지 않겠어요. 아세요?"

백미령은 공소진에게 공문을 던지며 쏘아붙였다. 협상팀은 별 소득 없이 EO 로비를 나와 시위 장소로 갔다. 주민들이 광란의 춤을 멈추고 앉아서 기다리고 있었다. 백미령이 마이크를 잡고 말했다.

"백두리 실향민 여러분 죄송합니다. 오늘도 허탕입니다."

그녀는 목이 메어 있었다. 잠시 주민들의 침묵이 흘렀다. 그때 70대 노인이 앞으로 나왔다. 자신을 '임걱정'이라고 소개하더니 마이크를 잡고 웅변을 시작하였다. 그는 목소리가 젊은이같이 크고 우렁찼다. 원고도 없이 웅변하는데 많이 해본 것 같았다.

"백두리 실향민 여러분! 에스더같이 '죽으면 죽으리라'라는 자세로 싸우면 반드시 이길 것입니다."

"옳소. 다 함께 죽읍시다."

주민들은 그의 웅변을 듣고 감동했는지 힘차게 박수하였다. 웅변이 끝나고 총무인 이동섭이 나와 광고를 하였다.

"백두리 실향민 여러분 수고하셨습니다. 내일과 모레는 주말이므로 쉬겠습니다. 대책위 임원들만 내일 오전 11시에 컨테이너에서 모입니다. 감사합니다."

시위집회가 끝나고 백미령이 차를 타러 가는데 남 목사가 앞에 가고 있었다. 그녀가 남 목사를 불렀다.

"목사님, 쓰러지셨는데 괜찮으세요?"

남 목사가 뒤를 돌아보며 말했다.

"네. 괜찮아요."

"그런데 하나바다구리오야지시기도가 무슨 의미죠?"

"네?"

"목사님이 정신을 잃고 쓰러져서 큰 소리로 중얼거리셨어요. '하나바다구리오야지시기도' 라고요."

남 목사는 웃으며 말했다.

"백 선생님. 천국 방언입니다. 아직은 비밀입니다. 하나님께서 주신 말입니다. 이제 알게 될 날이 올 것입니다."

백미령은 고개를 갸웃하며 남 목사에게 손을 흔들고 차를 타러 EO 주차장으로 갔다. 그녀는 가면서 중얼거렸다.

"하나바다구리오야지시기도. 하나님께서 주신 비밀 언어."

백미령은 차를 타고 집으로 오며 술 취한 듯이 계속 중얼거렸다.

"하나바다구리오야지시기도."

집에 온 백미령은 너무 피곤하였다. 아침 일찍 일어나 오전 내내 시위하느라 지쳐 있었다. 그녀는 침대에 가서 쓰러져 깊은 잠이 들었다. 그녀는 곧 꿈을 꾸었다. 모래사막을 수많은 사람이 지친 가운데 걷고 있었다. 그때 모래바람이 일며 피라미드와 같은 큰 건물이 보였다. 그런데 건물 안에서 어마어마한 괴물이 괴성을 지르며 나오며 사람들에게 다가왔다. 이때 하늘에서 한 천사가 내려오며 외쳤다.

"여러분! 모두 쓰러져 죽은 척해야 합니다. 그렇지 않으면 괴물에게 죽게 될 것입니다."

천사의 말에 사람들은 모두 그 자리에 쓰러져 죽은 척하였다. 괴물은 큰 소리로 울더니 어디론가 사라졌다. 괴물이 사라지며 백미령은 꿈을 깨고 잠에서 일어났다. 그녀는 화장실로 가서 세수하고 집을 나와 공원으로 나갔다. 한겨울이지만 오후 세 시경으로 포근하였다. 오랜만에 산책에 나선 그녀였다. 작은 연못가 벤치에 앉아 하루의 시위 투쟁에 대하여 생각을 하였다. 시위행진 속에서 남 목사가 대로 중앙에서 쓰러진 일, 그가 쓰러져 정신을 잃은 상태에서 '하나바다구리오야지시기도' 하며 크게 외친 일, 임걱정 씨의 '죽으면 죽으리라'는 열정적인 웅변, 주민들의 광란의 춤, 그녀의 괴물 출현의 꿈을 하나하나 떠올렸다. 그녀는 휴대폰을 꺼내 남 목사에게 전화하였다. 그러나 바로 들려오는 소리가 있었다.

"전화를 받을 수 없습니다. 다음에 걸어주세요."

그녀는 집으로 돌아와 음식을 만들고 남편 오기를 기다렸다. 그녀의 남편은 각종 재판 건으로 바빴다. 특히 백두리 실향민 이주자 택지 공급가 소송 문제로 신경이 날카로웠다. 오후 6시경 강 변호사가 왔다. 그는 매우 지쳐 있었다. 백미령은 테이블에 음식을 차리며 그의 눈치를 보며 상냥한 어조로 물었다.

"여보. 주민들 소송 건은 어때요?"

그는 심각한 표정을 지으며 말했다.

"EO에서 자료를 보냈는데 내 생각과 달리 빈틈이 없네요. 예상이 빗나갔어."

"내일 다시 대책위 모임이 있어요. 같이 가서 의논해 보세요."

"그럽시다."

저녁 식사 후 강 변호사는 피곤한지 곧 침대로 가서 잠이 들었다. 백미령은 남 목사에게 전화하였다. 남 목사가 전화를 받았다. 그녀는 그에게 낮에 집에 와서 꾼 꿈을 이야기하였다. 그러자 남 목사가 그녀에게 꿈에 대해 말했다.

"백 선생님! 그 꿈은 앞으로 있을 마지막 시위 투쟁을 가르쳐 주는 것이지요. '하나바다구리오야지시기도'란 방언이 역시 그것입니다. 모든 주민이 죽어야 한다는 것이지요. 죽으면 죽으리라. 죽고자 하면 산다는 진리를 가르쳐 줍니다."

남 목사는 거기까지 말을 하고 조용히 끊었다.

다음 날 오전 11시 백두리 느티나무 아래 컨테이너 안에 모인 대책위 임원들은 모두 의기소침하였다. 남 목사도 기도하는지 조용히 눈을 감고 있었다. 강종옥 변호사와 백미령도 말없이 앉아 있었다. 용주식

위원장이 시계를 보며 일어서서 좌중을 둘러보더니 강 변호사에게 말했다.

"변호사님! 신의 한 수를 찾으셨나요?"

모두가 강 변호사를 바라보았다.

"최선을 다하고 있습니다. 그러나 EO가 워낙 빈틈이 안 보여요."

그의 옆에서 팔짱을 끼고 듣고 있던 백미령이 조용히 일어나 눈을 크게 뜨며 말했다.

"여러분! 어제 행사를 기억하시죠? 거리 시위행진 중 남 목사님이 도로에서 쓰러지셨습니다. 목사님이 정신을 잃고 외치셨죠. '하나바다구리오야지시기도' 무슨 뜻일까요? 남 목사님이 내게 말했습니다. 모든 주민이 죽어야 한다. 또 어떤 분이 웅변했죠. 주제가 무엇인가요? 역시 '죽으면 죽으리라'입니다."

그녀는 잠시 숨을 크게 내쉬고 좌우를 보며 다시 힘차게 말했다.

"시위를 마치고 집에 가서 침대에 쓰러져 잠이 들었는데 꿈을 꾸었습니다. 많은 사람이 사막을 걸어가는데 모래바람이 일며 큰 피라미드가 나타났습니다. 그때 그 안에서 큰 괴물이 나타났어요. 모든 사람이 겁에 질려 있는데 하늘에서 한 여인이 내려오며 말했어요. '모두 그 자리에서 쓰러져 죽은 척하라.' 그래서 모든 사람이 그 자리에서 쓰러져 죽은 척했죠. 그러자 그 괴물이 어디론가 사라졌고 꿈을 깨었습니다."

그녀는 어떤 확신에 차 있는 것 같았다. 모두가 그녀의 결말을 기다리는 듯 웅성거리며 한마디씩 하였다.

"결국은 우리가 죽어야 한다."

"죽어야 산다."

"必死卽生!"

그녀가 남 목사를 보며 말했다.

"목사님! 한 말씀 하세요."

남 목사는 기도하듯이 왼손을 이마에 고이고 눈을 감고 있다가 일어나 작은 눈을 크게 뜨며 강력한 어조로 말했다.

"그동안 모두 하나 되어 시위 투쟁하느라 수고하셨습니다. 특히 강 변호사님 소송 준비하시느라 수고하셨습니다. 백미령 선생님 정말 앞장서서 수고하셨습니다. 그러나 저 거대한 괴물 EO는 끄떡도 안 합니다. 저 괴물을 이기는 방법은 하나죠. 우리 모두 죽는 것입니다."

여기까지 말한 남 목사가 잠시 숨 고르기를 하고 좌중을 둘러보며 말했다.

"언제 어떻게 죽을까요? 방법은 하나입니다. 하나님께서 주시는 때를 기다려야 합니다."

남 목사가 자리에 앉자 다시 백미령이 일어났다.

"여러분! 첫 번째 재판하는 날! 모든 주민이 저 괴물 EO 뜰 앞에서 해 뜰 때부터 해 질 때까지 금식하며 쓰러져 있으면 어떨까요?"

그녀는 말을 하며 남 목사를 바라보았다. 그가 그녀를 보며 지긋이 미소를 지으며 고개를 끄떡였다. 협상팀장 강호상이 강 변호사를 보며 물었다.

"변호사님! 첫 번째 재판이 언제죠?"

강 변호사가 심각한 표정을 지으며 말했다.

"4월 7일이죠."

"그럼 그날로 하죠. 그날 EO 안 로비에서부터 밖에 뜰까지 모든 주민이 가서 쓰러져 눈을 감고 신음하며 온종일 금식하며 누워있죠."

다시 백미령이 나섰다. 그녀의 눈이 밝게 빛나고 있었다.

“모두 동의하십니까?”

모든 임원이 그녀의 말이 떨어지기 무섭게 대답하였다.

“네.”

임원 회의는 급속도로 진행되었다. 백미령이 남 목사를 보고 웃으며 오른손으로 V 자를 사인하였다. 남 목사가 그녀에게 입을 굳게 다물며 미소로 응답하였다. 용 주식 위원장이 일어나 조용히 말했다.

“필사즉생! 좋은 말이지만 쉬운 게 아니죠. 주민들이 동의해야 합니다. 일단 이 총무님이 주민 카톡방에 올려 주민들의 의견을 들읍시다.”

용 주식의 말에 임원 모두가 동의하였다. 대책위 임원회가 끝나자 모두 부리나케 헤어졌다. 백미령은 강 변호사와 함께 차를 타고 집으로 오며 말을 꺼냈다.

“여보! 꿈이란 게 참 기묘해요. 사막을 걸어가는 많은 사람, 사막 위의 거대한 피라미드의 출현, 그 안에서 나오는 거대한 괴물, 한 여인의 조언, 모든 사람이 쓰러져 죽은 척하자 괴물이 사라지고. 무언가 우리에게 주는 사인 같아요.”

“그래요. 묘한 꿈이네.”

“4월 7일은 백두 실향민들이 모두 죽는 날인데 언론에도 알려 기사화해야죠?”

“그것도 좋지.”

차가 집에 거의 도착하였는데 백미령의 휴대폰 카톡이 울렸다. 그녀가 폰을 보니 주민 카톡방에 이동섭 총무가 글을 올렸다.

“주민 여러분, 오늘 임원회 결과입니다. 4월 7일 모든 주민이 EO에서 쓰러져 죽기로 했습니다. 필사즉생의 정신으로 마지막 싸우기로 했습니다. 모두 동의해 주세요.”

글을 읽는데 즉시로 댓글이 올라왔다.

“4월 9일이 부활절! 7일은 예수님께서 십자가에서 대속의 피를 흘리고 죽으신 날이죠. 참 신기합니다. 예수님이 십자가에서 죽으신 날에 모든 주민이 EO에서 죽기로 했으니.”

댓글을 쓴 사람은 백두 교회의 교인이었다.

“여보, 재판일이 4월 7일인데 그날이 예수님이 십자가에서 죽으신 날이래요.”

백 미령이 남편 강 변호사를 보며 말했다.

“그래? 우연의 일치네. 4월 9일이 부활절이라.”

주민 카톡방에 계속 댓글이 올라왔다. 많은 회원이 즉시 댓글을 달았다.

“결사 항전.”

“필사즉생!”

“죽으면 죽으리라!”

“한 번 죽시 두 번 죽나?”

“내 한목숨 기꺼이 바치리라.”

공룡 EO 쓰러지다

백두리 주민들은 거대한 공룡 EO를 상대로 두 달간 열심히 시위 투쟁을 하였다. 그러나 EO는 끄떡도 하지 않았다. 주민들은 처음 시작할 때는 의욕이 넘쳤으나 날이 갈수록 점점 지쳐 갔다. 이제 강 변호사를 통한 소송에 마지막 기대할 수밖에 없었다. 그러나 주민들은 4월 7일

재판에 맞추어 마지막 시위 투쟁을 준비하였다.

시간은 흘러 드디어 4월 7일이 되었다. 백두리 실향민들은 너도나도 EO 앞 정원에 모였다. 이동섭 총무가 인원수를 헤아렸다. 해외 체류자 한 명을 제외하고 전원 참가하였다. 주민들은 모두 비장한 얼굴로 웃음을 찾아볼 수가 없었다. 모두가 '결사 항전'이라고 쓰인 띠를 머리에 매고 다양한 글이 쓰인 피켓을 들었다. 백미령은 검은 모자에 검은 안경을 쓰고 사회자로 마지막 결전의 행사를 진행하였다. 국기에 대한 경례, 애국가 제창을 한 후 용주식 위원장이 나와 간단히 비장한 말을 하였다.

"백두리 실향민 여러분! 각오가 되었죠. 제가 앞장서겠습니다. 따라오십시오. 자 갑시다."

용주식 위원장의 말이 끝나자 백미령 등 임원들이 모두 앞에 나왔다. EO에서는 전혀 주민들의 행사에 관심을 두지 않았다. 주민들이 행사 자체를 비밀리에 준비하였기 때문이었다. 경찰서에 집회 신고하여 정보과장이 나왔으나 주민들의 행사에 크게 신경 쓰지 않았다. 임원들이 먼저 문을 열고 EO 안으로 들어갔다. 로비 안내 데스크에는 여직원이 아무것도 모르고 멀뚱히 서 있었다. 제일 먼저 백미령이 말없이 쓰러졌다. 용주식 위원장이 쓰러졌다. 강호상 협상팀장이 쓰러졌다. 로비가 좁아 문을 열고 로비 밖에 모두가 쓰러졌다. 한순간에 모두가 쓰러져 눈을 감고 꼼짝도 하지 않았다. 안내 데스크 여직원은 순간적인 주민들의 모습을 보고 당황하며 전화를 어디론가 하였다. 얼마 후 직원들이 뛰어 왔다. 정보과장도 사태를 인지하고 뛰어왔으나 어찌할 수가 없었다. 그는 휴대폰으로 동영상을 찍고 있었다. EO 직원들은 소리치며 주민들을 일으켜 보려고 했으나 주민들은 미동도 하지 않았다. 드디어 EO 사장이 뛰어왔다. 그러나 100여 명에 이르는 쓰러져 있는 주민들을 어떻게 할 수 없었다. 한마디로 속수무책이었다. EO 사장 등 직원은 모두 멍한 상태로 바라만 보고 있었다.

한편 같은 시각 '남성지방법원'에서는 강종옥 변호사가 재판에 참여하여 재판장의 진행하에 심리를 마치고 판결을 기다리고 있었다. 재판장이 양옆의 보조 판사와 이야기를 마치고 선고하였다.

"EO는 백두리 주민들의 청구대로 이택지 공급가를 '주택단지평균보상가' 이하로 낮춘다. 소송비용은 EO가 부담한다."

강종옥 변호사는 순간 눈앞이 캄캄하였다. 꿈같은 일이 벌어진 것이다. 그는 그동안 EO에서 제공한 조성원가 산정 자료를 치밀하게 검토하였다. 그러나 그 자료는 너무나 빈틈이 없었다. 각론적으로는 어떻게 할 도리가 없었다. 그는 총론적으로 재판부의 양심에 호소하였다.

"재판장님! EO의 이택지 공급가가 주민들이 받은 토지보상금의 두 배에 가깝습니다. 따라서 가장 합리적인 이택지 공급가는 토지보상금의 평균치로 하는 것이 타당합니다. 실향민이 된 주민들을 생각해 주십시오."

재판부는 주민들의 손을 들어 주었다. 강 변호사는 법정을 나서며 소식을 기다리고 있을 아내 백미령에게 전화하였다. 그러나 그녀의 전화는 꺼져 있었다. 그는 백두리 주민들의 현재 상황을 생각하며 차를 몰고 EO로 달렸다. 차를 몰고 가며 그는 아내 백미령의 꿈 이야기를 떠올렸다. '필사즉생! 죽으면 죽으리라!' 그렇다면 오늘의 승리는 주민들 죽음의 결단 때문인가? 그는 한 시간 걸려 EO에 도착하였다. 지하주차장에 차를 대고 1층 로비로 갔다.

한편 EO에선 직원들이 모두 둘러서서 보고 있는 가운데 주민들은 죽은 듯이 누워서 꼼짝도 하지 않았다. 한 여직원이 계단을 내려오며 공소진 부장에게 가서 귀엣말로 속삭였다.

"부장님! 소송에서 졌대요."

순간 그녀의 얼굴이 변하며 옆에 있는 EO 사장을 바라보았다. EO 사장이 갑자기 외쳤다.

"주민 여러분! 여러분이 이겼습니다. 모두 일어나세요."

순간 EO 직원들이 몰려와 주민들을 일으키며 말했다.

"여러분이 승리하셨습니다. 일어나세요."

현장에 와서 상황을 목격한 강 변호사는 온 힘을 다해 큰소리로 외쳤다.

"백두리 실향민 여러분이 승리하셨습니다."

강 변호사의 외침에 정신이 든 주민들은 모두 함성을 지르며 일어났다. 모두가 좋아서 서로 안고 뛰며 기뻐하였다. 엉엉 우는 사람도 있었다. 남 목사가 집으로 차를 타고 오는데 백미령에게서 전화가 왔다.

"목사님! '하나바다구리오야지시기도'가 이루어졌네요."

"네. 사모님의 꿈도 현실이 되었죠."

"네. 하나님께서 백두리 실향민들에게 부활절 선물을 가득 주셨네요."

주민들과 EO의 6개월간의 투쟁은 주민들의 승리로 끝났다. EO는 항소하지 않았다. 그날 이후 백두리 주민들은 4월 7일을 잊지 못하고 모이면 서로 이야기하였다.

"죽으면 죽으리라."

"필사즉생."

"현대판 공룡 EO가 쓰러졌다."

주민 카톡방엔 마지막으로 백미령의 댓글이 간단히 달렸다.

"현대판 바벨탑 무너지다."

노인정

장소

백두리 / 수도권 개발지역 / 노인회관

등장인물

김성수: 노인회장 / 70세 / 우파적 성향

남성우 목사: 72세 / 중도적 성향

서춘일: 통장 / 55세 / 좌파 성향 / 공산주의자

권순희: 70세 / 부녀회장 / 중도적 성향

부산댁: 80세 / 교회 권사

곽우성: 75세/ 군(郡) 노인회 부회장/ 마산 출신

김수현: 70세 / 권순희 친구

신흥 첨단산업단지로 변화되고 있는 백두리. 이제는 제법 많은 빌딩이 들어섰다. 과거의 논과 밭은 사라지고 온통 빌딩만 보인다. 더불어 차들이 만원이다. 출퇴근 시간대에는 1㎞ 이상 장사진을 이룬다. 세상이 이렇게 변했다.

원주민들은 LH와 EO로부터 토지와 주택을 보상받고 마을을 떠났다. 원치 않았으나 강제로 실향민이 된 것이다. 수용되지 않은 이웃 마을로 이사하여 실향민을 면한 남성우 목사는 25년 동안 해온 목회를 눈물을 머금고 접어야 했다. 그는 고민하던 끝에 6년 전부터 은퇴 목사가 되어 4년의 문학 공부를 마치고 시나리오, 소설, 시 등 글을 쓰고 있다. 그동안 시집 두 편을 출판하고, 단편소설 두 편을 종합계간지에 실었다. 그러나 아직도 시인이나 소설가라고 하기엔 너무 부족하다고 생각하였다.

남 목사는 달력을 보았다. 11월 달력이다. 오늘은 11월 29일이다. 이제 하루만 지나면 12월 달력 한 장뿐이다. 다사다난했던 갑진년(甲辰年)도 다 갔다. 남은 한 달을 어떻게 유익하게 잘 보내야 할까? 남성우 목사는 아내와 의논하여 마을 노인회에 약간의 돈을 기부하기로 하였다. 남 목사는 마을 통장 서춘일에게 전화하였다. 그는 4차 산업단지로 조성되고 있는 '황금동'에서 부부가 음식점을 하고 있었다. '황금동'은 남 목사의 어린 시절에는 거대한 공동묘지였다. 도로에서 200m 정도 떨어진 그곳은 수시로 사람들의 곡(哭)하는 소리가 들리곤 하였다. 그곳에는 귀신 들린 사람들도 늘 있었다. 그들은 머리를 풀어헤친 채 땅을 굴러 상처투성이에 눈도 정상이 아니었다. 그런 곳이 지금은 완전히 IT 기술 회사들이 가득한 4차 산업단지로 변한 것이다. 서춘일의 식당은 된장찌개와 비빔밥이 전문인데 음식이 괜찮아 사람들이 늘 붐볐다. 남 목사는 그에게 안부를 전하며 먼저 사업이 잘되는지 물었다. 평소 늘 웃으며 사는 서춘일은 잠시 망설이다가 말했다

"목사님! 장사가 잘 안되어서 얼마 전 정리하였어요."

"그래요? 사업이 잘되더니?"

"요즘 사업이 만만치 않아요. 목사님은 요즘 어떻게 지내세요?"

"덕분에 잘 지냅니다. 다름이 아니라 성탄절이 멀지 않고, 연말이 가까이 와 노인회에 돈을 약간 기부하려고 하는데, 요즘 노인회는 어떻습

니까?"

"우리 집 2층에 노인정이 있는데 마침 노인회 송년 모임이 11월 30일이니 내일 11시까지 오세요. 노인회장은 만물박사 김성수죠."

"만물박사 김성수? 그래요. 그 친구 참 대단해요. 내일 만나 많은 것을 배울 수 있겠네요. 내일 뵙시다."

다음 날! 11월 30일, 남 목사는 가까운 Y 농협에 가서 30만 원을 찾았다. 집에 와서 30만 원을 봉투에 넣었다. 봉투에 '남성우 목사 드림'이라고 정성스레 글을 적었다. 그는 평소에 외출하면 종종 아내와 동행하였으나 11시경 홀로 통장 서춘일 집으로 갔다. 그의 집은 2층 단독주택이었다. 1층은 그가 살고 2층을 노인정으로 세를 주어 운영하고 있었다. 그는 유달리 사시사철 항상 현관문 부근에 태극기를 게양하고 있었다. 애국심이 남다르다고 생각하였다. 남 목사는 계단을 통해 2층으로 올라갔다. 현관문을 열고 들어서니 70대 여자 서너 명이 부엌에서 음식을 준비하고 있었다. 그가 인사를 하자 그녀들도 일하다 돌아보며 어서 오라고 인사하였다. 방 한쪽에는 제법 큰 TV도 보였다. 그중에 행주치마를 하고 고무장갑을 낀 날씬한 몸매의 여자가 말했다.

"저는 부녀회장 권순희에요. 통장님으로부터 남 목사님이 오신다고 들었어요. 이 의자에 앉으세요."

그녀가 남 목사에게 친절하게 의자를 권하였다.

"통장님과 노인회장은 언제 오나요?"

"지금은 비닐하우스에 있는데 곧 오실 거예요. 이곳은 주로 여자들이 모이고 남자들은 비닐하우스에서 모여요. 오늘은 회의가 있어서 여기서 모이죠. 통장님이 남 목사님이 오신다고 특별히 돼지고기를 사와 맛있게 고기를 구울 준비를 하고 있지요."

한쪽 테이블 위에 돼지고기가 보였다. 적지 않은 양이었다. 12시경 10여 명의 여자가 방으로 들어왔다. 모두 칠팔십 대 노인들이었다. 잠시 후 노인회장 김성수와 통장 서춘일이 왔다. 김성수는 남 목사보다 두 살 아래였다. 그는 남 목사를 늘 형님이라고 불렀다. 어릴 때부터 한 동네서 자랐기 때문에 서로 잘 알고 있었다. 그는 50대만 해도 경제적으로 잘살았다. 그의 아버지가 장사해서 돈을 많이 벌었고, 부친이 세상을 뜨며 유산 상속을 받았기 때문이다. 그러나 그는 언제부터인지 집을 팔고 가족들과 헤어져 비닐하우스에서 혼자 살며 지냈다. 마을에서 들리는 말로는 도박으로 어려워졌다고 하였다.

식사하기 전에 노인회 총무를 맡은 통장 서춘일이 사회를 맡아 회의를 진행하였다. 그는 먼저 회장인 김성수에게 인사말을 하라고 하였다. 김성수가 일어나 목에 힘주어 점잖게 인사하였다.

"남은 세월 모두 늘 건강하게 사세요. 며칠 후면 또 한 살을 먹는데, 그리고 웃으며 사세요. 웃어야 복이 오니까요. 자! 모두 웃어 봐요. 복이 오게."

모두가 웃는 가운데 김성수가 인사를 마쳤다. 서춘일 통장이 총무로서 한해 살림에 대하여 보고하며 유인물을 나누어 주었다. 노인회 기금 잔고가 750만 원 정도 되었다. 그는 회의를 마치고 남 목사를 소개하였다.

"남 목사님! 일어나셔서 직접 소개를 하시죠."

"안녕들 하세요. 저는 남성우 목사입니다. 몇 년 전 목사는 은퇴하였구요. 만 71세입니다. 성탄절과 연말이 되어 여러분들 생각이 나서 약소하나마 약간의 돈을 기부하고, 인사드리고자 왔습니다. 감사합니다."

남 목사는 준비한 현금 봉투를 노인회장 김성수에게 전달하였다. 모두가 크게 환호하며 박수하였다. 권순희가 부녀회에서는 특별히 할 말이 없다고 말하자 회의는 간단히 끝났다. 이어서 모두가 준비한 음식을 먹으며 즐겁게 시간을 보냈다. 노인회장 김성수는 넉살이 좋았다. 부녀회장인 듯한 여자가 커피를 타와 남 목사와 김성수에게 내밀었다.

"커피에 내가 안 본다고 몰래 침을 뱉은 것은 아니죠?"

그 한마디에 모두가 깔깔대며 웃었다.

식사를 마치고 김성수와 남 목사는 남자들이 모이는 비닐하우스로 갔다. 안에는 난로가 피워져 있었다. 난로 주위에는 나무 장작들이 쌓여 있었고, 전체적으로 어수선하였다. 김성수가 의자를 권하자 남 목사가 앉으며 말을 꺼냈다. 그는 김성수에게 15년 전의 백두리 수용 당시의 일을 떠올리며 대토개발회사 '미래'에 대하여 물었다.

"아우님! 왜 '미래'에서 일을 하지 않아요? 장경수가 빌딩을 지으면 시설관리를 맡기기로 했다고 들은 것 같은데요."

남 목사의 갑작스런 질문에 김성수는 잠시 생각을 하더니 말했다.

"한마디로 속은 거지요. 사업하는 사람들은 믿기 어려워요. 특히 부동산 사업하는 사람들이 그래요. 애초에 계약서라도 받아놓아야 했는데…. 장경수를 믿은 내가 잘못이지요. 사기꾼 장경수!"

김성수는 주먹을 불끈 쥐며 마지막 '사기꾼 장경수'라는 말에 힘을 주었다. 남 목사는 '사기꾼 장경수'라는 말을 듣고 그를 잠시 바라보았다. 두 사람 사이에 잠시 침묵이 흘렀다. 남 목사는 순간 장경수의 죽음과 단편소설 〈부동산 여왕〉이 머리에서 스쳐 지나갔다. 그는 혼자 독백하듯이 말했다.

"장경수 회장에게 사기를 당했다?"

"네."

김성수의 이야기는 이랬다. 장경수가 백두리에 와서 대토개발회사 '미래'를 처음 시작할 때 그녀는 김성수를 '현장 소장'으로 임명하였다. 그는 열심히 일했다. 그녀가 그에게 사업이 잘되어 대토를 400평에서 1,000평을 확보하고 빌딩을 짓게 되면 시설관리를 맡기기로 하였기 때문이다. '미래개발'은 김성수를 필두로 주민들의 도움을 얻어 생계대책용지 400평과 근린생활부지 400평을 LH로부터 획득하여 8층짜리 빌딩을 두 개를 지었다. 장경수의 대토사업은 규모는 작으나 성공작이었다. 그러나 그녀는 빌딩을 짓는 과정에서 김성수와의 약속을 지키지 않았다.

김성수는 깊은 한숨을 쉬며 주머니에서 담배를 꺼내 입에 물고 라이터로 불을 붙였다. 그는 무언가를 생각하다가 말을 꺼냈다.

"형님! 진범수가 의문사한 것도 아마 장경수 때문일 겁니다."

김성수의 갑작스런 말에 남 목사는 정신이 부쩍 들었다.

"몇 년 전 진 통장이 죽은 것이 장경수와 관련 있다?"

"네. 범수나 나나 그때 얼마나 고생했습니까? 죽도록 일했는데 돌아온 것은 빈손으로 아무것도 없고 빈 깡통뿐이니."

남 목사는 조용히 김성수의 눈을 바라보았다. 그의 눈에 약간의 눈물이 고여 있었다. 그는 난로 위에 담뱃재를 비비며 말을 이었다.

"이젠 다 끝났죠. 장경수도 세상을 떴으니 욕하면 뭐하겠습니까?"

남 목사는 그의 마지막 말을 듣고 일어나며 가까이 가서 그의 어깨에 손을 얹고 위로를 하였다.

"김 회장님! 그런 일이 있었군요. 모든 것을 잊고 힘을 냅시다. 좋을 때가 오겠지…."

"형님! 요즘 인생의 의미에 대하여 알아가고 있습니다. 인생이 별거 있나요?"

"아우님! 오늘 의미 있는 하루를 함께하여 고마워요. 내일 2시경 다시 여자들이 모이는 노인정에서 뵙시다. 긴히 할 말도 있고~"

남 목사는 그와 인사를 하고 비닐하우스를 나왔다. 집으로 걸으며 몇 년 전 천국으로 간 부동산개발회사 '미래' 장경수 회장과 진범수 통장을 생각해 보았다. 공교롭게도 이들은 몇 년 전 비명에 간 아까운 지인들이었다.

다음 날 12월 1일은 일요일이었다. 남 목사는 11시에 집에서 가정교회로 아내와 함께 예배를 드렸다. 그는 은퇴 후 집을 신축하기까지 가정교회로 지내기로 하였다. 오후 2시경 남 목사는 노인정으로 갔다. 요즘은 마을마다 노인회관이 있다. 지금과 같은 고령사회에서 노인정은 꼭 필요한 곳이다. 마을 노인들이 모여 친교를 하고 정보도 교환하며, 때론 시국(時局)에 대하여 논하기도 하는 매우 유익한 상소였다. 백두리 노인정도 마찬가지였다.

남 목사가 서춘일의 집으로 가니 차가 보였다. 제네시스였다. 그가 2층 노인정으로 올라가 문을 열고 들어서니 부녀회장 등 여자 서너 명이 화투를 하고 있었고 곁에서 김성수가 구경하고 있었다. 남 목사가 인사를 하자 모두 반갑게 맞았다. 남 목사는 소파에 앉으며 현 시국에 대하여 노인회에서는 어떻게 생각하는지 김성수에게 물었다. 김성수는 다짜고짜로 거짓말과 가짜뉴스가 판치는 세상이 되었다고 말했다. 그는 아예 '가짜뉴스 공장'은 요즘 말 많은 K 도사라고 하면서 열을 올렸다.

"형님! K 도사라는 놈 알죠?"

특히 그는 주류언론이 문제라고 꼬집었다. 주요 언론노조를 쥐락펴락하며 움직이는 민○○ 때문이라며 혀를 찼다. 그는 민○○을 막 욕을 했다. 옛날로 거슬러 올라갔다. 광우병 사건, 세월호 사건, 천안함 사건, 후쿠시마 오염수 사건 등을 떠올렸다. 그는 요즘 정론직필(正論直筆)을 하지 않아 신문이나 TV는 아예 보지도 않는다고 하였다. 그동안 보던 C일보도 구독을 취소하였다고 하였다. 그때 문이 열리며 통장 서춘일이 들어왔다. 술을 좀 했는지 얼굴이 불그스름하였다. 남 목사가 그의 손을 잡으며 소파에 앉으라고 하자, 그는 괜찮다며 식탁 테이블에 가서 앉았다. 김성수는 계속하여 이야기를 하다가 갑자기 부정선거로 말을 바꾸었다.

"형님! 심각한 것은 부정선거야. 지금 유튜브에 들어가면 수준 있는 유튜버들이 부정선거에 대하여 자세히 말하는데… 근거가 없는 말이 아니고 팩트야. 일부 언론이나 선관위에서 음모론이니 치부하지만 결코 음모론이 아니야."

김성수가 열을 올리며 큰 소리로 또박또박 이야기하자 듣고 있던 서춘일이 뛰어들었다.

"형님! 세상이 다 그런 거죠. 부정선거 없던 때가 있나요? 이승만 대통령 때도 부정선거해서 4·19가 일어난 것 아닙니까?" 서춘일이 눈을 부라리며 말하자, 김성수가 웃으며 말했다.

"하~ 하, 서 통장! 너무 열 내지 마. 차츰 알게 될 거야. 한번 시간이 되면 인터넷으로 네이버에서 선관위 홈페이지에 들어가 봐. 거기에 전국의 모든 선거구 투개표 결과 데이터가 나와. 한번 우리 지역 선거구 결과만이라도 출력해서 자세히 조사해 봐. 놀라운 사실을 알게 될 거야. 부정선거를 이야기하면 음모론이라고 하는데 선관위선거 데이터를 분석해 보면 생각이 달라져. '대수의 법칙'이라고 하는데~ 특히 같은 선거 지역의 사전투표 데이터와 당일 투표 데이터를 정당별로 비교해 봐. 왜 이렇게 결과가 나왔는가?"

김성수는 서춘일을 보며 심각한 표정으로 말했다. 그리고 남 목사를 한마디 하라는 듯 바라보았다. 남 목사는 뜸을 들였다. 잠시 눈을 감더니 미소를 지었다. 그리고 입을 굳게 다물더니 이야기를 시작했다.

"노인회장님 말씀에 동의합니다. 요즘 세상이 전과 다르게 많이 악이 성행합니다. 거짓, 조작, 위선, 사기, 선동 등 가짜가 판을 치는 세상이 되었지요. 그러나 거짓은 탄로 납니다. 세상에 비밀은 없어요. 부정선거도 마찬가지지요. 지난해 국정원에서도 발표하였지요. 선관위를 조사했더니 전산시스템 비밀번호도 1, 2, 3, 4, 5라고요. 해커가 쉽게 시스템에 들어갈 수 있고, 얼마든지 득표수 조작도 가능하다고 했지요. 아마 국정원에서 대통령께도 보고했을 것이고 대통령도 어떤 고민을 하고 있겠지요. 선거는 국민이 주권을 행사하는 단 하나의 수단인데 부정선거는 국민의 주권을 찬탈하고 국민을 속이는 것으로 절대 용납할 수 없지요. 아마 대통령께서 어떤 특단의 조치를 취하시겠지요. 부정선거는 후손들을 위해서라도 절대 막아야 합니다. 유튜브를 보니까 누군가 그러더라고요. T 당의 국회의원 50여 명 이상이 가짜라고요."

남 목사는 차분하게 부정선거에 대하여 이야기하였다. 한쪽에서 화투를 하고 있던 부녀회장 권순희가 말했다.

"통장님! 이제 부정선거는 남의 일이 아니에요. 아는 사람은 다 알아요. 초교 동창회가 매달 모이는데 거기에 가면 모두가 부정선거에 대하여 말해요. 아마 통장님 동창들도 마찬가질 걸요? 저는 여야좌우를 떠나 중도적 입장에서 말하는 거예요."

그녀는 부정선거를 확신하는 듯이 아주 단호하게 말을 이어갔다.

"'부정선거방지대'라는 단체가 있는데 내 초교 친구 중에는 아예 그 조직에 들어가 운동하는 애들도 있어요. 일주일에 두 번씩 시내 거리에서 부정선거를 알리는 시위를 해요."

그녀의 눈빛이 빛났다. 그때 함께 화투를 하던 체구가 작고 구부정한 여자가 남 목사를 보며 말했다. 남 목사는 그녀를 조금은 알고 있었다. 그녀는 전에 백두리 교회를 다녔는데, 사람들은 그녀를 부산댁, 또는 윤 권사라고 불렀다. 남 목사는 언젠가 그녀를 차에 태우고 시내에 데려다준 적도 있었다.

"목사님은 복음을 전해야지 부정선거에 대하여 이야기하면 어떡해요?"

그녀는 말투가 경상도 사투리였고 자신의 아들이 울산에서 목회를 잘하고 있다고 자랑하듯이 이야기하였다. 그러자 김성수 노인회장이 그녀의 말을 받았다.

"부산댁! 전도는 권사님이 해야지. 목사님이 왜 오셨는지 알아요? 부산댁이 무얼하시나 하고 감시하러 온 거야. 그렇죠? 목사님!"

그 말에 화투를 하던 여자들과 통장 서춘일이 웃으며 남 목사를 바라보았다. 남 목사가 일어나더니 화투 치는 여자들에게 갔다. 그는 그녀들을 보며 말했다.

"화투 치는 것이 그렇게 재미있어요?"

"목사님도 함께 해보시겠어요?"

부녀회장이 손짓으로 앉으라며 물었다. 그들은 소위 민화투라는 것을 하고 있었다. 권사이며 부산댁이라는 여자가 화투를 하다가 멈추고 남 목사에게 말했다.

"목사님이 화투를 할 줄 알까?"

남 목사가 허리를 구부려 판을 보며 말했다.

"저도 어린 시절에 동네 형이나 친구들과 '섯다'도 하고 했죠. 그러나 목사가 될 때 마음에 선언했어요. 허접한 오락이나 게임 같은 것은 하지 않겠다구요."

그녀들은 한판에 천원 내기를 하고 있었다. 판을 보니 부녀회장이 돈을 많이 따고 있었다.

"그런데~ 부녀회장님이 거의 다 땄네."

남 목사의 말에 김성수가 가까이 와서 거들었다.

"부녀회장님은 못하는 것이 없어. 마을 일이며, 밤일도 끝내준대요."

그러자 부녀회장이 김성수를 보며 말했다.

"그런데 회장님은 혼자 어떻게 사셔요? 늘 독수공방하고."

김성수가 창문을 바라보며 한숨을 쉬었다. 그리고 남 목사를 바라보며 말했다.

"목사님이 말하는 대로 늘 하나님과 함께 지내야지. 목사님! 교회를 빨리 지셔. 큰 교회를."

"아닙니다. 저는 작은 교회를 세우려고 해요. 소그룹 목회라고."

남 목사가 지긋이 웃으며 김성수에게 말했다.

"그런데 노인회장님! 부정선거에 대하여 TV에서는 왜 조용한지 아세요?"

부녀회장이 다시 부정선거에 대하여 말을 꺼냈다. 노인회장이 기다렸다는 듯 주먹으로 식탁을 치며 말했다.

"그놈들~ 천하의 나쁜 놈들 때문이지. 노총인가 막가총인가 하는 놈들. 신문이나 TV나 모두 노조가 틀어쥐고 프로 편성이나 편집을 하여 자기들 멋대로 기사를 싣거나 방영을 하니 국민의 눈과 귀를 가리는 것이죠. 결국은 국민을 상대로 사기 치는 것인데 우리 국민이 어떤 사람들입니까? 대부분이 고등학교 이상 졸업자들인데. 막가총 짓이라는 것쯤은 온 국민이 다 알죠."

그러자 허리가 구부정한 채로 앉아 있던 부산댁 권사가 말했다. 그녀는 평소 길에서 만날 때도 허리가 구부정하였다.

"왜 그렇게 화를 내는교? 그 이야기는 아까 했잖아요. 그런데 정말 부정선거가 행해졌다면 왜 대통령이 가만히 있는교?"

남 목사가 화투판을 보고 있다가 소파로 가 앉으며 대답을 하였다.

"대통령도 알고 있을 겁니다. 국정원에서 조사해서 발표했으니까요. 언젠가는 부정선거 문제를 해결하기 위하여 조치하겠죠. 선관위가 스스로 고백을 하고 스스로 개혁을 하면 좋은데, 그럴 것 같지는 않고요."

그러자 계속해서 듣고만 있던 서춘일 통장이 입을 열었다.

"모든 것은 대통령 책임이지요. 대통령제가 무엇입니까? 나라의 흥망성쇠가 대통령께 있다는 것이죠. 지난봄 총선에서 부정선거가 있었다면 반드시 대통령이 밝혀야 합니다. 대통령 선거를 포함하여~"

서춘일은 대통령의 책임을 강조하였다. 맞는 말이다. 대한민국은 대통령제이다. 대통령은 행정 수반이다. 선거는 선거관리위원회가 관장한다. 그러나 만의 하나 부정선거가 행해졌다면 대통령이 책임을 지고 밝혀냄은 물론 치리(治理)하여 바로잡아야 한다. 서춘일이 계속 말을 이었다.

"그리고 TV에는 KBS 같은 공영방송, TV조선 같은 종편 같은 것도 있지만 요즘은 핸드폰과 같이 유튜브도 있어요. 제가 한번 틀어 볼게요."

그는 테이블 위에 있던 리모컨을 집더니 TV를 켰다. 그의 말대로 유튜브가 나왔다. 그가 남 목사에게 물었다.

"목사님! 어떤 유튜브를 볼까요?"

"이왕 주제가 부정선거였으니 부정선거에 대한 뉴스를 보죠."

서춘일이 검색란에 '부정선거'라는 자막을 넣고 트니 여러 뉴스가 보였다. 그는 '사전투표에서 T 당 표가 쏟아졌다'는 뉴스를 본다며 틀었다. 5년 전 21대 총선 결과에 대한 SBS 뉴스였다. 보고 있던 노인회장 김성수가 열을 올리며 입을 열었다.

"휴대폰으로 유튜브를 보다가 TV로 보니 화면이 커서 정말 좋네. 4년 전 4·15 총선에 대한 뉴스인데 문제는 사전투표예요. 신뢰할 수 있는 유튜버들에 의하면 서울, 경기, 인천 지역 투표 결과 당일 투표에서는 K당이 많이 이겼는데 사전투표에서는 K당이 패했다는 것이죠. 그런데 놀라운 사실은 사전투표에서 T와 K 두 당의 득표율을 비교해 보면 서울, 경기, 인천 모든 지역에서 63:36이라는 것이죠. 어떻게 이렇게 나올 수 있겠어요. 그래서 컴퓨터 전문가인 M 박사 등 학자들이 전산 조작에 의하지 않고는 이런 투표결과가 나올 수 없다고 강하게 주장합니다. 부녀회장님은 어떻게 생각하세요."

TV에서 유튜브로 뉴스를 보자 화투를 치던 할머니들이 화투를 멈추고 TV를 보고 있었다. 김성수의 지적에 부녀회장이 말을 이어갔다.

"조금 전에 초교 동창 중에 '부정선거방지대'에 가입했다는 친구가 있다고 했지요. 그 애는 매일 카톡방에 '부정선거'에 대한 뉴스를 퍼 올려요. 친구들이 부정선거가 어떻게 치러지는지 알아야 한다고 하면서요. 캠페인 현수막 사진도 보내왔는데 현수막에는 아예 '전산 조작으로 부정선거 획책한 선관위는 해체하라'는 문구도 있어요. 그래서 우리 동창들은 '부정선거'를 심각하게 생각하고 있어요. 그 친구는 믿을 만한 친구거든요."

그녀는 잠시 숨을 돌리더니 계속 이어갔다.

"그 친구 말에 의하면, 진짜 문제는 부정선거로 1,000표 정도 차이로 떨어져도 재검표를 통한 이의나 소송해도 소용없다는 것입니다. 왜? 지역 선관위 위원장이 모두 법원 판사이기 때문에 소송을 기각하거나 투표결과에 아무 이상 없다고 우기면 어떻게 할 도리가 없다는 것이죠. 결국은 T 당이 다수 의석으로 장관들에 대한 탄핵 몰이에 나서고 특검, 특검할 수 있는 것도 그 저변 본질에는 부정선거가 있는 것 아닌가요?"

부녀회장의 말에 모두 조용히 침묵을 지켰다. 잠시 침묵이 흘렀다. 서춘일이 물끄러미 TV를 보고 있다가 입을 굳게 다물더니 말을 시작하였다.

"유튜브를 괜히 켰네요. 아무튼 문제는 우리가 부정선거 장면을 눈으로 직접 보지 못하니 어쩔 수 없는 것 아닙니까? 그러니 음모론이라 해도 어쩔 수 없지요. 집에 가시면 젊은 애들은 '부정선거'에 대하여 어떻게 생각하는지 물어보세요."

김성수는 창문 쪽을 바라보고 있었다. 창문으로 월천산이 보였다. 월천산 기슭의 소나무들이 서로 이야기하고 있는 것 같았다. 그는 일생을 월천산과 함께 자라왔다고 해도 과언이 아니다. 옆에 있던 남 목사가 그에게 말했다.

"노인회장님! 창문만 바라보지 말고 이야기를 해보세요. 회장님도 유튜브를 자주 보실 텐데요."

바른 자세로 산을 보며 김성수가 말을 이었다.

"솔직히 부정선거 이야기하면 머리가 아픕니다. 부녀회장 말이 다 사실이라고 생각하니까요. 평생을 월천산과 함께 살아왔는데 그냥 저 많은 소나무처럼 살다가 흙으로 돌아가야지요."

그러자 부산댁 권사가 특유의 사투리로 말했다.

"회짱님이요! 그라면 되겠능교? 후손들을 생각 안 하능교? 부정선거가 치러졌다면 꼭~ 꼭 밝혀 좋은 나라를 만들어야지요. 무슨 소나무처럼 산다~ 소나무가 어찌 사는데요? 늘 푸르게 푸르게 살지 않능교? 우리도 그렇게 삽시더."

부산댁의 날카로운 한마디에 모두 그녀를 보며 박수를 하며 혀를 내둘렀다. 남 목사가 말했다.

"권사님! 대단하십니다. 성령 하나님께서 우리에게 주시는 말씀 같아요. 오늘은 시간이 많이 갔으니 이 정도 하지요. 내일 또 오늘처럼 뵙도록 하겠습니다. 좋은 시간 보내세요. 운동도 하시고요."

한쪽 벽에 걸린 노인정의 시계는 둥근형의 전자시계였다. 남 목사가 시계를 보니 4시를 가리키고 있었다. 남 목사가 일어나 인사하며 말했다.

"어이구! 벌써 4시네요. 통장님! 내일은 지난번 기부한 돈으로 빵이나 맛있는 것을 사 오면 좋겠네요."

"네! 목사님, 대령하겠습니다. 저는 함께 화투를 하겠습니다. 조심해 가세요."

김성수도 남 목사를 따라 일어났다. 남 목사와 김성수는 노인정을 나왔다. 날씨가 흐린 가운데 쌀가루 같은 눈이 내리고 있었다. 길까지 나와 두 사람은 무언가에 홀린 듯 월천산을 바라보았다. 김성수가 남 목사에게 월천산을 가리키며 말했다.

"형님! 월천산 소나무들을 보세요. 형님이나 나나 일생을 함께한 소나무들이지요. 부산댁 말대로 남은 세월 푸르게 살아야겠지요."

"김 회장님! 그렇지요! 저 나무들처럼 생각과 마음과 영혼이 건강하고 육체도 건강해야지요! 내일 뵙시다. 내일 만나면 무슨 이야기를 나눌까 생각도 해보시고."

"하하~ 형님이 노인정에 오시니까 노인정 분위기가 달라졌네요. T당의 탄핵 남발로 시국(時局)이 뒤숭숭한데~ 어찌 잘 되겠지요?"

"어쩔 수 있나? 창조주 하나님께 기도드리는 길밖에. 조심해 가셔."

김성수와 인사하고 헤어진 남 목사는 집으로 가다가 방향을 바꿔 월천산 둘레길로 산책을 하였다. 백두리는 겨울이면 해가 일찍 졌다. 차가운 바람이 일고 있었다. 10분 정도 걸으니 옹달샘 터가 보였다. 남 목사는 가까이 가서 살펴보았다. 옹달샘 터는 많이 변해 있었다. 산(山) 주인이 포클레인으로 넓게 연못을 만들어 놓았다. 그러나 관리를 하지 않아 연못은 온갖 나뭇잎으로 가득하였다. 5년 전에 남 목사는 이곳에서 혼자 예쁜 옹달샘 터를 만들어 산책할 때 와서 앉아 시를 짓곤 하였다. 그는 〈옹달샘〉이란 제목으로 10여 가지의 시를 지어 시집으로 내기도 하였다. 부근에 그가 사용하던 플라스틱 의자가 보였다. 다행히 누가 사용했는지 앉을 만했다. 그는 앉아서 하늘을 보며 하나님께 감사기도를 드렸다. 그리고 잠시 지난날을 회고해 보았다. 그는 25년간 목회하였다. '어둠골'이라는 작은 산골 마을에서 교회를 개척하였다. 30평 되는 헌 집을 전세를 내어 시작하였다. 10여 년을 열심히 하여 성도가 30여 명 되었다. 그런데 서울에 사는 집주인이 사기를 치고 잠적하였고, 집이 경매에 넘어가며 전세금을 찾지를 못하고 주저앉게 되었다. 그는 어쩔 수 없이 고향인 백두리로 와서 부친의 농장에 비닐하우스를 짓고 전원교회를 시작하였다. 그런데 정부에서 개발계획을 발표하고 LH와 EO가 수용하며 약간의 보상을 받고 마을을 떠나야 했다. 그러나 그는 백두리를 떠나고 싶지 않았다. 그래서 수용되지 않은 이

윗 마을 지금의 집으로 이사 온 것이다. 그는 나이가 칠십이 가까웠다. 목회를 내려놓고 새롭게 마지막 인생 3막을 살려고 결심하였다. 하나님께 기도하였다. 무엇을 해서 하나님께 영광을 돌려야 할지 여쭈었다. 어느 날 그는 가까운 공원을 거닐다가 전망대 도서관을 보고 들어갔다. 그곳에는 지역에서 발행하는 신문이 있었다. 신문 하단에 광고란이 있었다. 'SN문예대학'에서 문학 강의를 한다는 내용이었다. 그는 순간 직관적으로 '이것이다'란 생각이 들었다. 그는 초등학교 시절 문학 소년이었다. 《심청전》, 《춘향전》, 《동몽선습》, 《햄릿》, 《몬테크리스토 백작》, 《톰 소여의 모험》, 《플루타크 영웅전》 등 다양한 책들을 읽었다. 소설이 너무 재미있었다. 남 목사는 아내와 상의하여 곧 문예대학에 가서 문학 공부를 하였다. 그는 열심히 공부하였고, 늦었지만 소설, 시, 수필 등을 싣는 종합계간지를 통해 시인과 소설로 등단하였다. 그 후 그는 꾸준히 시와 단편소설을 쓰며 2편의 시집과 5편의 중단편소설을 내었다. 여기까지 생각한 남 목사는 하나님께 기도하였다.

"하나님 아버지! 남은 인생 3막을 시와 소설을 쓰며 하나님께 영광 돌리게 하소서. 예수그리스도 이름으로 기도합니다."

어느덧 컴컴한 밤이 되었다. 남 목사는 옹달샘 터를 뒤로하고 내려오며 노인정에서 오간 대화들을 생각해 보았다. 노인회장 김성수, 부녀회장 권순희, 그리고 중도 좌측에 속한 통장 서춘일과의 대화를 떠올렸다. 한마디로 오늘의 '화두'는 '부정선거'였다. 김성수나 권순희의 말을 종합하면 지금 T 당의 50여 명 이상이 가짜 국회의원이라는 것이다. 대명천지(大明天地)에 어찌 이런 일이 있을 수가 있는가? 그러면 대통령도 알 것이다. 우리나라는 대통령 책임제이다. 대통령이 책임을 지고 '부정선거'를 해결해야 한다. 하산하며 남 목사는 하나님께 기도를 드렸다.

“하나님 아버지! 우리나라를 불쌍히 여기사 구원해 주소서. 대통령이 정의와 공의로 지혜와 총명으로 담대함과 용기로 나라를 잘 다스리게 하소서. 부정선거를 바로잡게 하소서. 예수 이름으로 기도합니다.”

다음 날 12월 2일 오후 2시경, 남 목사는 노인정으로 갔다. 불과 며칠 사이에 그는 노인정이 단골 출입소가 되어 있었다. 그가 그곳에 가는 이유는 몇 가지가 있었다. ① 마을 노인들과 좋은 관계를 갖자. ② 좋은 정보를 얻자. ③ 복음을 전하여 죽음 후에는 천국이란 다른 세상이 있음을 알려 구원의 도(道)를 전하자. ④ 나라가 어수선한데 어떻게 하면 나라를 바로 세울 수 있는지 의논해 보자.

남 목사가 노인정이 있는 서춘일의 집 부근에 이르렀는데 차가 다니는 도로 쪽에서 김성수와 중절모를 쓴 사람이 오고 있었다. 그는 왼손에 검은색 가방을 들고 있었다. 남 목사는 큰 소리로 김성수에게 인사를 하였다.

“김 회장님! 잘 지내셨어?”

“네! 형님! 요즘은 아예 노인정으로 출근하시네요.”

“자네와 같은 좋은 친구가 있으니까~ 너무 좋아서 그래.”

남 목사는 중절모를 쓴 남자를 보며 김성수에게 물었다.

“그런데 이분은 누구시고?”

“하하~ 우리 군(郡) 노인회 부회장님이시죠. 요즘 노인정에서 시국 이야기를 많이 해서 우리 노인정에 오셔서 좋은 이야기를 해 주십사고 제가 특별히 오시라고 했지요. 자, 서로 인사하세요.”

“저는 남성우 목사입니다. 반갑습니다.”

“저는 곽우성이라고 합니다. 뵙게 되어 영광입니다.”

그는 주머니에서 지갑을 꺼내더니 남 목사에게 명함 한 장을 건넸다. 명함에는 그의 이력들과 전화번호가 적혀 있었다. 특히 명함에는 ‘부방대 상임 위원’이란 직함도 보였다. 남 목사는 종종 유튜브를 보며 ‘부방대’에 대하여 알고 있었다. 전에 국무총리를 지낸 H 장로가 ‘부정선거방지대’ 대표로 일하고 있었다.

“명함을 보니 이력이 화려하시네요. 많은 것을 배우겠습니다.”

“서로 도움이 되어야지요.”

김성수의 안내로 세 사람은 노인정으로 들어갔다. 어제와 달리 서춘일과 20여 명의 여성이 TV를 보고 있었다. 남 목사가 놀라며 서춘일에게 인사하며 물었다.

“통장님! 오늘은 웬일로 노인정이 꽉 찼네요?”

“형님! 제가 계획했지요.”

김성수가 나서며 말했다. 세 사람이 들어서자, TV를 보던 사람들의 시선이 쏠렸다. 남 목사는 입구 가까이 있는 의자에 앉았다. 김성수가 선 채로 곽우성을 소개하였다.

“이렇게 많이 와주시어 감사합니다. 오늘은 군(郡) 노인회 부회장님이 특별히 오셨습니다. 노인회에 대한 많은 이야기와 시국에 대한 좋은 이야기를 해주실 것입니다. 자! 곽우성 선생님을 소개합니다. 박수로 환영해 주세요.”

문 입구에는 빈 의자가 별도로 준비 되어 있었다. 곽우성은 가방을 그 의자에 놓으며 자신을 소개하였다.

“안녕들 하세요. 백두리 노인정에 오니까 꼭 고향에 온 것 같습니다. 저는 마산에서 출생하였습니다. 이제 78세입니다. 부모님은 세상을 뜨셨습니다. 오랫동안 회사생활을 하다가 퇴직하여 군(郡) 노인회 일을 하고 있습니다. 시간이 되시는 분은 김성수 회장님과 같이 군 노인회관으로 놀러 오십시오. 이상 인사를 마치겠습니다. 감사합니다."

곽우성은 차분히 자신을 소개하였다. 그가 소개를 마치자 서춘일이 그에게 의자에 앉으라고 권했다. 그는 가방을 방바닥에 놓고 조심스럽게 의자에 앉았다. 마침 부녀회장 권순희가 커피를 준비하여 그에게 권했다. 김성수가 그에게 그녀를 소개하였다.

"곽 선생님! 부녀회장 권순희 여사입니다."

사전에 어떤 약속이 있었는지 노인정에 온 모두가 옷을 잘 차려입고 있었다. 부녀회장도 평소와 다른 외출복을 입고 날씬한 몸매에 화장까지 하여 매우 화사하게 보였다. 곽우성과 부녀회장이 서로 인사를 하자, 김성수가 말했다.

"그러면 오늘의 주인공 곽우성 선생님의 시국 이야기를 듣겠습니다. 궁금하신 것은 그때그때 물어도 좋습니다. 곽 선생님! 시작하시죠."

곽우성은 가방에서 준비한 유인물을 꺼내 서춘일에게 주며 나누어 주라고 하였다. 서춘일은 먼저 남 목사에게 유인물을 주었다. 제목은 〈J 박사의 부정선거에 대한 견해〉였다. 서춘일이 유인물을 모두 나누어 주자, 곽우성이 일어나 말하기 시작하였다.

"백두리 여성들은 모두 미인이네요. 제가 우리 군내(郡內) 많은 노인정을 다녔지만 이렇게 미인들이 모인 곳은 처음입니다. 백두리 노인회 최고입니다."

곽우성의 칭찬에 모두가 기뻐하며 박수하였다. 특히 부산댁 권사는 노래까지 하였다. 〈노들강변〉 민요에 맞춘 가락이었다.

"백두 월천산 소나무들 바람과 함께 춤추네.

우리 인생 3막을 아름답게 마치세."

여기에 이르자 그녀는 〈늴리리야〉를 부르며 손짓으로 다 같이 부르자고 하였다.

"늴리리야 늴리리야 니나노.

얼싸 좋다. 얼씨구 좋네. 우리 동네 백두리~ 할렐루야~

얼씨구~할렐루야~"

노래가 끝나자 모두가 신이 났는지 떠들며 박수하였다. 테이블 의자에 앉아 있던 김성수가 웃으며 말했다.

"술에 취하지도 안 했는데 어찌 이렇게 좋을 수가 있지? 자! 그럼 본 게임으로 들어갑시다. 곽 선생님께, 박수!!"

다시 한번 큰 박수가 터졌다. 이렇게 곽우성의 강연이 시작되었다. 그는 먼저 부정선거 역사에 대하여 이야기하였다.

"여러분! 1960년 4·19 혁명이 어떻게 일어났나요? 자유당 이승만 대통령 시절에 야당은 민주당입니다. 그때는 부통령제도 있었죠. 3월 15일 선거가 있었죠. 민주당 후보였던 조병옥 박사가 미국에서 병으로 죽고, 이승만은 쉽게 대통령이 되었죠. 문제는 부통령입니다. 자유당에서는 이기붕, 민주당에서는 장면이 출마했는데, 1956년 선거에서 부통령으로 당선된 장면 박사가 당선이 유력했습니다. 그러자 자유당은 온갖 수단을 동원하여 부정선거를 저질렀습니다. 결국 이기붕이 부통령으로 당선되었는데 온 국민이 부정선거임을 알아챘습니다. 그때 쓰인 방법이 무엇이냐? 부재자(사전투표) 투표함 바꿔치기, 정치 깡패 동원 야당 참관인 쫓아내기, 뇌물살포, 개표조작으로 올빼미 표, 피아노 표, 샌드위치 개표 등입니다."

강연 도중에 부녀회장 권순희가 테이블에 물잔을 갖다 놓았다. 여기까지 1960년 3·15 부정선거를 설명한 곽우성은 잠시 쉬며 물을 마신 후 질문하였다.

"여러분 중에 64년 전 3·15 선거에 참여하신 분이 있나요? 그 당시 20세 이상이었으니까 지금 85세 이상이라면 해당됩니다."

그의 질문에 세 명이 손을 들었다. 곽우성이 그중 한 명을 지적하며 당시의 상황을 물었다. 그러나 그녀는 너무 오래되어 기억이 나지 않는다고 하였다. 실제로 당시 시골에 사는 사람들은 라디오도 없고 신문도 없어서 나라가 돌아가는 상황을 알 리가 없었다. 그녀는 말했다.

"시골에 사는 사람들은 아무 것도 몰라요. 4·19 혁명이 일어난 것도 한참 후에 알았어요."

곽우성은 벽에 걸린 시간을 보았다. 3시였다. 그는 강연을 계속하였다.

"4·19 혁명으로 헌법이 개정되고 헌법에는 부정선거를 막기 위하여 중앙선거관리위원회가 설치되었습니다. 그러나 그 후 1962년 5·16 혁명, 1980년 전두환 등 군사정권 탄생으로 선거가 제대로 치러지지 않다가, 노태우, 김영삼 정권을 거치며 선거가 안정되는 듯했으나, 김대중 정권에서 선거에 전자개표기를 제작 사용하며 전산 조작에 의한 부정선거가 시작된 것으로 봅니다. 그런데 2020년 4·15 총선에서 선관위가 (저는 T 당과 공모한 것으로 봅니다) 전산 조작을 대규모로 하여 여당인 K 당이 당일 투표에서는 이겼는데 사전투표에서 T 당에게 패하는 이상한 현상이 나타났지요. 일단 여기까지 하고 잠시 쉬겠습니다."

그때 부산댁 권사가 일어나며 구부정한 자세로 질문하였다.

"곽 선생님! 부정선거가 대규모로 있었다는데 심각하네요."

그가 테이블에 있는 물을 마시며 정색하면서 대답하였다.

"네. 잠시 후 말씀드리죠. 여러분 쉬면서 나눠드린 유인물을 봐주세요."

강연을 들으며 노인들은 부정선거에 대하여 걱정하는 것이 역력하였다. 남 목사와 김성수가 곽우성 가까이 와서 이야기하는 동안 통장 서춘일이 상자를 들고 다니며 빵과 과자와 물병을 나누어 주었다. 노인정 분위기는 화기애애하였다. 시계가 3시 반을 가리키고 있었다. 김성수가 큰 소리로 말하였다.

"네 시까지 강연을 듣겠습니다. 앉아 주세요."

곽우성은 다시 강연을 시작하였다. 그는 유인물을 손에 들고 있었다. 유인물은 〈J 박사의 부정선거에 대한 견해〉로 그 밑에 소제목으로 〈선관위 전산 조작 실태 분석〉이란 제목으로 A4용지 양면을 채우고 있었다.

"이 유인물은 컴퓨터 공학 박사 J 박사님이 연구 분석한 자료입니다. 앞면의 그래프는 지난 4월 15일 총선 ○○시 사전투표와 당일투표 결과를 비교한 것이죠. 파란색 선은 T 당 C 후보 득표율, 붉은색 선은 K 당 L 후보의 득표율을 나타냅니다. 놀라운 것은 C 후보는 1개 투표소에서 이기고, L 후보는 나머지 모든 투표소에서 이겼음에도 이 후보가 낙선했다는 것이죠. 뒷면을 보세요. 이 그림은 H 시(市) 투표소별 승패 결과를 나타냅니다. 1개 투표소만 파랗고 나머지는 다 빨갛죠. 그런데 빨강이 파랑에 졌지요. 이런 현상이 지난 총선 전 지역 특히 서울, 경기, 인천 지역에서 일어났다는 것입니다."

남 목사를 포함하여 노인들은 모두 놀랬다. 어찌 이런 선거가 행해졌단 말인가? 여기저기서 웅성대는데 남 목사가 손을 들며 말했다.

"곽 선생님! 헌법에 '대한민국의 주권은 국민에게 있고 모든 주권은 국민으로부터 나온다'고 하였는데, 국민의 주권을 T 당과 선관위가 찬탈한 것이네요. 결국 T 당이 국회 의석을 거의 2/3나 차지하였는데 이유가 있네요. 그럼 부정선거 문제를 어떻게 풀어야 하나요?"

곽우성은 대답 대신 머리를 흔들며 창문을 바라보았다. 그는 한숨을 쉬면서 입을 열었다.

"방법은 2가지입니다. 첫째는 온 국민에게 부정선거를 알리고 국민이 일어나는 것입니다. 두 번째는 우리나라는 대통령 책임제입니다. 대통령이 책임지고 부정선거를 막겠다는 강한 의지로 십자가를 지고 온 국민에게 호소하는 것이지요. 우리나라는 자유민주주의 체제를 지키느냐 아니면 공산주의 체제로 가느냐 하는 갈림길에 있습니다."

곽우성의 목소리는 떨리고 있었고 눈가에는 눈물이 맺혀있었다. 부녀회장 권순희가 일어서며 말했다.

"맞아요. '부정선거방지대'에서 운동하는 제 친구 말이 생각나요. 부정선거 소송과정에서 수많은 물적 증거(배춧잎 투표지, 일장기 투표지, 빳빳한 투표지 등)가 있음에도 대법원 대법관들이 소송을 기각하고 어떤 여성 대법관은 재검표하다가 도망갔다고 해요. 선관위원장들이 누굽니까? 대법관과 각 지자체 법원 판사들입니다. 저들이 T 당이나 선관위와 결탁했다고 보아야지요."

그녀는 부정선거가 어떻게 일어나는지를 확신하고 있는 듯하였다. 그녀가 앉자, 곽우성 가까이 의자에 앉아 조용히 듣고만 있던 김성수가 일어나며 말했다.

"결국은 '4·19 혁명'처럼 젊은이들이 부정선거의 심각성을 깨닫고 일어나야지요. 모두 집에 가서 자녀들과 친척들과 이웃들에게 알리세요. 언젠가는 전 국민이 알고 일어나겠지요. 아마 대통령도 책임이 있는데 무언가는 하지 않겠습니까? 자! 이것으로 오늘 곽우성 선생님의 강연을 맺겠습니다. 곽 선생님이 유인물을 많이 가지고 왔으니 여러 장씩 가지고 가셔서 이웃에게 나눠주세요. 감사합니다. 수고하신 곽 선생님께 박수합시다."

많은 사람과 인사하며 남 목사, 김성수, 서춘일, 곽우성은 함께 노인정을 나왔다. 부녀회장 권순희가 문까지 따라와 배웅하였다. 곽우성이 그녀를 보고 웃으며 한마디 하였다.

"백두리에는 미인들이 많네요."

김성수가 즉시 대답하였다.

"군(郡) 미인대회에서 우리 백두리가 진선미를 다 쓸어요. 서 통장 맞지?"

"하하~그랬죠."

서춘일이 대답하자, 곽우성이 받았다.

"김 회장! 그럼 우리 둘째 중매 좀 서봐."

노인정을 나와 김성수와 서 통장은 곽우성과 함께 부근에 있는 카페로 간다고 가고, 남 목사는 집으로 향했다. 남 목사는 작가로서 늘 그날 있었던 일들을 잘 기록해 두는 습관이 있었다. 오후 4시가 조금 지났다. 해가 월천산 너머로 지고 있었다. 월천산의 석양은 정말 아름다운 한 폭의 그림이었다. 산 위로 천둥오리가 날고 있었다. 남 목사는 즉흥시를 지었다.

월천산아!!

너는 반만년 전
단군 할아버지 때부터 지금까지
우리의 보배요
나라의 자랑이었구나

너의 몸을 불태워
국난 때 침략한 무리들을
나라님과 백성에게 알려
구국의 반열에 섰으니

늦게나마 나라님께서
너를 기려 예를 갖추었으니
아~ 아~ 기뻐하라
역사의 강이 되어 영원히 흘러라

너와 함께하는 영원한 친구들
소나무와 천둥오리들과 함께~
저 아름다운 석양과 함께~
우리의 숨소리를 들으며~ 영원히~

12월 3일 오후 2시! 남 목사는 노인정으로 갔다. 그가 서춘일의 집 노인정 부근에 이르렀는데 예쁘게 옷을 차려입은 부녀회장 권순희가 처음 보는 여성과 함께 오고 있었다. 몸매가 날씬한 그녀는 더 예뻐 보였다. 남 목사는 먼저 그에게 인사하였다.

"부녀회장님! 안녕하세요?"

"네! 목사님, 참 인사하세요. 김수현이라구요. 제 초교 동창이지요."

부녀회장이 소개하기가 무섭게 김수현이 인사를 하였다.

"목사님! 안녕하세요. 김수현이라고 합니다. 저도 예수를 믿습니다."

"네! 반갑습니다. 남성우 목사입니다. 은퇴 목사이지요."

그녀는 오른손에 가방을 들고 있었다. 보통 키에 눈매가 날카로운 여자였다. 대강 소개하고 세 사람은 함께 노인정으로 들어갔다. 어제와 같이 김성수, 서춘일 외에 20여 명의 노인들이 벌써 와 있었다. 백두리 노인정은 겨울이면 다른 마을 노인정과 같이 함께 점심 식사를 하였다. 이를 위하여 통장 서춘일이 마트에 들러 찬거리를 사 오고, 부녀회에서 돕기도 하고 상대적으로 나이가 젊은 노인들이 식사 준비를 하였다. 따라서 겨울에는 대부분의 노인들이 노인정을 이용하였다. 통상 화투나 윷놀이나 TV를 시청하며 지내고, 어느 날은 특별히 연사를 초청하기도 하였다. 오늘은 어제와 같이 부녀회장이 그의 친구를 초청하여 시국에 대한 이야기를 듣기로 한 것이다. 요즘 노인들은 해방둥이부터 1950년대 출생자가 많았다. 따라서 학력이 대부분 고교 졸업자 이상 수준이어서 대화하면 모르는 것이 없을 정도였다. 현관문을 열고 들어가자 부녀회장은 자리를 정돈하고 김수현을 소개하였다.

"요즘 독감이 유행하니 건강 조심하세요. 제가 어제 카톡방에 공지한 대로 저의 초교 친구 김수현을 소개합니다. 서울에서 명문 K 대학을 나오고 고교 교사까지 한 인재지요. 특히 독실한 기독교 신자지요. 아버님이 목사이셔요. 지금은 퇴직해서 쉬며 부방대(부정선거방지대)에서 봉사하고 있어요. 유관순과 같은 애국 여성이지요. 수현아! 인사해."

부녀회장 권순희의 소개로 김수현이 자신을 소개하였다.

"안녕하세요. 김수현입니다. 저는 권순희 회장과 같은 나이고요, W 초교를 함께 다녔어요. 저는 어제 곽우성 선생님이 왔었다고 해서 이 책들을 중심하여 이야기하도록 하겠습니다."

그녀는 인사를 한 후 가방에서 5권의 책을 꺼냈다. 제목은 《도둑놈들》이었다. 그녀는 책을 테이블 위에 놓고 말했다. 그녀의 말 한마디 한마디는 아주 날카롭다 못해 냉기가 돌았다.

"여러분! 이 책들은 2020년 총선, 2022년 대선과 지방선거에서 어떻게 부정선거가 치러졌는지를 적나라하게 보여줍니다. 한마디로 이들 세 선거는 선관위의 전산 조작에 의한 선거로 사전투표에서 T 당 후보들에게 위조 투표지를 넣어 주는 방식으로 부정선거를 하여 최하 50명의 가짜 국회의원을 만들었습니다. 이 가짜 국회의원들이 그동안 나라를 위하여 무엇을 하겠습니까?"

그녀는 책을 돌려 보라며 나누어 주었다. 이 책들은 유튜버로 유명한 G 박사가 ○○대학교 컴퓨터 공학 박사의 의견을 토대로 저술한 것으로 누구나 차근히 읽어 보면 부정선거가 어떻게 일어났는지 알 수 있었다. 남 목사는 《도둑놈들 2권 - 2022 대선 어떻게 훔쳤나?》를 보며 크게 놀랐다. 선관위 발표에 의하면 당시 3·9 대선에서 Y 후보가 L 후보를 247,077표 차이로 이긴 것으로 발표 되었지만, 실제로는 264만 표 차이로 이겼다고 하였다. 그렇다면 선관위가 L 후보에게 사전투표에서 위조투표지 약 240만 표를 투표함에 몰래 넣어 주었다는 이야기가 된다. 남 목사는 어제 방문한 곽우성 선생의 말이 떠올랐다. 그도 역시 사전투표의 문제점을 지적하였다. 남 목사는 《도둑놈들 4권 - 2020년 4·15 총선, 어떻게 훔쳤나?》를 보았다. 프롤로그에 〈가장 화끈한 조작 4·15 총선〉이란 제목이 달려 있었다. 첫마디는 충격이었다. "4·15 총선, 선관위 발표 후보별 득표수는 쓰레기 같다." 쓰레기라는 것은 무엇인가? 가짜 득표수라는 것이다. 가짜 득표수라는 것은 무엇인가? '만들어진 숫자'이다. 아예 책의 목차에는 큰 글씨체로 놀라운 이야기를 하고 있었다. T 당 C 의원 1만 5,000표 조작하다. W 의원 9,000표 조작하다. L 의원 1만 3,598표 조작하다. 이 이야기는 무엇인가? 4·15 총선은 부정선거라는 것이다. 남 목사는 김수현에게 물었다.

"저는 남성우 목사입니다. 김수현 선생님! 2020년 4·15 총선이 이 책처럼 부정선거가 전자개표기 등 전산 조작으로 자행되었다면 그동안 모든 선거, 2022년 3·9 대선, 5·10 지선, 지난 4·10 총선 모두 전산 조작으로 부정선거가 행해졌을 텐데 부방대의 대안은 무엇인가요?"

김수현이 웃고 있었다. 그러자 부녀회장 권순희가 말했다.

"남 목사님! 어제 곽우성 선생이 말했어요. T 당, 선관위, 대법원, 언론 등이 어우러져 부정선거를 하기 때문에 아무리 소송해도 소용이 없어요. 방법은 국민이 부정선거가 행해짐을 깨닫고 제2의 4·19 혁명을 일으키는 길밖에 없어요. 서춘일 통장님은 손에 가지고 계신 책을 보셨는데 어떻게 생각하세요?"

서춘일은 《도눅놈들 3권 - 2022 대선, 무슨 짓 했나?》를 보고 있었다.

"저는 어제 곽우성 선생님이 준 유인물을 집에서 유심히 보았지만 정말 부정선거가 있었을까? 반신반의했지요. 그러나 오늘 이 책을 보면서 '부정선거가 있었구나'라는 확신이 듭니다. 컴퓨터 공학박사들이 선관위 홈페이지에 들어가서 선거 데이터를 발췌하여 연구 분석해 보니 어떤 조작 메커니즘이 발견되었다고 합니다. 조작 값이죠. 예를 들어 1번 후보의 경우 표가 3장이 나올 때마다 자동으로 숫자가 +1이 되는 겁니다. 이런 식이라면 얼마든지 조작이 가능하다고 하겠습니다. 국정원에서 발표한 '득표수 조작'도 이해가 되었습니다."

서춘일 통장의 말에 모든 사람이 서로를 보며 수군수군하였다. 그러자 부산댁 권사가 크게 사투리로 말했다.

"통장님! 그럼 내가 투표해도 아무 소용이 없네요. 누군가 컴퓨터로 조작카면 잡아낼 수 없능교?"

"잡아낼 수 있지만, 선관위가 전산장비를 보여주지 않으니 문제야."

부녀회장 권순희가 대신 대답하자 김수현이 힘주어 말했다.

"우리 부방대가 지난 5년간 소송 등 다방면으로 노력했으나 한계에 봉착했어요. 방법은 조금 전 부녀회장이 말한 것처럼 국민이 일어나는 것이고, 대통령이 최종 책임자이니 대통령이 십자가를 지고 나서야 합니다."

"맞아요. 법으로 할 수 없다면 국민이 나서야 합니다. 아무튼 대통령이 하겠지요. 금년 안으로 하지 않겠어요?"

김성수는 벽에 있는 시계를 보았다. 벌써 4시를 가리키고 있었다.

"벌써 4시네요. 김수현 선생님 꼭 해주실 말씀 있나요?"

"네! 지금 우리나라는 자유민주주의를 지키느냐 아니면 공산주의로 가느냐의 체제 전쟁 중입니다. 공산주의자들은 1917년 소련의 볼셰비키 혁명 이후 세계를 공산화하기 위하여 수단 방법을 가리지 않았습니다. 우리나라도 해방 후 박헌영의 남로당이 공산주의를 추구하였지요. 이승만은 자유민주주의자였지요. 두 체제가 전쟁하였는데 다행히도 하나님은 이승만의 손을 들어 주었어요. 그러나 북한은 김일성이가 공산주의 체제로 갔습니다. 그는 소련과 중공을 등에 업고 1950년 6·25 동란을 일으켰습니다. 다행히 하나님이 미국 등 16개국을 보내셔서 승리하였고, 동란 후 우리나라는 반공을 중시하여 자유민주주의 체제를 지켜왔습니다. 그러나 그동안 북한은 끊임없이 우리 남한을 공산화하기 위하여 대남적화전술을 시도하였지요. 우리 남한에는 북한에 동조하는 세력들이 많아졌습니다. 저들은 반국가세력으로 크게 성장하였지요. 특히 M 정권 때 자유민주주의 체제가 위협을 받게 되었습니다. M은 권력을 이용하여 국회, 안보, 교육, 기업, 종교, 문화, 사법, 노동, 언론 등 전 분야에 종북 주사파, 소위 좌익 세력을 앉혀 놓았어요. 계속 권력을 잡기 위하여 선관위까지 장악했지요. 그래서 부정선거가 일어난 겁니다. 여러분 공산주의가 좋으신 분 있나요?"

김수현의 마지막 말에 모든 노인이 야단이었다. 너도나도 웅성거렸다. 모두가 공산주의는 반대한다고 하였다. 김성수가 말했다.

"걱정하지 마세요. 대통령이 알아서 하겠지요. 오늘 모임은 이것으로 마칩니다. 수고하셨어요. 김수현 선생님께 힘차게 박수합시다."

모두가 힘차게 박수하였다. 김수현이 다니며 인사를 하고, 노인회장, 통장, 부녀회장, 그리고 남 목사는 노인정을 나왔다. 남 목사는 저들과 인사하고 헤어진 후 월천산을 산책하였다. 그는 걸으며 기도하였다.

"하나님 아버지 감사합니다. 우리나라를 불쌍히 여기사 구원하소서. 대통령에게 성령의 권능을 더하사 정의와 공의로 지혜와 총명으로 용기와 담대함으로 거짓과 조작과 위선과 사기와 선동으로 부정선거를 일삼아 국회를 장악한 세력들을 치리하여 나라를 바로 세우게 하소서. 예수 이름으로."

남 목사는 월천산을 내려오며 노인정에서 있었던 이야기들을 생각해 보았다. 김수현 선생의 말이 맞았다. 한국은 해방 전후와 같이 체제 전쟁이다. 이승만 대통령이 중심되어 만든 우리 헌법은 자유민주주의 체제이다. 그러나 지금의 T 당은 해방 전후 박헌영의 남로당의 후신이다. 저들은 공산주의를 추구한다. 북한은 공산주의 체제이다. 남한은 자유민주주의 체제이다. 한국전쟁 당시에 북한은 남한보다 경제적으로 잘 살았다. 그러나 70여 년이 지난 오늘날은 남한은 선진국으로 진입하였다. 반면에 북한은 후진국이다. 김일성, 김정일, 김정은 3대 세습을 하며 전제 군주적 봉건체제를 고수하고 있으니 어찌 발전할 수 있는가?

그러므로 절대 공산주의로 가면 안 된다. 그렇다면 T 당과 선관위의 부정선거를 절대 막아야 한다.

그날 밤 10시, 남 목사는 취침에 들었다. 그는 잠이 들며 곧 꿈을 꾸었다. 하늘에서 큰 돌이 떨어지더니 큰 건물에 떨어지니 건물이 박살이 나는 것 아닌가? 남 목사는 정신이 번쩍 깨어 일어났다. 그때 문을 열고 아내가 들어오며 말했다.

"여보! 큰일 났어요."

"왜?"

"지금 대통령이 TV에서 계엄령을 선포하고 있어요. 일어나 보세요."

남 목사는 침대에서 급히 내려와 거실로 갔다. 대통령이 대국민담화를 통해 '계엄령'을 선포하고 있었다. 남 목사는 TV를 보며 즉시 대통령의 계엄령 선포의 본질을 깨달았다. 대통령은 '부정선거'에 대하여 강하게 언급하였다. 그리고 '반국가세력'이라는 표현을 하였다. 남 목사는 어제와 오늘 노인정에서 있었던 곽우성과 김수현의 말들이 생각났다.

"여보! 우리나라는 너무 좌경화되었어. 부정선거로 국회를 장악한 T 당이 중심 되어 선관위, 사법부, 검찰, 경찰, 군대, 민노총, 언론, 종교, 문화, 교육 등 전 분야에 종북 주사파 세력이 진출했지."

대통령의 대국민담화는 비상계엄 선포였다. 이유는 반국가세력 과 부정선거 카르텔을 척결하겠다는 내용이었다. 비상계엄 선포가 있자마자 곧 모든 TV 뉴스 채널이 계엄군이 국회에 진입하고 과천중앙선관위와 선관위 수원연수원에 진입했다고 소식을 전했다.

남 목사는 TV를 보며 올 것이 왔다는 생각을 하였다. 그리고 박근혜 전 대통령의 탄핵 때를 생각하였다. 이때 우리나라에는 많은 애국세력이 등장하기 시작하였다. 전○○ 목사가 대한민국바로세우기국민운동본부(대국본)를 중심으로 광화문 집회를 이끌었다. 그는 일찍이 청교도운동을 하여 많은 목사 등 기독교인들이 그를 따랐는데, 과거의 그러한 조직과 운동이 광화문 집회를 성공적으로 견인하였다. 전 목사의 광화문 집회에는 점차 많은 시민 단체가 참여하고 예비역 군인단체도 함께하였다. 이때까지는 순수한 애국 운동이었다. 광화문 운동 등 애국 운동의 불이 타오른 계기가 된 것은 2020년 4·15 총선 부정선거였다. 부정선거가 알려진 것은 여호수아라는 닉네임을 가진 젊은 청년이 G 유튜브 방송에 나와 소식을 전하며 시작되었다. 그는 선관위 홈페이지에서 출력한 전국의 모든 선거 데이터 결과를 분석하여 왜 지난 총선이 부정선거인지, 전산 조작에 의한 부정선거인지를 뉴스로 전했다. 남 목사는 그 당시 우연히 유튜브를 보다가 여호수아 유튜브를 접하고 4·15 총선이 전산 조작에 의한 부정선거임을 확신하게 되었다. 총선 결과 T 당은 국회 의석 과반수를 훨씬 넘는 거대 여당으로 절대 권력을 가지게 되었다. 그 후 그들은 검수완박 등 각종 법을 자기들 마음대로 만들며 전체주의와 공산주의의 본색을 드러내기 시작하였다. 특히 여당인 T 당이 M 대통령의 탈원전, 소득주도성장, 부동산 정책을 받쳐주며 나라는 이상하게 흘러가고 있었다. M 대통령이 중국을 다녀와서 국민에게 보고한 말도 이상하였다.

"국민 여러분! 한 번도 경험해 보지 않은 세상을 만들겠습니다."

놀랍게도 그가 이 말을 하고 난 후 발생한 것이 전 세계를 강타한 '우한 폐렴, 코로나'이다. 2019년 12월 코로나가 발생하자, 대만, 일본 등은 중국인 입국 제한하는 조치를 하였는데, M 정부는 중국인 입국을 계속 허용하였고, 이리하여 발생한 사건이 중국 우한에서 입국한 사이비 단체 신천지 교인들의 코로나 감염 발생이다. 이때부터 M 정부는 코로나를 내세우며 '사회적 거리 두기' 등 행정명령을 통해 모임을 제한하고 나아가 교회를 탄압하기 시작하였다. 수많은 교회가 문을 닫았다. M 대통령의 말대로 나라가 곧 '한 번도 경험해 보지 못한 세상'으로 되었다. 온 국민이 3년 반 동안 코로나 병을 앓았다. 이러한 코로나 팬데믹 상황에서 치러진 것이 2020년 4·15 총선이다. 2022년 3·9 대선이 치러졌다. G 박사는 유튜브를 통해 역시 전산 조작에 의한 부정선거임을 강력히 주장하였다. 선관위는 Y 후보가 L 후보보다 0.7%(약 24만 표) 많이 득표하여 승리했다고 하였으나, G 박사는 선관위 선거 데이터를 종합 분석하여 전산 조작에 의한 부정선거였다며 실제로 Y 후보가 200만 표 이상 승리하였다고 유튜브를 통해 주장하였다. 문제는 2024년 4·10 총선이었다. T 당 등 야당은 총선에서 192석을 여당인 K 당은 108석을 차지하였다.

다음 날 12월 4일 오후 2시, 남 목사는 노인정으로 갔다. 문을 열고 들어서니 참석한 사람이 20여 명 되었다. 사람들은 항상 자기가 앉은 자리에 앉는 습관이 있다. 특별한 일이 없는 한 전에 자기가 앉았던 자리에 앉는다. 그래서 누가 왔는지 오지 않았는지 금방 확인된다. 노인회장 김성수, 통장 서춘일, 부녀회장 권순희, 부산댁 권사, 평소 잘 오시는 분들이 모두 와 있었다. TV 유튜브로 뉴스를 보며 모두 계엄령을 이야기하고 있었다. 만물박사 김성수가 크게 나섰다.

"Y 대통령은 바보가 아닙니다. 지금 우리나라는 종북 주사파 세력이 국가기관 전반에 침투하여 자리 잡고 있어 국가 기강이 무너지고 있는데, 특히 야당이 부정선거로 국회 다수 의석을 차지하였습니다. 저들은 요즘 탄핵 남발로 정부가 일할 수 없도록 하지요. 여기에 여당의 대표 등 일부 세력도 대통령의 발목을 잡으며 야당에 합세하고 있지요. 이런 상황에서는 나라를 책임지고 있는 대통령이 어떤 조치를 해야 하는데 국회해산권도 없고, 결국은 비상대권인 계엄을 선포했다고 생각이 들어요. 제가 볼 때도 전산 조작 부정선거는 중국 공산당과 북한의 지시를 받는 T 당 중심으로 선관위, 언론, 지역선관위를 맡은 사법부, M 노총 등이 합세하여 이루어진다고 생각합니다. 차후 지난 총선처럼 대통령 선거가 치러지면 선거는 해보나 마나입니다. 그냥 T 당 후보가 되는 것이죠. 결국은 나라가 전체주의 공산국가가 되는 것이지요. 국민주권을 찬탈하는 부정선거를 해결하기 위해서는 지금 상황에서 계엄밖에 없습니다."

모두 조용하였다. 김성수의 말을 수긍하는 듯하였다. 그러나 눈빛에서는 무언가 걱정하는 듯하였다. 창밖을 보며 듣고 있던 부녀회장 권순희가 말을 이었다.

"여기 계신 분 가운데 공산주의가 좋으신 분 있나요? 손 들어 보세요."

노인들은 서로를 보며 누구도 손 들지 않았다. 부산댁이 말했다.

"내는 해방둥인디, 황해도 태생으로 아버지가 부자였는디, 김일성이가 논밭을 다 뺏어가 거지가 되어 남쪽으로 왔는디, 어찌 공산주의가 좋겠능교. 북한이 좋아요? 남한이 좋아요. 자유가 있는 남한이 정말 좋죠."

그녀의 말에 모두 고개를 끄떡이었다. 그러자 그녀 옆에 앉아 있던 화장을 예쁘게 한 여자가 말했다. 남 목사는 평소 이 여자를 만나면 인사하였다. 그녀를 '텃밭 아주머니'라고 불렀다. 남 목사가 지금의 마을로 이사 와서 산책할 때 그녀는 길가에 있는 작은 텃밭을 경작하고 있었다. 그래서 그녀를 만날 때마다 인사하였다.

"텃밭 아주머니! 잘 지내시죠."

백두리에는 네 개의 마을이 있었다. 남 목사가 어린 시절에는 마을 사람들끼리 혼인을 많이 하였다. 남 목사 부모님은 한 마을 사는 이웃 간에 혼인하고, 조부모님은 이웃 마을 사는 이웃 간에 혼인하였다. 할머니가 이 마을 처녀였는데 아랫마을로 시집온 것이다. 할머니는 경주 김씨였다. 지금도 경주 김씨가 살고 있는데, 텃밭 여인의 아들이 경주 김씨 '김정수'였다. 어느 날 남 목사가 궁금하여 그녀에 대하여 통장 서춘일에게 물어 알게 되었다. 그녀는 만나서 인사할 때마다 가다가 서며 조용히 웃으며 공손하게 대답하였다. 매우 교양이 있는 여자였다.

"우리가 자랄 때는 매일 반공교육을 받았죠. 그러나 문민정부가 들어서서는 반공교육이 없어졌지요. 아마 지금의 40대 50대 이하는 공산주의가 무언지 잘 모를 거예요. 우리나라가 이렇게 발전한 것은 자유민주주의체제 때문인데 북한과 같은 공산주의로 가면 안 되지요."

그녀의 말에 모두 동의하였다. 권순희가 다시 나섰다.

"공산주의 하면 대표적인 나라가 러시아와 중국이죠. 이 두 나라는 악마의 나라입니다. 6·25 한국전쟁이 왜 일어났습니까? 이 두 나라 때문이지요. 우리나라가 이렇게 남북으로 분단된 것도 공산국가인 이 두 나라 때문입니다. 따라서 이제는 나라에서 반공교육을 다시 해야 합니다."

노인정은 어느새 '공산주의' 성토장으로 변했다. 남 목사는 초등학교 시절을 생각했다. 그때는 학교 조례 때마다 운동장에서 '국민교육헌장'을 들었고, 수시로 암송하였다.

"우리는 민족중흥의 역사적 사명을 띠고 이 땅에 태어났다. (중략) 반공 민주 정신에 투철한 애국 애족이 우리의 삶의 길이며 자유세계의 이상을 실현하는 기반이다. (이하 생략)"

통장 서춘일이 TV 종편 뉴스 채널로 돌렸다. 야당 의원들과 여당 H 대표가 대통령의 계엄령은 '내란죄'라며 대통령을 탄핵하여 직무 정지 시켜야 한다고 하였다. 노인정 노인들은 크게 동요하였다. 남 목사가 말했다.

"대통령은 계엄 선포하며 말했죠. 반국가세력을 척결하고 부정선거를 바로잡겠다고 했죠. 반국가세력과 부정선거한 놈들이 누굽니까? 그 놈들이 그놈들이죠. 대통령은 그들을 향하여 선전포고한 것이죠. 이제 전쟁이 시작된 것입니다. 언제 끝날지 모르지만 대통령이 십자가를 진 것이죠. 성경에 '필사즉생'이라 하였는데, 저는 큰 난관이 있겠지만 대통령이 이긴다고 봅니다."

남 목사가 말을 마치기 무섭게 부산댁이 말했다.

"남 목사님! 신묘막측하신 하나님께서 하시겠죠."

"그렇습니다. 온 국민이 대통령을 위하여 기도해야죠. 특히 한국 교회가 대통령을 위해 기도해야 합니다. 영적 전쟁이죠."

이때 김성수의 휴대폰 벨이 크게 울렸다. 모두 놀래자 그는 급히 전화를 들고 밖으로 나갔다. 남 목사도 그가 나가는 것을 보며 일어나 인사를 하고 나왔다. 문을 나오니 김성수가 전화하고 있었다. 상대의 목소리가 며칠 전에 노인정에서 만났던 곽우성 목소리 같았다. 계단을 내려오며 상대의 목소리가 분명히 들려 왔다.

"자유 우파의 최후의 고지전이 될 것 같아요."

남 목사는 계단을 내려와 뒤돌아보며 김성수에게 웃으며 손을 흔들었다. 남 목사는 집으로 가지 않고 월천산 둘레길을 걸었다. 날씨가 하루 동안 미세먼지도 아닌데 안개가 자욱하였다. 그는 걸으며 기도하였다.

"하나님 아버지! 우리나라를 불쌍히 여기사 구원하여 주소서. 하나님의 뜻을 따라 나라를 반국가세력으로부터 지키기 위하여 계엄을 선포하였습니다. 지금 저들은 최후의 발악으로 대통령을 내란죄로 몰아 탄핵하려 합니다. 나라가 당분간 어려움에 처할 것 같은데 하나님께서 대통령에게 성령의 권능을 10배를 더하사 정의와 공의로, 지혜와 총명으로, 담대함과 용기와 신중함으로 잘 싸우고 견딜 수 있도록 도우소서. 예수 이름으로 기도합니다."

산책로 주위에는 매우 큰 참나무가 많았다. 나무들 가지를 오가며 다람쥐 두 마리가 놀고 있었다. 틀림없이 부부 같았다. 남 목사는 옹달샘 터를 지나 오두막 터에 이르렀다. 누가 왔었는지 깨끗이 청소되어 있었다. 이곳은 둘레길에서 벗어난 곳으로 남 목사가 와서 일 년에 두어 번 와서 쉬며 기도하곤 하였던 곳이다. 밤이라 매우 날씨가 추웠다. 그는 잠시 기도하고 하산하였다. 월천산 둘레길은 자연 그대로의 산길이라 걷기가 쉽지 않았다. 특히 밤이면 조심해야 했다. 남 목사가 옹달샘터에 다다랐는데 100미터 전방에서 오는 사람이 있었다. 그는 서춘일이었다. 추운지 두꺼운 잠바를 입고 있었다. 서춘일이 먼저 알아보고 인사하였다.

"어유, 남 목사님! 산책하고 오세요?"

"네! 통장님! 마침 잘 만나셨어요. 시간 되시면 저 위 묘지 잔디에 가서 이야기합시다."

"네. 그러세요."

옹달샘 터 위쪽에는 잔디가 잘 가꾸어진 묘지가 있었다. 그 묘지는 조금 높은 곳에 있어 앉아서도 마을이 보였다. 두 사람은 묘지 부근 잔디에 앉았다. 서춘일이 담배를 피워 물며 말했다.

"자주 산책하세요?"

"네! 글을 쓰다가 답답할 때나, 요즘처럼 세상 돌아가는 것이 이상할 때는 산책을 하죠. 오늘도 그래서 오두막까지 가서 기도하고 오는 길이지요."

"저도 마찬가지입니다. 저는 원래 T 당을 지지하였지요. 그러나 요즘은 저들의 행태를 보며 고민하고 있습니다. 아까 낮에도 노인정에서 보았지만 대통령이 계엄을 한 것은 부정선거 때문이라고 확신이 듭니다. 만일 부정선거가 없었다면 대통령이 무슨 이유로 계엄을 합니까? 2020년 총선이나 2022년 대선, 그리고 2024년 총선 모두 부정선거가 틀림없고, 2022년 지방선거도 의심스럽습니다."

"저도 마찬가지입니다. M 대통령을 지지했지요. 그러나 지금은 아닙니다. 그는 부정선거를 알고도 모른 척했다고 생각 들어요. 정치 이야긴 잠시 접고, 요즘 어떻게 지냅니까?"

"그냥 쉬고 있습니다. 요식업이란 것이 너무 힘듭니다. 거의 쉴 날이 없어요. 특히 집사람이 수고하지요. 일이 끝나면 늘 몸이 아프다고 합니다. 그렇다고 알바를 쓰는 것도 힘듭니다. 수입이 뻔하니까요."

그의 목소리는 떨리고 있었다. 평소 무얼 하든 열심히 하는 그였다.

"그동안 돈을 많이 벌었으니 좀 쉬라는 하나님의 뜻 같네요. 그러니 푹 쉬고 때를 기다리세요. 아직도 아랫마을이 개발 중이고 또 지하철도 계획한다고 하니 통장님께 좋은 때가 오겠지. 그러면 요즘은 무얼 하고 있어요?"

"독서요. 요즘은 마약과 관련된 책을 읽고 있어요.?

서춘일은 주머니에서 담배를 꺼내 입에 물고 라이터를 꺼내 불을 붙이며 한 모금 길게 빨고 하늘을 향해 뿜었다. 그리고 한숨을 쉬며 말했다.

"목사님! 요즘 애들은 이해할 수가 없어요. 둘째 아이가 마약을 하는데 요즘은 감당하기가 어렵죠. 밤에도 수시로 나가서 문제를 일으키고. 어떻게 해야 할까요?

"통장님! 너무 걱정하지 마세요. 하나님은 감당하지 못할 시험은 하지 않는다고 성경에 기록하고 있지요. 아마 아드님도 마찬가지라고 생각합니다. 때가 되면 그만둘 것입니다."

"목사님! 그럴까요?"

"요즘 20대 30대를 MZ 세대라고 합니다. 스마트폰이 나온 세대라고 하지요. 손안에 스마트폰에는 모든 정보가 들어 있어요. 쉽게 세상을 알지요. 마약도 마찬가지죠. 문제는 마약을 파는 사람들의 사기선전입니다. 성경에도 보면 에덴동산에서 뱀이 하와를 유혹하여 선악과를 따 먹는 것과 같습니다."

"목사님! 결과는 아담과 하와가 에덴동산에서 쫓겨난 것 아닙니까?"

"그렇죠. 죄의 결과입니다. 사람들은 죄를 짓기 시작했지요. 죄를 지으면 고통이 따릅니다. 견디기 어렵죠. 그래서 하나님은 제사 제도를 만드셨지요. 짐승의 피로 제사 드리면 죄를 사해 주셨습니다."

"그럼 우리도 제사 드려야 하나요?"

"그렇지 않아요. 하나님 아버지께서 아들을 이 땅에 보내셔서 그를 온 인류의 죄를 담당하게 하셨지요. 그 아들이 예수입니다. 예수님은 우리의 죄를 대신하여 십자가에서 피 흘려 죽으셨지요. 대속죄물이 되셨습니다. 그를 믿는 자는 하나님의 자녀가 되고 의롭다고 인정을 받습니다. 따라서 통장님과 아드님이 예수를 믿으면 됩니다."

"네. 목사님! 생각해 보겠습니다."

남 목사는 주머니에서 무언가를 꺼내어 서춘일에게 주며 말했다.

"명함인데요. 혹시 아드님의 증상이 더 심해지면 이분에게 전화하여 도움을 받아보세요. 이상헌이라고."

"이분은 누군가요?"

"목사입니다. 어린 시절에 마약 중독으로 고생하다가 예수님을 믿고 치료받고 이제는 마약중독치료센터를 하지요."

서춘일이 스마트폰을 보니 시간이 9시를 가리키고 있었다. 두 사람은 일어났다. 서춘일이 말했다.

"목사님! 저는 위로 가겠습니다."

"그래요? 저는 곧 집으로 가겠습니다. 내일 노인정에서 뵙지요."

남 목사는 서춘일과 헤어져 산을 내려오며 기도하였다.

"하나님 아버지! 서춘일의 가정을 불쌍히 여기사 구원해 주소서."

다음 날 12월 5일 오후 2시경. 남 목사는 노인정으로 갔다. 웬일인지 노인정은 사람들로 가득하였다. 문을 열고 들어가니 모두 TV를 보고 있었다. 김성수와 부녀회장이 보였으나 통장 서춘일은 보이지 않았다. 계엄과 관련된 유튜브인데 T 당이 계엄령을 내린 대통령과 국방부장관, 그리고 군지휘관들을 탄핵을 추진한다는 내용이었다. 조용히 시청하는 가운데 김성수가 남 목사에게 물었다.

"목사님! T 당이 대통령 탄핵을 추진한다는데 어떻게 생각하세요?"

"그런데 K 당 대표도 탄핵 추진에 찬성하데요. 요즘은 나라가 어떻게 돌아가는지 통 알 수 없어요. 양대 정당이 완전히 타락했죠."

부산댁이 그를 바라보며 말했다. 남 목사가 말했다.

"정의와 불의의 한판 싸움이죠. T 당은 80여 년 전 남로당의 후신이지요. T 당이 중국공산당, 선관위와 함께 전산 조작에 의한 부정선거를 실시하여 민의의 전당인 국회를 장악하고, 사법부, M노총, 언론 등이 그에 동조하여 온갖 악법을 입법하여 공산화로 가는 행태를 보고 대통령은 자유민주주의체제를 위협한다고 판단하고 고심 끝에 불가불 계엄령을 선포하였죠. 쉽게 말하면 T 당이 총성 없는 전쟁, 부정선거를 통해 권력을 찬탈하여 공산화로 가려고 한 것을 대통령이 미리 알고 계엄을 통해 저들에게 한 방을 먹인 것입니다. 다른 말로, T 당이 부정선거라는 반칙으로 뒤에서 몰래 국민의 뒤통수를 가격하자, 대통령이 알고 저들에게 어퍼컷 한 방을 먹인 것이죠. 그래서 저는 대통령의 계엄은 정의의 선택이었다고 봅니다."

"그러면 왜 K 당 대표가 대통령을 탄핵해야 한다고 해요?"

부산댁이 다시 질문하자 노인들이 웅성웅성하였다. 그는 배신자다, 당에서 쫓아내야 한다, 아버지가 공산주의자라더라 라고 말하며 흥분하였다. 남 목사는 계엄에 대해 말하는 백두리 마을 노인들을 보며 옳고 그름을 분명히 분별하고 있다고 생각하였다. 벽시계가 3시를 알리고 있었다. 그때 문이 열리며 서춘일과 한 젊은이가 들어왔다. 김성수가 그 젊은이를 보며 일어나 악수를 하며 말했다.

"문호야! 힘내라. 잘될 거야. 자 여기 의자에 앉아라."

"먼저 인사부터 드려야지."

서춘일의 말에 문호는 의자에 앉지 않고 여기저기 다니며 노인들에게 인사를 하였다. 인사가 끝나자 의자에 가서 앉았다. 그러자, 부녀회장 권순희가 문호에게 물었다.

"문호야! 나이가 몇이지?"

"삼십 세입니다."

"지금 대통령 계엄에 대하여 이야기하는 중이야. 요즘 젊은이들은 계엄을 어떻게 생각하니?"

"요즘 MZ 세대들은 저를 포함하여 대통령의 계엄령을 '계몽령'이라고 생각합니다. 계엄령을 통해 선관위의 부정선거가 발각되었고, 결국 T 당 많은 국회의원 수가 가짜임이 탄로 났구요, 그래서 계엄군이 국회와 선관위에 침투한 것 아니겠습니까? 국회가 대통령을 탄핵 소추한다느니 말이 많으나 우리 젊은이들은 대통령이 나라의 기강을 세우기 위해 총대를 멨다고 생각합니다. 옛말에 필사즉생이라는 말이 있죠. T 당이 다수당이니 혹 대통령이 국회에서 탄핵 소추 된다 해도 헌재에서 반드시 기각될 것으로 생각합니다. 지금 MZ 세대는 가치관이 많이 달라졌어요. 나라가 잘되어야 우리 젊은이들의 미래가 밝지 않겠어요?"

문호는 계엄령에 대하여 잘 알고 있었고, MZ 세대의 분위기와 대통령이 어찌 될지를 또박또박 잘 설명하였다. 노인들은 문호를 칭찬하며 힘차게 박수하였다. 남 목사는 문호를 보며 어젯밤 월천산 둘레길에서 서춘일을 만났을 때 그에게 들었던 마약 하는 아들인가 생각을 하였다. 서춘일이 문호에게 손짓을 하자 문호는 노인들에게 목례하고 방을 나갔다. 그가 나가자 서춘일이 일어선 채로 말하였다.

"이번 계엄령으로 대통령이 많은 고통을 겪게 될 것 같아요. T 당 의원들이 워낙 강하게 탄핵을 밀어붙이고 K 당 대표와 의원 일부도 그들 편에 가세하고 있어요. 특히 L 대표는 무슨 짓을 할지 모르죠. 아무튼 온 국민이 정신을 바짝 차리고 대통령을 지켜야 합니다. 집에 가시면 가족들에게 대통령이 왜 계엄령을 내렸는지 설명해 주세요. 특히 어린아이들에게도 교육 차원에서 꼭 이야기하세요."

서춘일은 흥분해서 웅변하듯 말하고, 남 목사에게 질문을 하였다.

"목사님! 대통령의 계엄은 정의인가요? 불의인가요?"

"계엄군은 단지 국회와 선관위에 갔습니다. 대통령은 2020년과 2024년 총선에서 선관위가 T 당을 위해 부정선거를 행하였고, 그로 말미암아 가짜 국회의원이 다수 만들어졌다. 국회 다수당인 T 당은 공산화로 가는 온갖 악법을 입법하고, 탄핵 남발, L 대표 방탄, 국정 발목잡기 등을 하고 있습니다. 언젠가 T 당 L 전 대표는 '우리 당이 앞으로 20년은 정권을 계속 잡을 수 있다'고 하였죠. 어떻게 그게 가능한가요? 부정선거죠. 아마 부정선거에 의한 총선 결과를 보며 그런 확신을 가진 것 같아요. 대통령은 부정선거에 대한 정보를 듣고 대통령으로서 책임지고 바로잡아야 하는데 소송 등 단순한 행정 조치로는 불가능하다고 판단하였지요. 왜? 선관위는 절대 부정선거한 적이 없다고 하고 소송을 하면 대법원에서 기각합니다. 불가불 대통령은 부정선거를 바로잡기 위해서 통치권 차원에서 비상계엄을 선포하였지요. 그런데 T 당은 '계엄은 내란이다'하여 탄핵을 추진하려는 것 같은데 국민이 대통령의 손을 들어 줄 것 같아요. 저는 '계엄은 정의로운 선택이었다'고 생각합니다. 저는 계엄은 제2의 4·19 혁명이라고 생각합니다. 서문호 군이 말한 것처럼 젊은 세대가 일어날 것입니다."

노인회장 김성수가 TV를 보자며 유튜브 채널을 틀었다. 모두가 TV를 보았다. 유튜버 G 박사가 부정선거에 대하여 증언하며 그가 쓴 책을 소개하고 있었다. 책 제목은 《도둑놈들》1, 2, 3, 4, 5권이었다. 'T 당과 선관위는 2020년 총선, 2022년 대선, 지방선거에서 부정선거를 실시하였는가?'였다. 그의 책을 소개한 후 그는 2024년 4·10 총선에서 T 당과 선관위가 어떻게 부정선거를 실시하였는지 설명하였다. 그는 2016년도 20대 총선과 비교하며 그래프를 이용하여 쉽게 증언하였다. 2016년도 총선의 경우 모든 선거구가 K 당과 T 당의 당일투표와 사전투표의 득표율이 유사하였다. 그러나 2024년 총선에서는 K 당과 T 당의 당일투표와 사전투표의 득표율 차이가 두 배가 차이가 났다. 그는 2024년 총선 결과는 대수의 법칙에 위배 되어 부정선거라고 하였다. 그는 재야의 H 박사가 전국 모든 선거구를 분석하여 낸 결과라며 T 당의 가짜 국회의원이 53명이라고 하였다. 아예 가짜 국회의원 명단까지 공표하였다. 거기에는 T 당 L 대표, C 의원, K 의원 등이 포함되어 있었다. 그는 특히 음모론에 대하여 말했다.

"세상에 음모론은 없습니다. 음모론을 주장하는 사람들은 자기의 주장이 틀렸음에도 그것을 덮기 위해 거짓말을 하는 것입니다. G 당 L 대표가 부정선거는 음모론이라고 하는데 나라가 걱정입니다. 이대로 가다가는 나라가 베네수엘라같이 될 것입니다."

여기까지 TV를 보던 김성수는 TV를 끄며 말했다.

"대통령이 왜 계엄을 했는지 이해가 갑니까? G 박사의 말대로 부정선거가 밝혀지지 않고 차후 모든 선거가 지금처럼 선관위에 의하여 부정하게 치러진다면 나라는 급속히 망합니다. 북한이 왜 이렇게 경제가 망했습니까? 선거 때문입니다. 김정은 공산 독재 치하에서 온 백성이 기를 펴지 못하고 신음하는데 나라가 어찌 발전할 수 있나요? 베네수엘라를 보세요. 마두로 정권이 부정선거를 통해 계속 정권을 잡고 독재를 하니 나라가 급전직하 망하는 것입니다. 나라가 망해도 백성들은 말 한마디 못합니다. 북한이 그렇죠. 나라가 피폐해도 어쩔 수 없이 그대로 살아가야 합니다. 그게 공산주의입니다. 북한에 가서 살고 싶으신 분 손들어 보세요. 아무도 안 계시죠? 그러면 집에 가서 가족들에게 대통령을 탄핵하면 안 된다고 이야기하세요."

서춘일이 듣고 있다가 다시 TV를 켰다. 그는 리모컨으로 J000-TV를 틀었다. 뉴스를 하고 있었다. T 당은 계엄을 내란죄로 몰아가고 있었다. Y 대통령을 내란 수괴라고 하였다. K 당 H 대표도 마찬가지였다. 그는 대통령이 내란죄를 지었으니 당장 직무 정지해야 한다고 주장하며 선동하고 있었다. 남 목사는 H 대표가 그를 키워준 대통령을 배신한다고 생각하였다. 사실 남 목사는 그가 당 대표가 된 것도 선관위에 의하여 부정선거로 당선된 것이라고 의심하고 있었다. 당 대표로 당권을 쥐자 날뛰는 그의 행태를 보며 이제 그도 끝이라고 생각하였다.

남 목사는 조용히 노인정을 나왔다. 그는 집으로 가며 아내에게 주차장으로 오라고 전화하였다. 그의 집은 3층 빌라로 1층에 주차장이 있었다. 주차장으로 가니 아내가 내려왔다. 그는 아내를 태우고 10분 거리에 있는 열린천(開川)으로 갔다. 그는 아내와 함께 종종 이곳을 산책하였다. 열린천은 산책하기 매우 좋았다. 크지 않은 하천이지만 늘 물이 졸졸 흘렀다. 주위에는 산과 주택들이 조화를 이루고 있었다. 물에는 송사리 같은 물고기와 오리들이 놀고 있었다. 특히 여름이면 물가에는 역귀풀이 많이 자랐다. 그러나 겨울에는 흔적조차 없다. 그 숱한 생명이 흔적도 없이 사라진 것이다. 보이지만 않을 뿐이지 그 생명의 원천인 씨들은 봄이면 다시 살아나 번성할 것이다.

남 목사는 아내와 걸으며 그 많던 역귀풀에 대하여 이야기를 시작하였다.

"여보! 지난여름 개울 주위에는 역귀풀로 가득했지. 그러나 지금은 모두 사라져 버렸네."

남 목사는 함께 걸으며 아내를 바라보았다. 그녀는 생각에 잠긴 듯 조금 더 가다가 대답하였다.

"나는 '역귀풀'하면 최영희의 《혼불》이 생각나요. 남원에 가면 요천(蓼川)이라고 있다고 해요. '역귀 요' '개울 천'이죠. 그 책에는 종종 역귀풀이 등장하죠."

남 목사도 언젠가 《혼불》을 대강 읽어 본 적이 있었다.

"그런데 최영희는 왜 '혼불'이라고 했을까? '혼불'의 의미가 뭔지 알아요?"

"인간의 영혼을 의미하지요. 우리 전통으로 사람이 죽을 때는 남자는 영혼이 몸을 떠날 때 푸르스름한 빛을 띠는데 꼬리가 '혼불'에 붙어 있고 여자는 그 '혼불'에 꼬리가 없다고 하죠."

남 목사는 아내의 말을 들으며 작은 웃음을 지며 말했다.

"그 이야기를 들어보니 아기가 잉태할 때 남자의 정자에는 꼬리가 있는데 여성의 난자에는 꼬리가 없는 것과 일치하네. 한번 '혼불'을 더 보고 싶군."

통상 산책 거리는 3~4㎞ 정도였다. 그의 아내는 몇 년 전 발을 다쳤다. 자다가 일어나 화장실로 가다가 넘어져 왼쪽 발뒤꿈치를 다쳤는데 정형외과 수술을 하고 많이 좋아졌다. 그러나 아직도 완쾌되지 않아 많이 걸으면 가끔 찌릿하여 고통을 호소하였다. 그래서 남 목사는 길가에 준비된 벤치에 앉아 쉬곤 하였다. 반환점은 작은 아치형 나무로 된 다리였다. 두 사람은 다리를 건너 돌아오다가 잠시 벤치에 앉았다. 가까이 하천에서 오리들이 놀고 있었다. 가만히 보면 오리들도 쌍쌍이 잘 논다. 통상 오리들은 가만히 있지 않고 부리를 물속에서 넣고 무언가 먹는다. 그런데 오늘은 가만히 눈 감고 쉬고 있다.

"여보! 오늘은 오리들이 돌 위에서 조용히 눈 감고 쉬고 있네."

"글쎄요. 오리들도 너무 놀다간 다리가 아프겠죠. 그래서 돌을 의자 삼아 쉬는 것 아닐까요? 아마 하나님께 기도할 수도 있겠죠. 요즘 대통령도 구속되고 나라가 뒤숭숭하니 오리들도 기도할 거예요."

아내의 말에 남 목사는 하늘을 보며 탄식하며 말했다.

"여보! 연말이니 조용히 수도원에 가서 나라를 위해 기도하고 왔으면 해요."

"어디로요? 갈 만한 데가 있나요?"

"응. 얼마 전 단양의 양 목사님을 만났는데 철원의 D 수양관이 좋다고 해. 오래된 전통 있는 곳이니 꼭 가보라고 하더군. 다음 주 월요일 가서 3일 정도 기도하고 올게. 함께 가면 좋으나 집에도 누군가는 있어야겠고 하니 미안하지만 나 혼자 갔다 올게요."

아내는 대답은 하지 않고 눈을 보며 미소를 지었다. 남 목사는 그런 모습의 아내가 늘 고맙고 좋았다. 사실 그의 아내는 결혼 후 지금까지 온몸을 바쳐 가정을 섬겼다. 맏며느리로, 아내로, 교사로, 두 아들의 어머니로, 교회를 개척한 목사의 사모로, 친정어머니까지 섬겨야 하는 맏딸 등 쉴 새가 없던 지난날이었다. 남 목사는 아내의 손을 잡고 일어나 다시 주차장까지 걸었다. 반갑게 그의 차 K-5가 그들 부부를 기다리고 있었다. 밤하늘의 별들이 빛을 발하며 두 사람을 축복하고 있었다.

♨ 악인의 삯은 허무하되 공의를 뿌린 자의 상은 확실하니라(잠 11:18)

聖牧會

등장인물

남성우 목사: 해설자 / 인도자 / 기획자
김양선: 70대 남성우 아내 / 믿음직하고 열심이다
박종호 목사: 70대 자교총 고문
추영규 목사: 60대 광화문 운동가
임하리: 60대 추영규 아내 / 말 없는 미인
최문준 목사: 70대 중도 성향 / 평화주의자
구명조 목사: 50대 좌파 성향
오한나: 50대 구명조 아내 / 애교가 많다
김홍선 목사: 50대 중도 성향/ 음악에 조예가 깊다

호수공원 부근 카페

2024년 12월 19일(목). 오후 3시. B 호수공원 L 카페 안 약간 큰 테이블에 6명의 60대 70대 남자들이 모여 차를 마신다. 그들은 말하는 것으로 보아 목사들처럼 보였다. 카페 안에는 평일이어서 그런지 사람들이 많지는 않았다. 전부 대여섯 명 되었다. 바깥 날씨가 매우 춥다. 슈베르트의 〈겨울 나그네〉가 경음악으로 잔잔히 흐르며 분위기를 잡아주었다. 조용히 차를 마시는 가운데 김홍선이 먼저 조용히 말을 꺼냈다.

"최(문준) 목사님! 경음악 좋아하세요?"

"좋아하죠. 그러나 늘 부르는 것이 찬송가니까. 경음악 들을 시간이 없죠."

"지금 나오는 이 음악이 무엇인지 기억나요?"

김홍선의 질문에 최문준이 우물우물하였다. 그러자 최문준 맞은편에 앉아 있던 구명조가 싱긋 웃으며 말했다.

"슈베르트의 〈겨울 나그네〉죠. 겨울이면 제가 가끔 듣는 음악입니다."

최문준이 그에게 물었다.

"리듬이 슬픈 것 같은데 〈겨울 나그네〉는 무엇을 노래합니까?"

구명조가 약간 생각하더니 그를 지그시 보며 말하였다.

"나그네는 정처 없이 떠도는 사람을 말하는데 아무래도 좀 슬픈 여운을 남기죠. 그러면서도 어떤 순수한 희망을 선물합니다."

그러는 사이에 경음악은 다른 곡을 선물하고 있었다. 다시 김홍선이 최문준에게 물었다.

"최 목사님! 이 곡 이름은 아세요?"

"많이 듣던 곡인데."

최문준이 역시 답을 못하자 창 쪽에 앉아 있던 추영규가 말했다.

"〈겨울 나그네〉 중 〈보리수〉 아닌가?"

그러자 남성우가 스마트폰 화면을 두드리다가 최문준을 보고 말했다.

"겨울 나그네! 참 요즘에 어울리는 말이죠. 젊은 시절이었던 1980년대에 영화로도 나오고. 청소년 관람 불가 영화였는데 안성기와 이미숙이 주인공으로 나오죠."

남성우는 영화에 관심이 많았다. 그에게는 아들이 둘 있었는데 큰아들이 영화 분야에서 일하고 있었다. 그러니 큰아들이 집에 오면 늘 영화 이야기로 꽃을 피웠다. 그러자 조용히 스마트폰을 만지고 있던 박종호가 폰 화면을 보이며 말했다.

"네이버에 보니 〈겨울 나그네〉에 대한 것으로 가득합니다. 음악, 영화, 뮤지컬, 드라마는 물론, 호프집, 돈가스집, 카페, 주점, 한식집, 등. 한번 영화 〈겨울 나그네〉를 보고 싶습니다. 추(영규) 목사님! 색시처럼 계시지 말고 한 말씀 하셔요."

추영규는 평소 여간해서 말을 하지 않고 조용한 스타일이었다. 박종호는 추영규와 매우 가깝게 지내고 있었다. 집과 교회도 가까웠다. 추영규가 말했다.

"우리가 겨울 나그네죠. 저기 호수 둘레를 말없이 거니는 사람들을 보세요. 모두 겨울 나그네 아닙니까. 정처 없이 방황하는 것은 아니지만."

남성우 목사 옆에 앉아 있던 박종호가 큰 소리로 말했다.

"여러분 남 목사가 〈겨울 나그네〉란 제목으로 시를 낭독하겠습니다."

두 사람은 시인이었다. 박종호는 옆에서 남성우가 휴대폰으로 시를 쓰는 것을 보고 한 말이었다. 남성우가 일어났다. 그는 웃으며 조용하고 낭랑한 목소리로 낭독을 시작하였다. 스피커에서 들리는 슈베르트의 〈겨울 나그네〉 경음악과 함께 잘 어울리는 것 같았다.

겨울 나그네

겨울 나그네 비둘기 떼가
호수에서 놀고 있다

겨울 나그네 사람들이

둘레길을 걷고 있다

겨울 나그네 우리가
카페에서 경음악을 듣고 있다

잠시 후 어두워지면
각자의 길로 떠나겠지

남성우의 시 낭독이 끝나자 모두 박수하는데 박종호가 일어나며 말했다.

"남 목사님은 타고난 시인입니다. 늦게 시인이 되셨지만 기대가 됩니다. 시간이 되었으니 모두 산장으로 가지요. 사모님들이 식사를 준비하는데 거의 끝나갈 것 같습니다."

구명조가 오른손을 들며 힘차게 말했다.

"오늘 모임의 목적이 시국(時局) 난상 토론이니 한번 싸워봅시다."

세 여인

오후 4시경. B 호수 부근 휴양림 산장에서는 세 여인이 음식을 준비하고 있었다. 남자들은 카페에서 놀고 있는데 세 여자는 놀지도 못하고 이들의 먹을 것을 준비하니 불공평한 것이었다. 오한나가 참지 못하고 불평하였다. 그녀는 부엌에서 영계 9마리를 큰 냄비에 삶고 있었다.

"형님! 너무 불공평해요. 남자들은 호수공원에서 노는데."

식탁에 김치 등 반찬을 준비하던 임하리가 오한나의 불평을 듣고 웃으며 말했다.

“오 사모! 무조건 감사해야죠. 이래도 감사~ 저래도 감사~”

“어쩌겠어요. 하나님의 뜻이니. 기쁘게 감당해야죠.”

오한나는 50대로 몸매가 매우 날씬하였다.

방을 청소하던 김양선이 두 사람의 말을 듣고 말했다.

“대신 설거지는 남자들에게 시킵시다. 5시에 온다고 했으니 잠시 후 도착하겠지요. 그런데 오 사모는 어떻게 그렇게 날씬해요? 매일 운동해요?”

“아뇨. 남편과 자주 탁구 쳐요. 치게 되면 두 시간은 치는데 운동량이 적지 않죠. 땀도 많이 나고. 사모님도 해보세요.”

“하고 싶어도 발 때문에 어려워요. 한때는 탁구도 치곤 했는데.”

김양선은 3년 전에 넘어지며 왼발 뒤꿈치 골절상을 당했다. 정형외과에 입원하여 수술했으나 온전치 못했다. 그래서 종종 산책하며 좋아지기를 기도하고 있었다.

산장 숙소에는 거실 겸 식당과 방이 두 개가 있었다. 큰 방은 남자들이 작은 방은 여자들이 쓰기로 하였다. 식사 준비가 완료되고 세 여인은 남자들이 올 때까지 거실 소파에서 이야기하며 기다리기로 하였다.

“김 사모님! 커피 마실까요?”

임하리가 제안하였다.

“그래요. 내가 준비하죠.”

김양선이 말하자, 잽싸게 오한나가 싱크대로 가며 말했다.

“제가 탈게요. 제가 바리스타 교육을 받았으니까요. 두 분 모두 아메리카노를 마시겠어요?”

"나는 라떼로 해주세요. 하트 형상으로 예쁘게요."

창가에서 밖을 보던 임하리가 두 팔로 하트 모양을 하며 특별히 주문하자, 오한나가 말했다.

"네. 받들어 모시겠습니다. 마님."

김양선이 소파에 앉아 TV를 켜며 임하리에게 물었다.

"임 사모! 무슨 채널을 좋아해요?"

"요즘은 유튜브를 통해 고전 영화를 많이 봐요."

임 하리는 평소 말이 적었다. 그런데 오늘은 무슨 일인지 달랐다. 그녀는 오한나에게 물었다.

"사모님은 어떻게 구 목사님을 만났어요?"

오한나는 커피를 가지고 와서 애교를 떨며 소파에 앉으며 말했다.

"사모님! 우선 커피부터 드세요. 저의 연애 이야기는 잘 때 조용히 이야기할게요."

김양선이 재빨리 그녀를 보며 말했다.

"아니에요. 지금해요. 목사님들 오기 전에. 오려면 30분은 있어야 하는데."

TV에서는 영화 〈해바라기〉가 상영되고 있었다. 임하리가 오한나를 바라보고 웃으며 눈짓을 했다. 오한나는 잠시 생각하다가 이야기를 시작하였다.

"우리는 교회에서 만났어요. 남편은 그때 신학을 했어요. 교회에서 전도사 일을 했는데 작은 교회이다 보니 사례비는 학비가 전부였죠. 서로 눈이 맞아서 결혼까지 했지만 정말 경제적으로 힘들었지요. 남편이 공부해야 하니 제가 낮에 일해야 했죠. 식당에서 마트에서 일하고 정말 힘든 나날이었죠. 한마디로 십자가의 길이었죠. 결혼하고 아기도 낳고 하니 더 막막했어요. 어떻게 그때를 지내 왔는지 생각해 보면 정말 신기해요. '하나님께서 도와주셨구나.'라고 생각되어요."

오한나의 눈에는 눈물이 맺혀있었다. 임하리는 그녀를 보며 마음이 찡했다.

"오 사모! 힘들었겠지. 사모의 길이란 것이 누구나 마찬가지죠. 사모님이 말했지만 십자가의 길이지. 가정을 지키며 애들 키워야지, 교회 개척하며 교사해야지, 가정이나, 교회에서 식사 준비해야지, 평일 낮이면 밖에 나가 일해야지. 쉴 시간이 없죠. 기도하고 전도하고. 남편과 결혼하고 나서 지금까지 지내 온 것을 생각하면 기도와 믿음으로 버텨왔구나 싶어요. 한마디로 기적의 나날이었어요. 그냥 하루하루 지내 온 것이죠. 지금도 마찬가지죠."

TV를 보며 듣고만 있던 김양선이 TV를 끄며 말했다.

"나도 그래요. 요즘은 남 목사님이 목회 은퇴를 해서 좀 나은데요. 교회 개척하고 얼마나 힘들었는지, 생각하기조차 싫어요. 양가 부모님 모시랴, 아이들 키우랴, 낮에는 일하고, 정말 몸이 두세 개는 되어야 하는데, 어쩌겠어요. 참고 살아야지."

김양선이 오한나를 보니 아직도 눈물이 눈에 고여 있었다. 임하리가 그녀를 보며 말했다.

"그래도 목사님들은 세상 사람들과는 달라 술, 담배 안 하고 다른 여자들 멀리하고 속 썩이지 않으니 감사해야죠."

그녀의 말에 오한나가 테이블 위의 물티슈를 뽑아 눈물을 닦으며 말했다.

"목사님들은 늘 교회에서 여자들을 자주 만나게 되죠. 그러면 점점 친해지고 가까워지니 마음에 유혹을 받을 수가 있지요. 실제로 목사님과 여성도들 사이에 불륜으로 교회적, 사회적으로 문제가 된 적이 많지요. 우리 목사님이 그래요. 아름다운 여집사님들은 늘 조심한다고요."

임하리가 그녀의 말을 듣고 있다가 말했다.

"우리 목사님이 말한 적이 있어요. 두 번째 개척 교회를 할 때였어요. 우리 부부가 40대에 접어들었죠. 어느 날 나와 비슷한 40대의 젊은 여자가 교회에 왔어요. 전주 여자였어요."

임하리는 전주 여성 '이은실'에 대하여 이야기를 시작하였다. 이은실은 얼굴이 매우 아름답고 몸매도 날씬하였다. 그녀는 결혼하여 남편과 함께 교회를 잘 섬겼다. 남편과 함께 교회에서 집사 직분도 받았다. 그런데 남편이 다른 여자와 바람을 피웠다. 남편은 아예 불륜녀를 집으로 데려와 지냈다. 이은실은 너무 힘들었다. 참고 지내는 것도 하루이틀이지 마음의 고통은 심해져 갔다. 다행히 남편과의 사이에 아이가 없었다. 남편의 여동생과 여고 동기이어서 시누이 집에서 지냈다. 한두 달은 그런대로 시누이 집에서 지낼 수 있었다. 그러나 시간이 가며 당연히 시누 남편과 가족들의 눈치가 보였다. 그녀는 시누이와 의논을 하였다. 시누이는 알고 지내는 남자가 사업을 하는데 그 회사에 가서 식당 일을 해주면 어떻겠냐고 하였다. 그녀는 시누이의 말을 듣고 회사를 답사하였다. 다행히 그 회사에는 여자가 지낼 수 있는 방이 있었다. 그녀는 그렇게 하여 그 회사에 오게 되었다. 그녀는 외지에 와서 혼자 사는 것이 쉽지 않앗다. 그녀는 다시 교회를 찾았다. 회사 가까운 교회가 추영규 목사의 '새힘교회'였다. 그러던 어느 날 가슴에 통증이 왔다. 하루하루 시간이 갈수록 통증은 심해졌다. 병원에 가서 진료를 받았다. 유방에 CT 촬영을 하였다. 의사가 암이라고 하였다. '새힘교회'에 온 지 한 달 되었을 때였다. 이은실은 추영규 목사와 상담하며 기도를 부탁하였다. 그리고 그녀는 추 목사를 자꾸 의지하였다. 혼자 지내 외로움이 크고 몸도 안 좋기 때문이었다. 그녀는 평일에 회사에서 식당 일을 하므로 교회에서도 일요일이면 점심 식사 준비를 하였다. 때로는 추 목사와 차를 타고 시장을 보기도 하였다. 그때마다 그녀는 추 목사에게 외로움을 호소하였다. 때로는 은근히 세컨드 이야기도 하였다. 그러나 추 목사는 그녀를 이해하며 그녀의 유혹을 잘 이겨내었고, 그럴 때면 그는 집에 와서 아내에게 그녀를 어떻게 도우면 좋은지를 상의하였다. 그래서 임하리는 그녀를 가까이하며 친구처럼 대해 주었다. 그렇게 1년 정도 지내었다. 어느 날 그녀는 추 목사를 찾아와 말했다. 그녀는 담담했다.

"목사님! 그동안 감사했어요. 며칠 전 진료를 받았는데 말기 암이래요. 앞으로 살아야 6개월 정도래요. 내가 어떻게 해야 할지 막막했는데 다행히 어제 남편한테서 전화가 왔어요. 여자와 헤어졌대요. 저보고 빨리 오래요. 회사에 이야기하고 내일 전주로 갈게요. 그동안 감사했어요."

다음 날 이은실은 회사와 교회를 떠나 전주 남편에게 돌아갔다. 6개월 후 그녀의 남편에게서 전화가 왔나. 그녀가 하늘나라로 갔다고 하였다.

임하리는 조용히 이야기를 마쳤다. 오한나가 말했다.

"사모님! 추영규 목사님이 참 지혜로우시네요."

"네. 목사님들이 교회에서 젊은 여성들과 종종 가깝게 지내는 데 지혜가 필요하죠. 그날 있었던 일, 특히 여성도들과 있었던 일을 부부가 공유하는 것이 좋아요. 종종 여성도들이 목사님에게 상담하러 오는데, 그런 경우 큰 교회는 연세 드신 여전도사님이나 연륜이 있는 권사님과 상의하는 것도 좋지요. 그런데 개척 교회의 경우는 어쩔 수 없이 목사님과 상담해야 하는데 사모의 역할이 중요하고 필요하죠."

김양선이 말했다.

"임 사모! 그러니까 하나님께서 '새힘교회'를 복 주셔서 큰 교회가 된 것 아니겠어요? 그동안 수고하셨어요."

난상 토론

같은 날 오후 6시. B 호수 부근 휴양림 산장의 거실 큰 테이블에는 6명의 남자와 3명의 여자가 둘러앉아 있었다. 테이블 위에 삼계탕이 먹음직스럽게 차려져 있었다. 모임을 계획하고 주선한 좌장격인 박종호가 먼저 식사 기도를 제안했다.

"최문준 목사님께서 기도해 주시겠습니다."

남성우의 말이 끝나기가 무섭게 최문준이 큰 소리로 기도하였다.

"하나님 아버지! 오랜만에 주의 종들이 모였습니다. 나라가 어지러운 가운데 함께 나라에 대하여 의논해 보려고 모였습니다. 저희에게 지혜를 주사 좋은 토론이 되게 하여 주소서. 먹을 것을 주셔서 감사합니다. 준비한 사모님들께 큰 은혜를 베풀어 주옵소서. 예수님 이름으로 기도합니다. 아멘.

기도가 끝나기 무섭게 남자나 여자나 닭살을 뜯으며 맛있게 먹었다. 어느 정도 먹자 이 사람 저 사람 한마디씩 하였다.

"오랜만에 삼계탕을 먹으니 정말 맛있네요."

"다 하나님께서 우리를 위해 만드신 것이죠."

"사모님들! 정말 수고하셨습니다. 감사합니다."

"오늘 밤새도록 난상 토론해도 될 것 같네요."

그러자 박종호가 큰 소리로 말했다.

"목사님들 중에서 설거지하실 분 자천하세요."

모두가 가장 나이가 젊은 김홍선을 바라보았다. 그러자 그 옆에 앉아 있던 구명조가 아내 오한나를 보며 말했다.

"김 목사와 내가 모든 뒤처리를 할 테니 나가서 산책하다가 들어오세요."

말이 끝나기가 무섭게 모두가 박수하였다. 김양선이 일어나 싱크대로 가며 말했다.

"그래도 커피 한 잔씩 하고 산책하세요."

"아닙니다. 우리 남자들은 저 아래 카페에서 마셔서요.

이렇게 하여 구명조와 김홍선이 남아 설거지를 하고, 그 외 남자 여자 모두 산장을 나와 산책하였다. 휴양림! 언제부터인가 정부는 산림청 주관으로 누구나 쉴 수 있도록 산이나 숲을 개발하여 휴양림을 조성하고 쉼터를 조성하였다. 쉼터 주변 잔디와 단풍나무 등 나무들이 잘 어우러져 있었다. 박종호가 앞서 걸으며 한마디 하였다.

"수도권에서는 여기가 그래도 잘 알려져 있어요. 봄부터 가을에는 많은 사람이 옵니다."

계곡을 따라 산책로가 잘 만들어져 있었다. 겨울이라 물이 흐르지 않았다. 남성우가 휴대폰을 보니 오후 7시였다. 박종호는 계곡을 지나 산 정상으로 올라가려고 하였다. 그런데 큰 소나무 가지가 부러져 앞을 막고 있었다. 얼마 전 내린 눈의 무게로 나뭇가지가 부러진 것 같았다. 남성우가 아쉬운 듯 말했다.

"하나님께서 산으로 올라가는 것을 막으시는 것 같아요. 다시 내려갑시다."

"하나님께서 나를 도와주시네요. 무릎 상태가 안 좋은데."

최문준이 뒤돌아서며 말했다. 하산하는데 맞바람이 세차게 불어왔다.

산책을 마치고 산장에 도착하니 구명조와 김홍선이 설거지를 마치고 TV를 시청하고 있었다. 산장의 거실과 방은 따뜻하여 생활하기 좋았다. 거실에 들어오자 박종호가 말했다.

“사모님들은 방에 가서 쉬시고, 남자들은 거실에서 자유롭게 난상 토론하겠습니다. 시간은 이 밤이 새도록~ 무제한입니다.”

김양선이 방으로 가며 말했다.

“철야네요. 하하하~ 방에서 여자들도 토론합니다.”

박종호가 소파 부근 바닥에 앉으며 말했다.

“자리와 자세는 자유롭게 합니다. 누울 사람은 눕고~”

모두가 자리를 잡자 박종호가 먼저 말을 꺼냈다. 그의 말은 곧 행동으로 옮겨졌다. 너도나도 소파에 앉거나 바닥에 눕거나 벽에 기대었다. 남성우가 리모콘으로 TV를 조정하여 유튜브를 틀었다. 순간 LEE TV에서 대통령 탄핵 소추와 관련한 영상이 나타났다. 벽에 기대어 앉아 있던 구명조가 발끈하며 말했다.

“Y 대통령은 반드시 탄핵됩니다. 어떻게 대명천지에 계엄을 합니까? 누가 대통령의 계엄을 수긍하겠습니까?”

소파에 옆으로 누워 TV를 보던 최문준이 웃으며 구명조의 말에 동의하였다.

“나도 그렇게 생각합니다. 비록 숫자는 적지만 계엄군을 국회에 보내 민의의 전당을 통제하려 한 것은 이해하기 힘들어요.”

구명조가 최문준을 보며 그의 오른손 엄지로 감사의 표시를 하였다. 토론 시작부터 불꽃을 피웠다. 벽에 기대어 구명조 옆에 있던 김홍선이 그를 보고 미소를 지으며 점잖게 말했다.

"Y 대통령이 왜 계엄을 선포했을까? 그 이유가 무얼까? 저는 선관위 때문이라고 생각합니다. 계엄군이 투입된 곳은 국회와 선관위입니다. 국회는 그동안 늘 대통령을 온갖 수단을 써서 끌어내리려 하였고, 수많은 국민이 선관위의 부정선거를 의심하고 있어요."

구명조가 김홍선의 말에 즉각 응수하였다.

"김 목사님! 요즘 디지털 시대에 어떻게 부정선거를 합니까? 최 목사님! 안 그래요?"

최문준은 TV를 유심히 보고 있었다. 마침 Y 대통령의 계엄 담화문이 재방 되고 있었다. 그가 말했다.

"지금 대통령의 담화문을 재방이지만 시청합시다."

그의 말에 모두 동의하며 계엄 담화문을 시청하였다. Y 대통령은 시종일관 비장한 자세로 말을 하였다. 그의 담화문이 끝날 때까지 실내는 조용하였다. 담화가 끝나기 무섭게 구명조가 말했다.

"담화문에 부정선거 이야기는 없는데요?"

좌장격인 박종호가 옆으로 누워 TV를 보다가 구명조에게 말했다.

"구 목사님! 방금 본 담화에는 없지만 12월 12일 오전 긴급 담화에는 나와요. 조금 전 시청한 담화는 국회의 다수당인 T 당의 횡포, 반국가적 행태를 국민에게 호소하는 것인데, 12일 담화는 좀 더 자세하게 나옵니다. 선관위의 부정선거 의혹까지. 계엄군을 왜 선관위에 보냈겠어요. 다른 곳도 아니고."

박종호의 옆에 누워있던 추영규가 일어나 앉으며 말했다. 꼭 싸우려는 듯한 자세였다. 원래 착한 얼굴인데 눈에서 빛이 났다. 그는 구 명조를 보며 말했다.

"부정선거는 팩트야. 구 목사님은 아직 잘 알지를 못해서 그러시는데. Y 대통령은 누구보다도 부정선거와 관련한 정확한 정보를 가지고 있다고 생각합니다. 그는 지난 대선(大選)도 부정선거라고 확신할 것입니다."

남성우는 부정선거에 대하여 잘 알고 있어서 그런지 TV 유튜브로 뉴스를 보고 있었다. TV에서는 T 당 L 대표를 중심한 국회의원들이 Y 대통령을 구속하라고 난리였다. Y 대통령은 이미 T 당에 의해 지난 14일 헌법재판소에 탄핵 소추되어 직무가 정지된 상태였다. 그럼에도 불구하고 야당은 Y 대통령을 내란 수괴이니 구속 수사하라고 공수처, 검찰, 경찰을 압박하고 있었다. 남성우가 말했다.

"지금 모두 TV를 보세요. 야당이 대통령을 내란 수괴라며 구속하라고 난리네요."

구 명조가 눈을 부릅뜨며 큰 소리로 말했다.

"맞아요. Y 대통령이 계엄을 한 것은 국민에 대한 선전포고 아닙니까? 감옥에 보내야 합니다."

"나도 동의합니다."

최문준이 그를 거들자, 추영규가 말했다. 그는 매우 논리적이고 분석적인 사람이었다.

"나는 Y 대통령 탄핵이 공작이라고 생각합니다. 탄핵 소추 과정에서 야당만으로는 안 되니 K 당 H 대표가 나선 것도 그렇죠. 또 내란죄를 만들기 위하여 야당의 국방위 소속 국회의원, 국정원 간부, 軍사령관 등이 만나 이야기한 것 등은 있을 수 없다고 생각합니다. 대통령을 구속해선 안 되죠."

남성우 목사가 조용히 말했다.

"구 목사님 말이 맞습니다. 계엄은 헌법상 정당한 대통령의 권리죠.

야당이 대통령을 구속하려고 수단 방법을 가리지 않는 것 같은데 저들의 속셈은 대통령을 파면하여 조기 대선을 통해 정권을 잡으려고 하는 것 아닙니까? 특히 야당 대표인 L은 여러 가지 범죄 혐의로 재판을 받고 있죠. 특히 지난달 11월 15일 서울중앙지법이 선거법 위반 1심 재판에서 징역 1년에 집행유예 2년을 선고하여 확정될 경우 의원직 상실 위기입니다. L 대표도 급한 것은 마찬가지죠. 최 목사님 안 그래요?"

TV를 보던 최문준이 투덜대듯 말했다.

"과정이야 어떻든 헌재에서 판단하겠죠. 너무 신경 쓰지 맙시다."

TV에서는 마침 L 당 L 대표가 등장하였다. 선거법 위반으로 1심에서 징역형을 받는 장면이었다. 최문준이 되물었다.

"남 목사님! 그건 그렇고 야당 대표 L은 어떻게 생각하세요?"

최문준의 질문에 남성우는 잠시 생각하더니 단호하게 말했다.

"거짓말쟁이죠."

박종호가 동시에 거들었다.

"제9계명의 죄를 범한 것이죠. 공당의 대표가 전과가 4범에 다섯 개의 재판을 받고 있고, 그래도 당에서는 그를 지지하고 있으니~ 다수 국민의 마음이 부글부글하는 것이죠. Y 대통령이 담화에서 반국가세력이라고 했는데 그들이 누구이겠습니까? 뻔하지요."

추영규가 그의 말을 이어갔다.

"저는 기도하고 있습니다. Y 대통령의 탄핵이 기각되고 직무에 복귀하여 대국민담화대로 반국가세력과 부정선거 세력을 바로잡아 제2의 건국을 이루기를~그러기 위해서는 광화문의 애국 저항 운동에 온 국민이 동참해야 합니다. 대한민국의 자유민주주의 체제를 무너뜨리려는 놈들은 대통령 말대로 척결해야 하지요."

추영규는 단호하게 말했다. 그는 말만 그렇게 하지 않았다. 박종호가 웃다가 심각한 표정으로 말했다.

"추 목사님은 매주 토요일 차에 교인들을 싣고 광화문에 가십니다. 저도 가끔 나갑니다. 나라가 바로 서야 미래가 있는 것입니다. 중국이나 북한처럼 공산 사회주의 국가가 되면 교회가 있을 수 있나요? 저들은 하나님을 부정하고 교회를 탄압하고 박해할 것입니다. 모든 교회가 일어나야 합니다."

박종호가 말을 맺는 순간 오한나가 싱크대로 가다가 말했다.

"박 목사님은 커피를 안 타드릴 거예요. 나는 광화문에 나가는 사람들은 딱 질색이니까요. 주문하세요. 커피나 라테, 그리고 오렌지주스 가운데."

박종호가 말했다.

"부부는 닮는다니까. 구명조나 오한나나 어쩜 똑같을까? 나는 그냥 물로 줘요."

모두가 커피를 주문하는데, 남성우가 말했다.

"나는 라테요. 눈빛 하트 모양으로요."

그는 늘 하트 모양이 새긴 라테를 선호하였다. 잠시 후 오한나가 물과 차를 가지고 왔다. 라테에는 하얀 하트 무늬가 멋지게 그려 있었다. 모두가 보며 한마디씩 하였다.

"오사모는 바리스타 같네요."

구명조가 웃으며 말했다.

"맞아요. 요즘은 가끔 바리스타 일을 합니다."

김홍선이 커피를 마시며 말했다.

"요즘 구 목사님은 교회에 카페를 차렸습니다. 잘 생각하신 것 같아요. 구 목사님 잘되죠?"

"두고 봐야죠."

구명조가 지나가는 말로 대답하자, 박종호가 물을 마시며 크게 웃으며 말했다.

"욥기 8장 7절, '네 시작은 미약하나 네 나중은 심히 창대하리라' 이 말씀이 이루어지길 기도합니다. 아멘. 오 사모님! 오늘은 물이지만 교회 가면 하트 모양의 라테를 주셔요."

오한나가 방으로 가다가 잽싸게 응수하였다.

"교인들을 많이 데려오세요. 열 명 데려오면 공짜로 드립니다. 물 맛있게 드세요."

박종호가 15분 휴식을 선언하였다. 모두가 일어나 화장실을 가거나 기지개 켜며 몸 운동을 하였다. 남성우는 홀로 밖으로 나왔다. 산 계곡을 따라 불어오는 겨울바람이 매우 춥게 느껴졌다. 그는 길게 숨을 들이쉬며 심호흡을 하였다. 하늘을 보니 너무 아름다웠다. 꽃들로 아름다운 정원을 이루고 있는 은하수 세계를 보니 감탄이 절로 나왔다. 그는 별들로 가득한 하늘의 정원을 보며 큰소리로 찬양을 하였다.

주 하나님 지으신 모든 세계 내 마음속에 그리어 볼 때
하늘의 별 울려 퍼지는 뇌성 주님의 권능 우주에 찼네
주님의 높고 위대하심을 내 영혼이 찬양하네
주님의 높고 위대하심을 내 영혼이 찬양하네

숲속이나 험한 산골짝에서 지저귀는 저 새소리들과
고요하게 흐르는 시냇물은 주님의 솜씨 노래하도다

주님의 높고 위대하심을 내 영혼이 찬양하네
주님의 높고 위대하심을 내 영혼이 찬양하네

남성우가 힘차게 찬양하는데 언제 나왔는지 구명조가 가까이 와서 함께 불렀다. 노래가 끝나자 그가 남 목사에게 물었다.

"남 목사님! 목사님을 만나니 농장에서 목회하실 때 생각이 나네요. 생각해 보니 20년 전입니다. 목사님 밭에서 농사를 짓던 일 말입니다."

"구 목사님! 오랜만에 만나네요. 건강은 어떠세요?"

"기도해 주시는 덕분에 좋아졌습니다."

그는 건강이 좋지 않았다. 간 경화로 매우 고생하였다. 고구마를 주식으로 하여 살았다. 그런데 놀랍게도 3년 만에 건강을 회복하였다. 그는 교회가 크지는 않으나 인내하며 믿음으로 목회를 잘하고 있었다. 언젠가 그는 남 목사에게 그의 아버지에 관해 이야기하였다. 그의 아버지는 20세에 공산주의자인 박헌영의 남로당에 가입하였다. 1948년 10월 여순 반란 사건 시에 그는 반란군 육군 14연대에서 병으로 근무하였다. 그는 국방경비대와 싸우며 지리산으로 피신하였다가 포로가 되었다. 그는 후에 전향하여 풀려나 지리산 피아골 부근 마을에서 농사를 지으며 살았다. 그는 나이 30세에 마을 교회에 다니는 처녀와 결혼하였는데 첫아들이 구명조였다. 아버지는 전향은 하였으나 공산주의 사상을 버리지 못하였고 종종 자라는 아들에게 이야기하곤 하였다. 자연히 구명조는 공산주의 사상애 대하여 깊이 생각하곤 하였다. 남 성우는 그의 아버지에 대한 생각을 하며 말했다.

"구 목사님! 언젠가 아버님에 대하여 이야기했지요. 남로당원이었다고! 날씨가 추우니 들어가지요. 모두 기다릴 텐데."

"그런 적이 있나요?"

구명조가 심각한 얼굴로 남성우를 보며 말하자, 그는 서둘러 말했다.

"구 목사님! 비밀로 할 테니 걱정 마세요."

두 사람이 현관문을 열고 안으로 들어가니 열심히 토론하고 있었다. 구명조가 최문준 옆에 앉으며 물었다.

"토론 주제가 뭡니까?"

최 목사가 오른쪽 검지로 TV를 가리키며 말했다.

"지금 유튜브로 L 목사 설교를 들으며 각자의 생각을 이야기하고 있어요."

L 목사는 통상 성경 말씀을 원어의 의미를 알려주며 새롭게 설교하였다. 당연히 듣는 사람들은 성경 말씀이 신선하게 들렸고, 그의 설교를 좋아하였다. 남성우가 소파에 앉아 TV를 보며 차분한 목소리로 말했다.

"내가 최근 L 목사님 설교를 듣는데 저분이 깨달은 말씀 중에 '아가펜 프로텐'이 있어요. '아가펜 프로텐'은 계시록 2장 에베소 교회 사자에게 주는 말씀 중에 나오는 단어인데 '처음 사랑'이라고 번역되었어요. '프로텐'은 '처음'이라고 번역되었는데 헬라어 원어의 의미는 '최상' '최고'란 깊은 뜻이 있어요. 결국 '처음 사랑'이란 우리가 할 수 있는 '최고의 사랑'으로 '아가페 사랑'을 의미한다고 하는 것입니다."

남 목사가 말을 마치자 박종호가 말을 이었다.

"요즘은 일반 성도들도 원어를 열심히 공부합니다. 당연히 목사님들은 원어를 잘 공부해서 설교에 응용해야 합니다. 또 요즘 성도들은 성경 공부를 많이 해요. 기독교 서점에 가보면 신간 서적들이 쌓여 있어요. 목사님들은 새로 나오는 신간을 보며 설교하고 가르쳐야 합니다."

박 목사는 목회를 성공적으로 잘하고 있었다. 그는 매우 재주가 많았다. 문학, 서예, 목공, 동영상 제작 등 다방면으로 활동하고 있었다. 그가 말을 마치자, 추영규가 말을 이었다.

"요즘 곳곳에 도서관이 있어요. 수많은 사람이 독서를 합니다. 목사님들은 성도들보다 더 많은 책을 읽어야 합니다. 특히 유명한 고전을 읽고 인간의 내면을 깊이 연구해야 합니다. 도스토옙스키의 《죄와 벌》, 《카라마조프가의 형제들》, 톨스토이의 《부활》, 《전쟁과 평화》, 《단테의 신곡》 등은 기본입니다. 훌륭한 작가들의 작품은 다양한 인간의 다양한 본성, 본질에 대하여 독자들에게 설파합니다. 성경도 마찬가지죠."

김홍선은 늘 거의 말이 없었다. 그는 가정교회를 하며 성경 읽기와 기도에 힘쓰고 있었다. 박종호가 그를 보며 말했다.

"김 목사님! 한마디 하세요. 가만히 계시지만 마시고."

모두가 그를 바라보는데 그가 웃으며 차분히 말했다.

"조용기 목사, 김진홍 목사, 정광훈 목사, 세 분의 설교를 보면 모두 각자의 설교 특색이 있습니다. 설교 내용도 중요하지만 설교자의 설교하는 태도를 무시할 수 없지요. 조 목사의 어투는 빠르고 칼 같은데, 김 목사는 느리고 조용하지요. 정 목사는 설교 내용이 알레고리컬 하나 상징성이 있어 청중의 마음을 끌지요. 따라서 각자의 캐릭터를 잘 개발해서 설교하면 좋지 않을까 생각합니다."

김 목사는 말을 마치고 최문준 옆에 앉은 구명조에게 물었다.

"구 목사님! 한 말씀 하셔요."

구명조가 손사래 하자, 모두가 그에게 강요하였다. 그는 멋쩍은 듯 정색을 하며 말했다.

"모든 목사님이 설교에 대한 좋은 말씀을 하셨습니다. 아무튼 설교를 잘하려면 준비를 많이 해야죠. 그러나 큰 교회 목사님들처럼 설교에 매달리면 모를까 나처럼 생활고에 시달리는 사람은 그렇게 하기 힘들어요. 그러니까 요즘 젊은 목회자들이 투잡을 하는 것이죠. 소위 자비량 목회하면서 설교 준비를 잘하는 것은 쉽지 않아요. 나 같은 작은 교회 목사의 현실이지요. 교회 성도들도 자기 교회 목사님의 경제적 실상을 알기 때문에 이해하고 교회를 섬깁니다."

모두 한마디씩 하였는데 남은 한 사람은 최문준 목사였다. 김홍선이 그를 바라보자, 그는 자세를 바로하며 특유의 표정과 말투로 이야기하였다. 그는 말할 때 늘 점잖게 몸자세를 가다듬었다.

"설교는 쉽게 해야 합니다. 예수님도 마찬가지지요. 그리고 설교의 목적이 성도들의 신앙을 성장시켜 믿음 소망 사랑을 삶 속에서 실천할 수 있도록 하는 것이니, 설교자가 하나님의 말씀을 행동으로 보여주어야 한다고 생각합니다. 설교자 자신은 말씀대로 행동하지 않으면서 성도들에게 가르친다면 성도들을 속이는 것이지요. 솔직히 제가 하나님 말씀대로 살고 있는가를 생각하면 부끄럽습니다. 거룩 거룩하면서 과연 나는 거룩한가?"

모두가 그의 말에 동의하는 듯 조용하였다. 좌장인 박종호가 조용히 말했다.

"저의 삶의 좌표 중 하나가 '성령보다 기도보다 앞서지 말자'입니다. 그런데 잘 지키질 못하죠. 이 시간 기도합시다. 설교를 잘할 수 있도록 은사를 달라고 부르짖읍시다. 다 같이 주여 삼창을 하고 기도합시다."

박종호가 TV를 끄자, 남성우를 포함 여섯 명은 산이 떠나갈 듯 주여 삼창하며 기도하였다. 그러자 이웃 방에 있던 세 명의 여성이 놀라며 방을 나와 기도에 합세하였다. 점점 기도가 뜨거워졌다. 성령이 임하였다. 울고불고 난리였다. 방바닥을 치며 통곡하였다. 시간 가는 것도 몰랐다. 오직 기도에 전념하였다. 통성기도가 끝나갈 때쯤 박종호가 마무리 기도하였다.

“하나님 아버지! 감사합니다. 예수님은 십자가에서 죽으심으로 온 인류에게 보혈의 설교를 하셨습니다. 한 알의 밀이 땅에 떨어져 죽으면 많은 열매를 맺고, 한 알 그대로 있으면 아무 열매도 없다는 말씀을 깊이 마음에 새기고 살게 하소서. 예수 그리스도 이름으로 기도합니다.”

벽시계가 11시를 가리키고 있었다. 박종호가 말했다.

“자, 지금부터 자유시간입니다. 잘 사람은 자고, 이야기하실 분은 이야기하고. 내일 아침 식사 시간은 7시입니다. 메뉴는 라면입니다.”

모두가 잠잘 준비를 하는데 남성우는 아내를 데리고 밖으로 나왔다. 다행히 바람이 불지 않고, 山下는 조용하였다. 고요한 밤이었다. 하늘은 너무 맑았다. 총총한 은하수와 별들이 각자의 빛을 발하고 있었다. 부부는 천천히 호수 방향으로 걸었다. 호수까지는 거리가 500m 정도로 걸어서 10분 정도 걸렸다. 아내가 왼손으로 남성우의 오른손을 잡으며 말했다.

“여보! 오늘이 당신 생일인데 깜빡 잊었네요. 하는 일도 없이 너무 바쁘게 지내니 생일도 챙기지 못해 미안해요.”

아내의 말에 남성우는 아내를 보고 웃으며 말했다. 아내의 얼굴이 달빛에 너무 아름답게 보였다. 아니 정말 품위 있는 여자였다.

“여보! 달빛이 밝은데 당신의 얼굴을 보니 천사와 같네요. 너무 아름다워요. 요즘 발은 어때요?”

“많이 좋아졌죠. 이 정도 거리는 걸을 만해요. 하나님의 은혜죠.”

남성우는 오른손으로 아내의 왼손을 꼭 쥐었다. 그녀도 남편을 보며 그의 손을 힘주어 쥐었다. 어느덧 두 사람은 호수 위를 걷고 있었다. 그녀가 호수 속의 달빛을 보며 말했다.

"여보! 저 물속의 달과 그림자를 보세요. 너무 신기하고 아름다워요."

남성우는 아내가 가리키는 물속을 보았다. 물 위에 두 사람의 그림자와 달이 하나 되어 묘한 분위기를 나타내었다. 두 사람은 멈춰 서서 호수를 보았다. 남성우는 언뜻 예수님의 머리 위에 빛나는 해를 연상하며 말했다.

"여보! 저 물속의 그림자와 달을 보니 많은 성화 가운데 예수님 머리 위에 비추는 해와 같네."

"그래요. 그러고 보니 며칠 후면 크리스마스네요."

남성우가 스마트폰을 꺼내어 시간을 보니 자정이 되어 가고 있었다. 두 남녀는 서서히 산장으로 발길을 옮겼다. 숙소에 오니 모두 깊이 잠들어 있었다.

2025년 12월 20일(금).

오전 6시 30분. 가장 먼저 일어난 최문준은 부엌에서 라면을 끓이고 있었다. 사람은 누구나 개성이 있다. 하나님께서 선물해 주신 각 사람의 DNA의 영향 때문이리라. 최문준은 모임 때마다 일이 있으면 먼저 나서서 한다. 그는 오늘도 누구보다 일찍 일어나 라면을 끓이고 있다. 냄새가 진동하자 곧 남자들이 식탁으로 몰려왔다. 구명조와 김홍선은 곱빼기로 주문하였다. 그런데 라면은 열 개였다.

"라면이 열 개라 한 개씩만 되어 죄송해요."

두 사람은 실망한 눈치였다. 구명조가 떨떠름한 표정으로 말했다.

"사모님들 것 먹으면 안 될까?"

그 말을 끝내기가 무섭게 여자들 세 명이 나타났다. 오한나가 그녀의 남편을 보며 말했다.

"자기 것만 먹어야지. 목사님들이 먹는 데 욕심내면 안 되죠."

그녀의 매서운 말 한마디에 모두 조용한데 구명조가 말했다.

"야~ 라면 하나 갖고 너무하네."

오한나가 남편에게 오른손을 들어 주먹을 보이며 대들었다.

"라면 하나가 얼마나 소중해요. 하나님께서 주신 것인데."

이러는 사이에 아침 식사 시간이 끝났다. 구명조와 오한나가 휴전을 선언하며 식사 뒤처리를 하였다. 구와 오는 모임이 있을 때마다 늘 연극을 하였다. 부부가 늘 재밌게 싸우는 것이었다. 박종호가 밖으로 나가며 선언하였다.

"연극 감상 잘했습니다. 8시까지 자유시간입니다."

남성우는 박종호가 나가는 것을 보고 쫓아 나갔다. 두 사람은 공통점이 있었다. 문학적인 소양이 있었다. 시를 좋아하였다. 둘은 산 위로 방향을 잡아 걸었다. 날씨가 추웠다. 남성우가 휴대폰을 보니 영하 7도였다. 바람이 없어 조용하고 새소리도 들리지 않았다. 박종호가 먼저 말문을 열었다.

"남 목사님! 아침고요수목원이네요."

"네. 이런 때는 조용히 걸으며 명상하는 것이 좋은 것 같아요."

"맞아요. 요즘 시(詩)를 많이 쓰시나요?"

"요즘은 소설을 쓰고 있습니다. 대신 소설 속에 가급적 시(詩)를 삽입하고 있어요."

"좋은 생각이십니다. 주제는 무엇인가요?"

"그냥 현 시국과 관련한 사람들의 이야기지요. 사람들이 모이면 나라

걱정이거든요. 왜 걱정하겠습니까? 대통령의 계엄령이 말해주지요. 대통령의 걱정이 곧 국민의 걱정 아니겠습니까? 계엄령이라는 것이 나라가 위급하니까 하는 것이죠. 대통령이 오죽하면 계엄령을 선포하였겠어요. 국민이 모르니까 그렇지 대통령의 마음을 알게 되면 틀림없이 국민이 일어날 것입니다. 저는 틀림없이 그런 때가 곧 오리라고 믿습니다."

말을 하던 남성우는 박종호에게 물었다.

"어떻게 대국본은 잘 되어 갑니까?"

대국본은 '대한민국 바로 세우기 국민 운동본부'의 약자로 광화문 운동을 주도하는 J 목사가 이끄는 시민단체였다. 박종호는 조용히 J 목사를 돕고 있었다. 그는 팔방미인이었다. 목회도 잘하고, 리더십도 있고, 문학, 예술 등 다방면에 달란트를 가지고 있었다. 남성우의 질문에 박종호가 휴대폰을 보며 말했다.

"남 목사님! 8시가 되어갑니다. 돌아가서 마지막 난상 토론을 합시다."

"그러죠. 내려가죠."

두 사람이 산에서 내려와 숙소에 이르니, 여자 세 명을 포함하여 모두 거실에서 TV를 보고 있었다. 남성우가 TV를 보니 유튜브에서 역사학자 K 씨의 '동학란'의 진실에 대한 강의였다. 박종호가 리모콘으로 TV를 조절하자 'P 및 Y 대통령의 탄핵 세력의 뿌리와 실체'에 대한 강의가 나왔다. 그가 먼저 이야기를 시작하였다.

"모두 아시는 바와 같이 국회의 탄핵 소추로 헌법재판소에서 Y 대통령이 탄핵 절차가 진행 중입니다. 우리는 2017년 前 P 대통령이 어떻게 탄핵 소추되고 파면되었는지 알아야 합니다. T 당은 틀림없이 그때 그 수법으로 Y 대통령을 탄핵하려 할 것입니다. 탄핵 세력의 실체를 공부해 보지요. 1시간 분량이니 끝까지 보고 토론하겠습니다."

박종호가 말을 마치고 TV를 조절하니 곧 역사학자 K 씨의 강의가 시작되었다. 그는 지금은 대한민국의 위기라고 말을 시작하였다. 그는 PPT로 Y 및 P 대통령 사진을 띄우며 두 사람의 탄핵 과정이 너무 유사하다고 하였다. 당시 좌파 T 당을 포함한 정치권, 언론계, 노동계, 법조계, 학계, 문화계, 시민단체 등의 역할과 수법이 너무 닮았다고 하였다. 그들은 T 당의 영향 아래 폭력, 선전 선동, 합법 과장, 그리고 민주 평등 용어 사용으로 국민을 교활하게 속이는 등 수단 방법을 가리지 않았다. 특히 러시아 레닌 혁명 등 수법으로 소수의 혁명적 세력을 사용하였다. 1987년 초에 북한 김일성이 대남공작전술을 바꿨다. 그는 이탈리아 공산주의자인 안토니오 그람시의 '陣地戰'을 남한에 적용하였다. 그는 대학생 중심의 젊은이들을 포섭하여 교사, 공무원, 판검사, 노조 간부, 시민단체 간부, 군, 경찰 간부 등을 주체사상으로 양성하여 나라를 공산주의 체제로 바꾼다는 것이었다.

여기까지 조용히 시청하는데, 박종호가 TV를 정지시키며 말했다.

"제가 며칠 전 어느 유튜브를 보고 준비한 자료인데 김일성이 죽기 직전 남긴 유훈입니다. 제가 읽을 테니 잠시 들어보시죠."

박종호는 성경을 폈다. 그는 글을 적은 메모지를 보면서 천천히 읽어 내려갔다. ① 남북대화와 적십자회담을 적화통일에 적극 이용한다. ② 핵무기를 개발하여 적화통일에 만반을 기한다. ③ 머리 좋은 놈들은 고시 공부를 시켜 법조계를 장악하여 공작을 펼친다. ④ 대학교수들을 포섭하여 반정부, 반미 및 분열을 조장케 한다. ⑤ 노동계에 침투하여 노동운동을 배후에서 공작하고, 기업가에 대항하여 투쟁하고, 교회에 침투하여 반기독교 정서를 확산한다. ⑥ 범민연/한총련/재야 및 좌익시민단체로 범민족통일전선을 구축한다. (전국적인 반정부, 반미단체를 적극 후원한다.) ⑦ 군 와해공작을 펼친다. (비육사 출신 하급장교를 포섭하여 군 내부에 불평불만을 팽배케 하고 운동권 출신 사병들을 포섭하라.) ⑧ 국가보안법을 철폐케 하고, 미군을 철수하게 하라. (안보를 무력화시키고, 사상적 혼란혼동을 야기시키고, 미군을 철수시켜, 우리 민족끼리 통일을 주장케 하라.) ⑨ 문예/문화 활동으로 사상적 기반을 닦으라. (반정부 작가들을 적극 지원 양성하고, 유령 출판사 및 기획사를 만들어 작품을 통해 반정부 활동케 하라.) ⑩ 교포공작/해외공작을 적극 활용하라. (재일, 재미 등 교포들을 포섭하여 친북 활동 및 통일 운동에 앞장서게 하라.)

박종호는 다 읽은 후 길게 한숨 쉬고 나서 굳은 의지를 보이며 말했다.

"마음이 아프지만 지금 남한은 정치, 언론, 정부, 사법, 노동, 문화예술, 종교, 군대, 경찰, 검찰, 기업, 시민단체 등 모든 분야를 종북 주사파가 점령했다고 해도 과언이 아닙니다. K 기자의 말대로입니다. 저들은 중앙선관위도 장악했어요. 그래서 부정선거를 마음대로 하는 것이죠. 저들은 지금 Y 대통령을 탄핵 소추하였고, 나아가 국정원, 군, 경찰, 검찰, 공수처를 동원하여 대통령을 내란 수괴로 몰아 구속하려 합니다. 지금은 Y 대통령이 버티고 있지만 수단 방법을 가리지 않는 저들의 집요한 공작을 견디기 어려울 것입니다. 헌법재판소 탄핵심리도 마찬가지입니다. 헌재에 우파적인 재판관이 세 명이 있지만 결국 수단 방법을 가리지 않는 L 대표와 그 일당에게 당할 것입니다. 광화문 J 목사의 말대로 우리나라는 망한 것이죠. 생각하고 싶지도 않지만 대한민국 자유민주주의 체계가 끝나고 중국과 같은 공산 전체주의 시대가 오는 것이 아닌가 합니다."

모두가 한숨을 쉬며 서로를 보고 조용히 있었다. 구명조가 의외라는 듯 심각한 표정으로 말했다.

"자유민주주의면 어떻고 공산 전체주의면 어떻습니까? 비록 북한이 남한보다 경제적으로 낙후되었다 해도 아주 못사는 것은 아니죠. 공산주의 체제로 한번 살아보는 것도 괜찮지 않을까요? 여보! 당신 생각을 이야기해 봐."

남편의 주문에 오한나가 말했다.

"저도 저의 남편의 말에 동의해요. 하나님의 생각을 어찌 알겠어요. 하나님의 생각은 사람의 생각과 다르고 깊다고 했어요. 중국이나 북한, 그리고 러시아, 최근의 베트남까지 공산국가가 된 것은 하나님의 뜻 아닌가요? 하나님이 하시는 일을 우리가 막을 수 있나요? 저도 전과 4범 L은 싫어합니다. 그러나 성경을 보면 하나님은 가룟 유다 같은 악한 자를 쓰셔서 그의 뜻을 이루시기도 합니다."

그녀는 말을 마치며 최문준을 바라보았다. 모두가 최문준을 보자 그가 점잖게 말을 이었다.

"저도 동의합니다. 세상은 억지로 되는 것이 아니죠. 하나님의 섭리에 따라 세상이 돌아가죠. 저는 부정선거가 가짜뉴스라고 믿습니다. 선관위가 어떻게 부정선거를 하겠습니까? Y 대통령은 부정선거 의혹을 밝히기 위하여 계엄을 했다고 하는데 믿어지지 않아요."

구명조와 최문준은 좌파 성향이었다. 서로 가까이 지내는 사이였다. 두 사람과 가까이 지내는 김홍선이 웃음 띤 얼굴로 나섰다.

"두 사람이 짠 것은 아니죠? 추 목사님! 하실 말씀이 있을 것 같은데요. 매주 토요일이면 광화문에 나가시고."

김홍선의 지적에 추영규가 좌중을 둘러보며 말했다.

"문제의 본질은 부정선거입니다. 선관위의 전산 조작 부정선거만 없으면 야당 의석수가 과반이 되지 못했을 것이고, 대통령의 계엄도 없었을 것입니다. 지금의 T 당의 행태를 보십시오. 국정을 좌지우지합니다. 대통령이 꼼짝 못하지 않습니까? 이게 나라입니까?"

추영규는 울분에 찬 목소리로 눈물을 흘리며 말을 계속했다.

"우리 모두 함께 회개하며 하나님께 통성 기도하시죠."

추영규의 제안에 박종호를 비롯한 모두가 동의하며 기도를 시작하였다. 10여 분의 통성기도가 끝나며 박종호가 남성우에게 맺는 기도를 부탁하였다.

"남 목사님께서 마무리 기도를 해주시고, 주님기도로 마치겠습니다."

남성우가 기도를 시작하였다.

"우주 만물을 만드시고 인간의 생사화복을 주관하시는 하나님 아버지 감사합니다. 우리의 억만 죄악을 대속하신 예수 그리스도시여 감사합니다. 우리의 상담자요 위로자요 인도자요 능력이신 성령이시여 감사합니다. 우리를 불쌍히 여기사 온전히 구원해 주소서. 우리나라를 불쌍히 여기사 구원해 주소서. 우리 대한민국의 자유민수수의 제계를 위협하는 반국가세력을 척결해 주옵소서. T 당에 의해 헌재에 탄핵 소추된 Y 대통령을 불쌍히 여기사 구원해 주소서. Y 대통령이 직무에 복귀하여 정의와 공의로 나라를 잘 다스리고, 부정선거를 바로잡게 하소서. 헌재의 재판관들이 양심적으로 재판하도록 성령으로 역사하소서. 여기에 모인 '聖牧會' 위에 자비를 베푸소서. 감사합니다. 예수그리스도 이름으로 기도합니다. 아멘."

남 목사의 기도가 끝나고 모두가 주기도문을 하며 토론회를 마쳤다. 박종호가 시계를 보았다. 벽시계가 10시를 가리키고 있었다. 다음 스케줄은 등산이었다. 박종호가 말했다.

"멋진 토론이었어요. 모두 수고하셨습니다. 숙소를 11시까지 비워주어야 합니다. 그래서 등산을 하지 않고 공원을 산책하고, 산책이 끝나면 부근에 있는 한식당에서 점심을 하겠습니다. 모두 짐을 싸서 각자의 차에 싣고 호수공원 주차장으로 갑니다."

박종호의 말에 모두 일사분란하게 움직였다. 공원주차장은 멀지 않았다. 주차장에 도착하여 남성우는 호수 둘레길로 가며 박종호에게 말했다.

"박 목사님! 수고하셨습니다. 점심은 어디서 하나요?"

"보리밥집입니다. 1인당 15,000원인데 아주 좋아요. 가성비 넘버원이죠."

호수 둘레길은 3㎞ 정도 되는 나무로 된 길이었다. 적지 않은 사람들이 오가며 산책하였다. 호수에는 청둥오리와 하얀 토종오리들이 자유롭게 놀고 있었다. 날씨는 점점 흐리고 있었다. 미세먼지는 없는데 곧 눈이 내릴 것 같았다. 아홉 명의 남녀들은 앞서거니 뒤서거니 하며 즐겁게 산책을 하였다. 1시간 정도의 산책을 끝내고 모두 각자의 차를 타고 주차장에서 1㎞ 정도 거리의 식당으로 갔다. 산속에 있는 음식촌으로 대부분 오래된 기와집들이었다. 박종호가 예약한 음식점으로 들어갔다. 실내는 좀 어두운 편이었지만 옛날풍으로 손님들이 만원이었다. 예약했기 때문인지 빈자리가 있었다. 서너 명의 직원이 빠르게 움직이고, 음식도 곧 나왔다. 청국장 보리밥에 돼지볶음이 추가되고 여러 가지 채소가 나왔다. 김홍선의 식사기도 후 모두 정신없이 먹었다. 식사를 거의 마치자 오한나가 앞에 앉은 최문준에게 말했다.

"최 목사님! 식사 후 멋진 카페에 가서 커피 한잔 사세요."

모두가 웃으며 최문준을 바라보는데 그가 말했다.

"사모님! 여기 부르주아가 많은데 왜 나를 지목해요?"

최문준의 말에 서로를 바라보며 웃는데, 박종호가 말했다.

"부르주아는 아니지만 내가 사겠습니다."

그때 임하리가 오른 손가락으로 벽면을 가리키며 말했다.

"저기를 보세요. 옆집 카페에 가면 50% 할인이래요. 잘 되었네요."

모두가 일어나 식당을 나오니 오른쪽에 카페가 있었다. 외부는 허름한 기와집이었으나 안으로 들어가니 아늑한 분위기였다. 창가 난로에서 나무가 타고 있었다. 오한나가 큰소리로 외쳤다.

"와~ 난로도 있고, 멋지네요."

박종호가 주문을 받아 메모지를 바리스타에게 주고, 모두 난로 주위에 자리를 잡았다. 임하리가 말했다.

"요즘 난로 보기가 힘든데, 옛날 생각이 나네요. 중학교 다닐 때 겨울이면 교실에 난로가 있는데 점심 도시락을 싸 오면 난로 위에 놓곤 했어요. 때로 밑에 있는 것들은 타기도 했지요."

김양선이 말했다.

"밥 타는 냄새에 반찬 타는 냄새에 공부를 못했어요."

구명조가 한숨을 쉬며 말했다.

"다들 부르주아네요. 우리는 먹을 것이 없어 굶었어요."

옆에 앉아 있던 오한나가 냉큼 말했다.

"여보! 또 궁상이다. 앞으로는 그런 말하지 마세요."

그녀의 말에 구명조가 그녀에게 거수경례하며 말했다.

"네! 여왕 마마! 명심하겠습니다."

모두가 그들 부부를 보며 웃었다. 최문준에게 휴대폰 전화가 왔다. 그가 성급히 일어나 밖으로 나가며 전화를 받았다. 잠시 후 그가 돌아와 의자에 앉으며 심각한 표정으로 말했다.

"어떻게 하면 좋을까 모르겠네요?"

앞에 있던 남성우가 물었다.

"무슨 일이 있어요?"

"네. 그런데 말하기가 그렀네요."

박종호가 다그쳤다.

"그러지 말고 말해 봐요. 그래야 기도하고 그러지.

최문준이 그의 말에 조용히 입을 열었다.

"방금 아내에게서 전화가 왔는데 둘째가 약물을 하였다네요."

최문준의 말에 모두 그를 바라보았다. 오한나가 물었다.

"약물이라면 마약을 말하는데."

남성우가 최문준에게 물었다.

"처음인가요? 언제부터 했습니까?"

최문준이 머뭇거리다가 한숨을 쉬며 다시 입을 열었다.

"작년 12월부터니까 1년 정도 되었죠, 처음에는 헤로인을 하다가 점차 가도가 높은 코카인을 했어요. 그런데."

그는 말을 하려다가 말을 하지 못하고 끊었다.

남성우가 그의 말을 받아 말했다.

"종종 강도가 심해져서 메스암페타민, LSD, 메스칼린으로 갑니다. 약물 남용자의 특성상 억제제보다 흥분제를 많이 이용하죠."

모두가 말없이 최문준을 바라보았다. 그가 차분히 말했다.

"요즘은 합성 약물이 많아요. 메스암페타민은 신경 흥분제인데, LSD나 메스칼린은 신경 흥분 억제제이죠. 전에 강남의 한 호텔에서 메스암페타민을 한 적이 있었는데 저와 아내가 휴대폰으로 위치를 추적하여 호텔을 찾아갔습니다. 새벽이었는데 시간으로 봐서 어느 정도 정신이 깰 때인데 밖으로 나와서 불빛을 보더니 뭐라고 하느냐 하면, '경찰이다. 경찰이 왔다.' 그래요. 환각 상태였던 것이죠."

임하리가 놀래 말했다.

"환청 작용! 아유! 사모님이 얼마나 무서우셨을까?"

추영규가 근심 어린 표정으로 말했다.

"잡힐까 경찰을 무서워하는구나. 지금 아드님은 어디 있어요?

"강남의 어느 호텔입니다. 아들한테 집사람에게 연락이 온 것 같아요."

최문준의 말을 들은 오한나가 걱정스러운 듯 말했다.

"돈이 필요하니까 전화했겠죠. 목사님! 빨리 가보세요."

모두가 최문준에게 빨리 집으로 가보라고 하였다. 마침 바리스타가 쟁반에 주문한 커피와 차를 가지고 왔다. 최문준은 일어나서 그냥 문을 열고 나갔다.

모두가 조용한데, 박종호가 먼저 입을 열었다.

"영적 전쟁입니다. 어찌해야 할까요?"

남성우가 말했다.

"사탄의 시험이지만 하나님의 계획이라고 봅니다. 요한계시록이 가르치듯이 장차 도래할 세상은 지금까지와는 다른 무서운 세상이 될 것입니다. 남의 일이 아닙니다. 얼마 전 N 전(前) 지사도 아들이 마약을 하는데 도저히 해결할 방법이 없자, 아예 검찰에 고발하지 않았습니까?"

박종호가 무언가 생각하는 듯 눈을 감고 있다가 남성우를 보며 말했다.

"요즘은 마약중독치료센터도 많이 있을 것 같은데요."

남성우가 차분하게 말을 시작하였다.

"제가 아는 목사님 한 분이 있습니다. 지금은 그분이 인천의 S 교회에서 약물 중독자들을 위한 특수 목회를 하고 있습니다. 그분이 고교 1학년인 17세 때 마약을 하기 시작하였습니다. 언제까지 했냐? 34세까지. 완전히 폐인이 되었는데, 그때 어느 여자의 전도로 예수님을 믿게 되고 교회에 출석하게 되었습니다. 성경을 가까이하고 기도 생활하면서 변화가 되기 시작하였습니다. 교회에 나간 지 3년 후, 그는 하나님의 소명을 깨닫고 신학을 하였습니다. 신학교를 졸업하고 그는 마약, 술, 도박 등 중독자들을 대상으로 전도하고 구원하는 사역을 하고 있죠."

추영규가 심각한 얼굴로 그에게 물었다.

"마약 중독자들을 상대로 목회하는 것이 어려울 텐데요."

남성우가 정색하며 두 손을 모으고 대답하였다.

"물론입니다. 그 목사님의 이야기로는 애들이 너무 자유분방하여 통제하기가 어려운데 사명으로 알고 버텨 나간다고 합니다. 그의 말로는 마약 중독 치료는 영적인 문제이므로 반드시 교회에 와서 성령의 능력으로 치료받아야 한다는 것이죠. 저는 그 목사님의 교회를 위하여 기도하고 있습니다."

갑작스런 일로 인해 모두 커피를 마시지 않아 식어가고 있었다. 듣고만 있던 김홍선이 웃으며 말했다.

"자! 모두 심각한 모습인데, 다 식었지만 커피를 마십시다."

그의 말에 모두 테이블 위에 놓인 커피와 차를 보며 잔을 들고 잔을 마주하며 건배하였다.

"자! 하나님을 위하여 교회를 위하여 聖牧會를 위하여 건배!"

♨ 의를 위하여 핍박을 받는 자는 복이 있나니 천국이 그들의 것임이라(마 5:10)

장편 시나리오

단군왕검

단군왕검

- 형식: 120분 역사 드라마
- 주제: 단군왕검과 잃어버린 고조선의 역사를 조명해 봄
- 시대: 약 4,300년 전
- 장소: 한반도와 만주(불함산, 송화강, 요녕, 홍산, 평양)
- 로그라인: 신적 존재와 같은 환웅과 웅녀 사이에 태어난 왕검은 조선을 건국하고 제사장 겸 단군으로 神政政治를 한다. 비록 셈족인 고만이 홍산성주 적봉을 유혹하고 역모를 꾀하여 요녕성을 공격하나 슬기롭게 국난을 잘 극복하고 혈구(강화도) 마니산에 참성단을 세우는 이야기이다.
- 작의: 단군왕검과 잃어버린 고조선의 역사를 다루어 민족정기를 새롭게 고취하고, 민족의 정체성을 구현하며, 구약성경의 바벨탑 사건 등 기독교 세계관을 단군 신화와 엮어 고조선 역사에 대한 관심을 고취함은 물론 국민통합에 기여코자 한다.

등장인물

왕검: 환웅의 아들. 어릴 때부터 잘 성장하여 37세에 조선을 건국한다. 단군이라 하여 제사장직을 잘 수행하고 왕으로 나라를 잘 다스린다.

하주: 송화강 강변의 목장 주인 하백의 딸. 왕검의 부인

고만: 요단, 우스와 함께 만주로 온 셈족. 홍산에 도착하여 사악한 족장이 되고, 요녕 지역 마을들을 습격하여 제물을 약탈하며 괴롭힌다. 성주 적봉과 모의하여 요녕을 공격하다가 요녕의 병사가 던진 창에 맞고 사망한다. 고리의 부친.

환웅: 낭원 삼천 명을 이끌고 불함산(백두산)에 신시(神市)를 세운다. 아침마다 양과 잉어로 제사를 드린다. 왕검의 부친.

웅녀: 웅씨족의 딸. 환웅의 부인. 왕검의 모친. 누에치기를 잘하며, 젊은 여자들에게 글과 예절과 옷 만드는 법을 가르친다.

요단: 노아의 5대손. 우스, 고만과 함께 수메르 메사를 떠나 파미르고원, 알타이 산맥을 넘는다. 바이칼호 부근까지 와서 우스, 고만과 헤어지고 송화강을 경유하여 요하에 정착하며 목장을 한다. 요녕 성주와 가까이 지내며 돕는다.

우스: 요단, 고만과 함께 만주로 온 셈족. 평양에 정착하여, 원랑 모란과 가까이 지낸다. 아들 마니와 함께 왕검의 군사들을 도와 혈구(강화도)에 참성단을 세우는 데 기여한다.

태백: 십이원랑 중 한 사람. 십이낭대 중 최우수 낭대수(郎隊帥). 환웅의 친위대장. 왕검의 사부.

우백: 십이원랑 중 한 사람. 송화강 지역을 관리한다. 요단을 돕는다. 후에 조선의 병마를 담당하는 배달신(倍達臣)이 된다. 소밀랑의 남편.

적봉: 십이원랑 중 한 사람. 홍산 지역을 관리한다. 고만의 딸과 혼인한다. 고만의 유혹에 넘어가 왕검을 배신하여 요녕을 공격하나 패배하고 자결한다.

완달: 우백을 이어 송화강 지역을 담당하는 원랑이 되고, 후에 성주가 된다. 왕검이 불함산 왕검성에서 송화강 아사달로 천도시 도읍을 세우는 데 기여한다. 한때 소밀랑과 사랑에 빠진다.

우순: 요나라 임금. 단군왕검 혼인식에 온다. 왕검이 잊지를 못한다.

고리: 고만의 아들. 조선 제일의 검객. 아버지 고만을 도와 적봉과 함께 요녕을 공격하나 패배 후 크게 뉘우치고, 왕검에게 사면을 받으며, 홍산 성주가 된다.

마니: 우스의 아들. 뛰어난 검객. 모란을 이어 원랑이 되어 평양 성주 모란을 돕는다. 장색을 길러 청동검을 강철검으로 바꾸고, 홍산성 적봉이 요녕성을 공격할 때 요녕을 돕는다. 왕검의 군자들과 함께 혈구(강화도)에 참성단을 세운다.

팽우: 조선 토지 개간을 맡은 배달신(倍達臣). 대홍수로 나라가 엉망이 되자 백성들을 격려하며 복구한다.

신지: 낭원으로 글자를 만드는데 공헌한다.

소밀: 우백 낭대에 속한 미모의 낭자. 한 때 완달을 사랑하나 우백의 아내가 된다.

부루: 왕검의 첫째 아들

트리트먼트

단군왕검의 나이 88세, 단군 즉위 51년, 마니산 참성단에서 제사 드리는 모습과 함께 타이틀이 뜬다.

약 4,300년 전, 바벨탑 사건으로 노아와 셈의 자손인 요단, 우스, 고만 세 가족 열두 명은 수메르 메사를 떠나 〈알이랑〉(하나님과 함께) 노래를 부르고 짐승을 잡아먹고 바위 밑 동굴에서 지내면서 파미르고원과 알타이산맥을 넘으며 바이칼호에 이른다. 이 여정에서 우스의 아들 마니와 고만의 아들 고리는 무술 능력을 발휘하여 짐승들을 잡아 먹거리를 제공한다.

한편 환웅은 불함산(백두산)에 3,000명의 낭원(郎員)을 이끌고 신시(하나님의 도성)를 세우고, 십이낭대(郎隊)를 조직하여, 실력과 지도력이 뛰어난 태백, 우백, 적봉, 모란, 요녕 등 낭원들을 원랑(元郎)으로 세운다. 환웅은 배달신시가 정착되면서 만주와 한반도를 12 지역으로 나누어 각 낭대에게 맡긴다.

한편 바이칼호에 이른 요단 일행(세 가족)은 돌 제단을 쌓고 제사 드린 후에 갈 길을 하나님께 맡기며, 헤어진다.

환웅은 제비를 뽑아 태백은 불함산, 우백은 송화강, 요녕은 요하강, 적봉은 홍산, 모란은 평양, 그 외 원랑들도 지역을 정해 주면서, 참성단을 만들어 아침마다 제사를 올리게 하고, 낭군 낭자들 간의 혼인도 허락한다. 태백, 우백, 요녕, 모란, 적봉은 움막에서 모란이 준비한 다래

술을 마시며 건배한 후 떠난다.

우백은 낭대를 이끌고 송화강 완달산에 자리를 잡는다. 우백이 사랑하는 낭자 소밀의 이름을 따라 소밀 참성단을 세우고 제사를 올리는데, 요단 가족이 온다. 우백은 말이 통하지 않지만, 요단 가족들이 움막에서 살게 한다.

한편 환웅은 불함산 참성단에서 웅씨족 웅녀를 아내로 맞이하는 혼인식을 낭원들과 사람들이 참여한 가운데 태백의 사회로 거행한다. 환웅의 혼인식에 우백은 요단 가족을 데리고 간다. 혼인식이 끝나고 우백은 요단 가족을 데리고 불함산을 돌아보다가 서쪽 방향을 가리키며 '요하강'이라고 한다. 요단은 요하강을 마음에 두고, 송화강으로 돌아와 우백에게 요하로 떠날 것을 알리고, 우백은 요단에게 명도전을 준다. 요단 가족은 우백과 소밀이 보는 가운데 떠난다.

환웅 부부가 결혼한 지 1년이 되어 웅녀는 박달나무로 두른 움막에서 왕검을 낳는다. 환웅이 아들을 낳았다는 소문은 신시에 퍼지고, 십이 원랑들이 와서 축하하고 백성들도 기뻐한다. 환웅은 원랑 태백에게 어린 왕검을 맡겨 예절과 무예를 훈련시킨다. 열 살이 되어 왕검은 태백 낭대에 들어간다. 환웅은 신시를 섬길 배달신(倍達臣)을 태백에게 추천하게 하여, 괘서 선희, 호적 나을, 농경 팽우, 의약 기성, 병마 우백을 태백신(太伯臣)으로 임명하고, 신지랑 등 3명으로 글자를 만들게 하며 웅녀가 돕게 한다.

기원전 2360년 5월 2일, 왕검의 나이 10세 생일에, 환웅은 태백신과 십이 원랑과 백성들을 초청하여 잔치를 하며 참성단 제사와 무예 겨루기를 한다. 이 행사에는 요단, 우스, 고만, 고리, 마니도 참석을 한다. 참성단 제사는 괘서 성희의 사회로 잘 치러지고, 오찬장에서 우백이 환웅을 안내하며 요단 일행을 소개하고 특히 무예가 뛰어난 고리와 마니를 소개한다. 환웅은 고리와 마니에게 먼 땅에서 하나님께서 보내 준 사람들이라며 하나님과 신시를 위해 충성을 당부한다. 오후에 무예 겨루기가 왕검 도장에서 개최되는데, 신시 십이 낭대에서 선발한 십이 명의 검객이 조를 이루어 겨룬다. 이 시합에서 준결승에 마니와 고리 등 4명이 올라가고, 결선에서 태백 낭대 옹희와 적봉 낭대 고리가 대결하여 고리가 승리한다. 환웅은 고리에게 우승 상금 삼천 냥을 하사한다. 행사가 끝난 후 요단, 우스 일행은 불함산 정상에 오른다. 요단은 우스와 고만에게 요하강과 홍산을 가리키며 사는 곳을 알려준다.

기원전 2340년, 왕검 나이 삼십 세. 환웅은 신시의 일을 왕검에게 위임한다. 왕검은 배달신들과 의논하여 신시 12지역을 12성(城)으로 승격하고, 원랑을 성주(城主)로 칭한다. 병마 우백은 제세핵랑원을 재정비한다. 왕검은 신지랑과 함께 온 힘을 기울여 글자를 만들고 백성들에게 배우게 한다.

한편 홍산의 고만은 딸을 성주 적봉과 혼인하게 하여 가깝게 지낸다. 고만은 적봉에게 명도전 일만 냥을 주며 역모를 꾸민다. 적봉은 고만의 유혹에 넘어가 왕검 즉위 일과 천도 일자를 알려주며, 요녕을 공격하여 탈취하는 시기를 천도 후로 건의한다, 적봉이 집을 떠나자, 고만의 가족이 식사하는 중에 아내가 근심하며, 할아버지 노아의 '악을 행하지 말고 선을 행하라'는 분부를 떠올리지만, 고만은 '여자의 후손이 온다고도 하셨다'며 코웃음을 친다. 고리는 식사를 하며 부친 고만에게 장인(匠人)을 길러 창검을 강철로 만들고 있다고 자랑한다.

한편 환웅과 왕검은 왕검성 문을 기와집으로 새로 짓고 배달신들과 둘러본다. 환웅이 대문에 그려진 태극 문양을 보고 왕검에게 의미를 묻자, 왕검은 '음양으로 우주 만물을 만드시고 다스리시는 하나님을 상징한다'고 한다. 환웅 일행이 대문 안으로 들어서니 광장이 잘 조성되어 있다. 건축신 성조가 '이곳에서 단군 즉위식을 한다'고 말한다. 왕검의 나이 37세, 기원전 2333년 10월 3일, 왕검은 불함산 참성단에서 제사를 지낸 후, 왕검성 광장에서 단군 즉위식을 하고, 건국을 선포하며 '조선'이라 한다. 이 날에 요단, 우스, 고만, 고리도 참석하는데 왕검이 와서 반가이 맞고, 우백과 아내가 된 소밀랑도 만난다.

왕검은 도읍지를 불함산에서 송화강 완달산으로 옮길 계획을 세우고, 성주 완달은 천도 준비를 한다. 특히 참성단을 잘 만드는 등 천도 준비를 완료하고 불함산으로 왕검에게 보고하러 가며 전임인 병마 우백을 찾아간다. 우백이 근무하는 병마부에 들어가자, 조선 지도를 본 완달은 지도에 요녕성과 적봉성에 붉은색으로 표시가 된 것을 주목하며 우백에게 묻자, 우백은 '알 수 없는 도적들이 요녕 땅에 와서 물건을 약탈하고 부녀자와 아이들을 잡아가는 일이 벌어지고 있다'고 전한다. 우백은 완달을 집으로 초청하여 만찬을 하는데 소밀랑이 저녁상을 준비해 온다. 이튿날 완달은 우백과 함께 왕검성으로 왕검을 찾아가 천도 준비가 완료되었음을 보고 하는데, 왕검은 계획대로 4월 15일 천도한다고 하면서, 우백에게 홍산과 요녕의 상황을 묻고, 우백은 요녕 성주가 잘 대응하고 있다고 보고하자, 왕검이 완달에게 유사시 요녕을 도우라고 지시한다.

한편, 홍산성 적봉은 고리와 함께 밤마다 병사들에게 강한 훈련을 하고, 장인(匠人)을 길러 청동검을 철검으로 교체하여 보급하며, 기마병을 양육하여 요녕성 공격에 심혈을 기울인다.

기원전 2332년 봄, 왕검은 불함산에서 송화강 아사달로 천도를 한다. 환웅 부부는 불함산에 잔류한다. 왕검은 천도후 즉시 완달산 참성단에서 제사를 드린다. 천도식에는 요단, 우스, 마니가 참석을 한다. 식후 완달산을 내려오며, 요단이 마니에게 평양성에 대하여 묻자, 우스가 요즘 장색을 길러 청동검을 철검으로 교체하고 있고 하자, 마니가 요단에세 허리에 차고 있넌 철섬을 선보이며 곁에 있넌 돌을 깨자, 요단이 놀랜다.

천도후 왕검은 완달과 함께 말을 타고 시찰을 한다. 송화강변을 시찰하는 도중 하백의 목장에 도달하고, 양젖을 짜는 하백과 딸 하주를 만난다. 왕검이 목이 말라 물을 청하고 하백은 하주에게 물을 가져오라고 한다. 하주가 물을 가져와 왕검에게 건네는데 왕검은 하주를 유심히 본다. 이때 병사 두 명이 말을 타고 달려와 지난밤에 요녕성을 적들이 와서 약탈하고 부녀자들과 아이들을 잡아갔다고 보고한다.

요녕성 푸신 마을은 도적들의 습격으로 쑥대밭이 된다. 살아남은 주민으로부터 약탈자들이 홍산 방향으로 갔다는 정보를 입수한 성주 요녕은 원랑과 함께 변장하여 말을 타고 홍산성으로 간다. 밤에 홍산성 조양 마을에 들른 요녕은 주막에 들른다. 주막 안에서 술에 취한 남자 세 명이 이야기하는 것을 듣는데, 남자 1이 노비가 생겼느니, 성에서 병사들을 모집하느니 하는 말이 들린다. 요녕과 원랑은 안으로 들어가 그들과 합석하는데, 남자 2가 술 취하여 고리 대장이 청동검을 강철검으로 바꾸고 있다고 한다. 요녕은 주모에게 돈을 주고 나와 복귀하는 길에 요하 강변에서 목장을 하는 요단의 집에 이르지만, 그냥 돌아온다. 요녕은 말을 타고 송화강 아사달로 왕검에게 상황을 보고하러 가서, 약탈한 적이 홍산성 병사들이라고 하자, 왕검이 어떻게 아느냐고 묻자, 자신이 직접 정탐을 하였다고 한다. 그리고 적봉이 청동검을 강철검으로 교체하였다고 보고 한다. 적봉의 병사들은 고리를 대장으로 하여 수시로 요녕성 마을을 약탈하고 남자는 죽이고 부녀자와 아이들은 잡아다가 노비로 삼는다. 요하강 동쪽에서 양을 치던 요단 부부도 소식을 듣고 걱정한다. 요단은 선물로 양 두 마리를 가지고 성주 요녕을 찾아간다. 요녕은 원랑과 함께 적봉의 병사가 강철검을 사용하는 것을 걱정하고 있다가 요단이 오자 털어놓는다. 요단은 성주 요녕에게 천도식에서 만난 평양성 마니가 자신에게 강철검을 보여주며 시범을 보여주었으니 평양 성주에게 도움을 청하라고 권유한다.

요녕은 즉시 아사달과 평양성에 낭원을 전령으로 보내 협력을 구한다. 완달의 병사와 모란의 병사가 파견되어 요녕의 병사와 함께 요녕과 홍산 접경지역에 주둔한다. 왕검과 우백이 전선을 시찰하기 위하여 요하강변 요단의 목장을 지나는데 요단이 본다.

고만은 적봉과 고리와 함께 요녕을 격멸시켜 빼앗는 작전 계획을 짜고, 고만 자신도 전투에 참가하겠다고 말한다. 고리가 아버지는 위험하다고 말리지만 고만은 고집을 피운다.

왕검과 우백이 전선에 도착하여 요녕, 완달, 마니를 만나 보고를 받으며, 왕검은 마니에게 장수의 칭호를 주고 각 진마다 일만 냥을 주며 사기를 진작시킨다. 왕검은 아사달로 돌아와 신하들과 함께 참성단에 가서 전투에서 승리하도록 하나님께 제사를 드린다.

드디어 홍산군과 요녕, 완달, 마니 연합군과의 전투가 시작된다. 고리의 기마대가 돌격해 오고 마니의 기마대와 격돌한다. 마니와 고리는 서로 마주치면 지나간다. 연달아 보병전(步兵戰)도 시작된다. 서로 물러서지 않는 대격전이 벌어지며 많은 사람이 죽어가는데 기마병 뒤에서 말을 타고 도망하려는 고만에게 창이 날아와 등에 꽂힌다. 고리가 보고 적봉에게 후퇴를 권고하고 적봉이 후퇴 명령을 내리는데 요녕의 병사가 던진 창이 적봉의 말허리에 꽂히고 말이 쓰러지자 적봉이 떨어지며 자결을 한다. 적봉군이 도망하고 전투가 끝난다. 요녕과 완달과 마니는 적봉과 고만을 말 등에 실어 홍산으로 보내고, 즉시 아사달에 두 낭원을 보내 차후 왕검의 지시를 기다린다.

요녕과 완달과 마니의 병사들은 승리의 축제를 벌이는데 홍산의 고리는 고만과 적봉의 장례는 고인돌 장(葬), 병사들은 적석총 장(葬)을 지낸다. 아사달을 다녀온 두 낭원이 왕검의 지시를 전달하는데, 요녕의 병사들은 후속 처리를 하고 완달과 마니의 병사들은 원대 복귀를 하게 한다. 마니는 평양성으로 떠나면서 요녕에게 '왕검에게 청원하여 고리를 용서해 줄 것'을 권유하고, 요하강을 건너는 도중에 요단의 목장에서 요단을 만난다.

요녕이 원랑 및 병사들과 홍산성에 대하여 의논하는데 고리가 찾아와 무릎을 꿇고 사죄한다. 요녕은 고리의 사죄를 받아들이고, 왕검에게 전후 상황처리와 고리가 찾아와 용서를 구했으니 은혜를 베풀 것을 청원하는 글을 두 낭원을 통해 올린다. 우백은 왕검에게 고리를 용서하고 홍산 성주로 임명할 것을 권하고, 왕검도 승낙한다. 두 낭원은 요녕으로 복귀하여 왕검의 지시를 전달하고, 즉시 고리에게 가서 왕검의 뜻을 전달한다.

홍산성 고리의 어머니는 남편이 세상을 뜨자 병을 앓는다. 고리 부부가 어머니를 돌보는데, 요녕의 두 낭원이 와서 왕검의 서신을 전달한다. 고리가 왕검의 사면(赦免) 서신을 보고 하나님께 감사하며 홍산성을 하나님 나라로 만들겠다고 다짐한다.

왕검의 조선은 다시 평화가 깃들고, 왕검은 개천 행사를 평양에서 거행한다. 참성단에서 제사를 드리고 하산하는 길에 왕검은 모란에게 평양 부근에서 이민족들이 가장 많이 오가는 곳이 어딘지 묻는다. 모란은 왕검에게 혈구라고 한다. 왕검이 이유를 묻자, 모란은 '각종 어류가 많이 잡히기 때문이다'라고 한다. 왕검은 즉시 가서 보고, 마니 장수와 함께 사냥도 하자고 하면서 마니가 홍산 전투에서 큰 공을 세웠다며 칭찬을 한다. 왕검 일행은 모란의 안내로 혈구에 오자 산에서 사냥을 한다. 고리가 고라니 한 마리를 생포하고 어느덧 왕검 일행은 산 정상에 이른다. 왕검은 즉석에서 바위에 제단을 만들고 고라니로 하나님께 제사를 올린다. 제사 후에 왕검이 노을이 지는 바다를 바라보는데, 모란이 저 해 지는 곳이 '지나(China)'라고 한다. 왕검이 혈구는 조선의 젖줄이라고 하면서 마니를 보고, '장군 이 산을 마니산이라 하겠소'라고 한다.

아사달로 복귀한 왕검은 단군관에서 창문을 열고 밖에 내리는 눈을 보고 생각에 잠긴다. 송화강변 하백의 목장에서 보았던 하주를 회상한다. 완달과 함께 가서 만났던 하주. 왕검이 회상에 잠겨 있는데, 우백과 완달이 온다. 왕검은 우백과 완달에게 과거에 송화강변 목장에서 만났던 하백의 딸 하주를 회상하고 있었다고 털어 놓는다. 우백이 왕검에게 혼인을 권유하고 완달이 주선하겠다고 한다. 이렇게 하여 왕검은 하주와 혼인식을 하는데 이 자리에는 환웅 부부와 지나(China)의 요순 임금도 참석한다. 왕검 하주 부부는 매일 깨가 쏟아지고, 하주는 임신을 한다. 보름달이 밝은 밤에 정원을 거닐며 왕검이 하주의 배를 보며, '오늘이 보름이니 아들을 낳으면 이름을 부루로 하겠다'고 한다. 하주가 아들을 낳고 이름을 부루라고 짓고, 둘째를 낳고 두루라고 하고, 셋째를 낳고 머루라고 짓는다. 왕검 재위 50년 여름, 조선 천지에는 한 달간 비가 오며 곳곳에 물난리가 난다. 왕검은 풍백신 팽우에게 하천 정비를 하게 하고 가장 피해가 심한 평양을 시찰하며 성주 모란을 격려하고, 오십 년 전의 개천 축제와 마니산 등산을 회상하며 혈구 마니산에 참성단을 지을 것을 지시한다. 왕검 재위 51년 가을, 모란은 마니산에 참성단을 완공하고, 왕검은 세 아들과 신하들을 대동하고 평양에 와서 모란과 마니의 안내를 받아 혈구 참성단에 이르러 하나님께 제사를 드린다. 제사를 마친 후 왕검은 모란에게 서쪽을 가리키며 '저곳이 지나라고 했죠. 태양이 지니까 지나라고요, 요순 임금이 그립네요.'라고 하는데, 머리 위로 까마귀들이 날고, 주제가 〈어아가〉와 〈알이랑〉 노래가 조용히 울려 퍼진다.

시놉시스(줄거리)

4,300년 전, 수메르 메사를 떠난 요단, 우스, 고만의 세 가족 12명은 파미르고원, 알타이산맥을 넘어 바이칼호에 이르러 헤어진다. 요단은 요하강변, 우스는 평양, 고만은 홍산에 정착한다. 환웅은 삼천 명의 낭원 군단(십이낭대)을 이끌고, 불함산(백두산)에 신시(神市)를 세워, 만주와 한반도를 12지역으로 나누어 태백(불함산), 우백(송화강), 적봉(홍산), 모란(평양), 요녕(요하) 등을 십이낭대 원랑(元郞)에게 맡긴다. 환웅은 참성단에서 아침마다 양과 잉어로 하나님께 제사를 지낸다. 환웅은 웅녀를 아내로 맞아 혼인식을 하고, 임신한 웅녀는 1년 후 왕검을 낳는다. 환웅은 왕검을 어릴 때부터 원랑 태백에게 맡겨 예절과 무예를 가르치고, 배달신으로 선희(괘서), 나을(호적), 팽우(농경), 기성(의약), 우백(병마), 신지랑(교육)을 세워 정사를 돌본다.

왕검의 나이 10세. 생일에 환웅은 성대한 잔치를 베푸는데, 왕검 도장에서 무예 겨루기를 거행한다. 12지역에서 올라온 무사들이 겨루는데 수메르에서 온 고리와 마니가 4강에 ㅇ ㄹ ㄱ, 결승에서 고리가 우승하며, 환웅은 명도전 삼천 냥을 하사한다.

왕검의 나이 30세, 환웅은 왕검에게 신시(神市)의 일을 위임하고, 왕검은 신시 12지역을 성(城)으로 승격하고 원랑을 성주(城主)로 호칭한다.

고만은 홍산에 정착하여 딸(단지)을 성주 적봉에게 주어 가깝게 지내며 일만 냥을 주어 병사(兵士)를 이용하여 요녕 지역 마을을 약탈하고 남자는 죽이고 부녀자와 아이는 잡아 노비로 삼는 악행을 저지른다. 고만의 아들 고리는 청동검을 강철검으로 바꾸고, 고만은 홍산 성주 적봉과 요녕성을 빼앗을 모의를 한다.

기원전 2333년 10월 3일, 왕검의 나이 37세, 왕검은 단군 즉위식을 하고, 국호를 '아침마다 양과 물고기로 제사를 드리는 나라' '朝鮮'이라 칭하는데, 요단, 우스, 고만, 고리와 마니도 참석하고, 우백과 소말랑도 만난다. 왕검은 조선을 세운 다음 해 봄에 송화강으로 천도를 하는데, 요단, 우스, 마니가 참석을 하고, 마니는 요단에게 강철검을 보여 준다. 천도 후, 왕검은 우백, 완달과 시찰하다가 송화강 가에서 목장을 하는 하백의 딸 하주에게 물을 얻어 마시는데, 병사가 와서 도적들이 다시 요녕 마을을 습격하여 재물을 약탈해 갔다고 전한다. 성주 요녕은 원랑과 변장하고 홍산으로 가서 정탐을 하여 도적들이 홍산 적봉의 병사들임을 알게 된다. 고만은 적봉과 요녕성을 습격하여 빼앗을 계획을 세우고 접경지역에 군을 배치하고, 고만의 계략을 알게 된 요녕은 완달군과 평양군과 연합하여 접경지역에서 전투준비를 한다. 치열한 전투 끝에 요녕군이 승리하고, 홍산군은 패배를 하며, 이 전투에서 고만과 적봉이 죽는다.

조선에는 다시 평화가 깃들고, 왕검이 단군관 창을 통해 내리는 눈을 보며 송화강변 하주를 그리워하는데….

〈어아가〉

어아 어아
하늘 하나님의 은혜가 크심이여
배달의 아들딸 모두 백백 천천 영원토록 잊지 못하리

어아 어아
착한 마음 큰 활 되고 악한 마음 과녁 되네
백백 천천 우리 모두 큰 활줄같이 하나 되고
착한 마음 곧은 화살처럼 한마음 되리

어아 어아
백백 천천 우리 모두 큰 활처럼 하나 되어
수많은 과녁을 꿰뚫어 버리리
끓어오르는 물 같은 착한 마음에서
한 덩이 눈 같은 게 악한 마음일세

어아 어아
백백 천천 우리 모두 큰 활처럼 하나 되고
굳세게 한 마음 되니 배달나라 영광일세
백백 천천 오랜 세월 은혜가 넘치니
하늘 하나님 때문일세
하늘 하나님 때문일세

〈알이랑 노래〉

알이랑 알이랑 알아리요
알이랑 고개를 넘어간다
산 넘고 강 건너 길 가는 동안
알이랑 손잡고 달려간다

알이랑 알이랑 알아리요
알이랑 고개를 넘어간다
낮에는 가고 밤이면 쉬며
알이랑 동방으로 달려간다

시나리오

S#1. 프롤로그

단군왕검이 마니산 참성단에서 하나님께 많은 사람과 함께 제사 드리고 한반도와 만주 일대의 고조선 지도가 나타나는데
지도에는 불함산(백두산), 평양, 송화강 아사달, 요녕(요하), 적봉(홍산) 등 주요 지명이 뚜렷이 나타났다 흐려지며
마니산 참성단에서 단군왕검과 태백신들의 웃는 모습과 함께 〈단군왕검〉 TITLE 뜬다.

S#2. 높은 산 (외부/낮)

자막: 파미르고원

끊임없이 펼쳐진 웅장하고 거대한 산
거대한 바위들로 덮여 있다.
열두 명의 사람들이 산의 숲을 헤치며 가고 있다.
땀으로 범벅이 된 얼굴들이지만, 웃음을 잃지 않는다.
봄이라 그런지 이제 나무에서 잎사귀들이 나고 있다.

요단이 맨 앞서가며 〈알이랑 노래〉를 부르자
고만과 우스가 따라 부르고
모든 사람이 함께 부른다.

알이랑 알이랑 알아리요
알이랑 고개를 넘어간다.
우리 가는 길 알 수 없고
끝없이 알이랑 길을 간다

요단: (뒤돌아보며 갑자기 외친다) 하나님! 하나님!

산골짜기로 메아리친다.

모두: (세게 외친다) 하나님! 하나님!

역시 메아리친다.

S#3. 높은 산 계곡 (외부/낮)

험한 산속의 계곡
맑은 물이 흐르고 있다.
요단 일행 나타나는데

요단: (뒤따르는 고만을 보며) 오늘은 여기서 쉬고 가면 어때?
고만: 형님! 그래요. 모두 힘들 텐데.
우스: (오른손으로 가리키며) 저기 저 바위 밑이 좋을 것 같아요.

우스가 가리키는 곳에 쉬어 가기 알맞은 바위가 있고 밑에는 굴이 보인다.
모두가 그곳으로 간다.

S#4. 바위 굴 (내부/낮)

언젠가 사람들이 왔다 간 것 같은 흔적이 있다.
불 피웠던 흔적들(돌, 나뭇가지 등)
다 같이 자리를 잡는다.

요단: 잠시 다 같이 기도하죠.
(모두가 눈을 감으면) 하늘에 계신 하나님! 이곳에 이르게 해주셔서 감사합니다. 동방의 해 뜨는 땅으로 인도해 주십시오. 여자의 후손의 이름으로. 아멘.
모두: 아멘.
요단: (둘러보며) 그럼 이제부터 각자에게 주어진 일을 하세요.

마니와 고리는 사냥을 하러 간다. 등에는 활 전통을 메고 활을 들고 있다.
남은 사람들은 주위에서 나무를 주워 오고 불을 피운다.

어느덧 저녁노을이 지는데
마니와 고리가 산돼지 한 마리를 잡아 낑낑대며 통나무에 매어 어깨에 메고 온다. 돼지 목 부위에서 피가 흐른다.

마니: (고리를 칭찬하며) 고리 아우가 잡았어요.

요단과 우스가 돼지를 불에 그슬려 요리하고
다 같이 불고기 파티를 한다.
특히 좋아하는 요단과 우스와 고만의 아내들과 아이들!

S#5. 동 (내부/밤)

굴 가까이에는 불이 피워 있다.
가족별로 잠이 들어 있다.
요단이 일어나 우스와 고만을 건드려 깨운다.
밖으로 나오는 세 사람.

S#6. 계곡 물가 (외부/밤)

요단, 우스, 고만 물가에 앉아
우스가 하늘을 보며 북두칠성을 손가락으로 가리킨다.

우스: 형님들! 저 북두칠성을 보세요!

요단: 그래. 저 북극성! 언제나 우리의 갈 길을 인도해 주고!

고만: 언제나 해가 뜨는 곳에 갈지? 노아 할아버지의 말씀대로 빨리 가서 큰 나라를 세워야지요!

요단: 반드시 하나님께서 인도해 주실 거야! 들어가 잠을 자세.

S#7. 불함산(백두산) (외부/낮)

매우 높은 흰색의 불함산이 크게 펼쳐지며

자막: 불함산(백두산) 신시(神市)

산을 개간하는 사람들도 보이고
산자락에 움막들이 많이 보인다!
한 곳에 있는 대형 움막!

S#8. 배달 낭원 (외부/낮)

자막: 불함 낭원

푸른 초장에서 훈련하고 있는 낭원들.
곳곳에서 자주색 띠를 두른 흰 도복을 입은 원랑들이 낭대원들을 지도

한다. 땀을 뻘뻘 흘린다.
낭원들은 검은색으로 두른 흰 도복을 입고
머리에는 무궁화 문양의 백색 띠를 두르고 있다.
태백의 목소리가 우렁차다. 산골짜기를 쩌렁쩌렁 울린다.
환웅이 멀리서 온다.
환웅이 가까이 오자, 단상에서 전체를 지도하고 있던 태백이 내려와 예를 올리는데

환웅: (웃으며) 태백! 두 낭대를 선별하여 겨루어 보게.
태백: 예. 어르신. (단상에 올라) 전 낭대 훈련을 멈추고 단상 앞으로 모여.

모든 낭원들이 단상으로 뛰어 온다.
낭대별로 서면

태백: 지금부터 우백 낭대와 적봉 낭대가 겨룬다. 낭대의 명예를 걸고 겨루고 심판은 나와 원랑 요녕과 모란이다. 다른 낭대는 주위에서 관전한다.

단상 앞에 우백과 적봉이 거리를 두고 마주 보고 서자
각 낭대원들이 각 한 줄로 십오 명씩 선다. 모두가 긴장된 모습이다.

태백: 양심에 따라 승부 원칙을 지키도록!! 겨루기 시작!!

함성을 지르며 앞으로 달려드는 두 낭대. 서로 엉겨서 겨룬다. 칼끝이

옷에만 닿아도 쓰러진다.
많은 사람이 쓰러져 있고 남은 사람은 여섯 명이다.

태백: 겨룸 끝!

태백의 고함과 함께 싸우던 요녕과 적봉의 낭원들이 요녕과 적봉을 중심으로 선다. 각 낭대 세 명씩이다.

태백: 오늘 겨룸은 무승부이다.

쓰러져 있던 낭원들이 모두 일어나 모이고
태백이 단상에서 내려와 환웅에게 고한다.

환웅: (흡족한 듯) 끝내고 들어가세.
태백: 예! (낭원들을 향해) 오늘 훈련 끝.

낭원들이 각자 흩어지고
환웅과 태백과 원랑들이 대형 움막으로 간다.

S#9. 사각형의 대형 움막 (내부/낮)

자막: 제세핵랑원(濟世核郞院)

정면에는 삼족오(三足烏)의 문양이 그려져 있고
움막 안에는 몇 개의 의자와 탁자가 놓여 있는데
탁자 위에 물통과 물그릇이 놓여 있고
환웅의 자리에 큰 지도가 놓여 있다.
환웅과 원랑들이 들어와 의자에 앉는다.
환웅이 원랑들에게 물을 떠 준다.

환웅: 고생들 하셨네. 물을 드시게.

원랑들: 고맙습니다. 어르신. (물을 마신다)

환웅: 배달신시가 정착되어 가고 있는데 이제 원랑들께서 각 낭대를 거느리고 각 지역을 맡아 다스려 주길 바라오.
(지도를 보며)
여기 지도를 보면 배달신시를 열두 곳으로 나누었네. 삼일 후 아침 참성단에서 하나님께 제사를 올리고 각자의 맡은 곳으로 떠나도록 하겠소.

환웅이 보이는 지도에 열두 지명이 보인다. (송화강, 요녕, 홍산, 평양, 불함산 등)

S#10. 알타이산맥 (외부/낮)

자막: 알타이산맥

끝없이 펼쳐진 산들
여름이라 나무와 숲이 녹음이 짙다.
온갖 바위들로 덮여 있는 산들, 태양이 중천에 있고
요단과 우스와 고만의 가족 십이 명은 지칠 줄 모르고 〈알이랑〉을 부르며 산길을 간다. 땀이 범벅이다.
가다가 목이 마르면 샘물을 마시고
산짐승이 있으면 고리와 마니가 사냥에 나선다.

S#11. Narration (요단)

이른 봄에 수메르 메사를 떠난 노아의 장자 셈의 자손인 요단과 우스와 고만의 가족들은 〈알이랑 노래〉를 부르며 파미르고원과 알타이산맥을 넘는 강행군을 한다.

S#12. 알타이산맥 고개 (외부/낮)

요단과 우스와 고만의 가족들이 산 고개를 오르고 있다.
정상이 가깝다.
정상에 오르니 앞에 펼쳐진 바다 같은 호수.
모두가 환호하며 외치는데

모두: (하늘을 보며 힘차게) 하나님! 하나님!

모두가 얼싸안는다.

S#13. 바이칼 호숫가 돌 제단 (외부/낮)

자막: 바이칼 호수

요단과 우스와 고만의 가족들이 돌 제단 위에 어린 양과 잉어를 올려 놓고 제사를 올린다.

요단: 노아와 셈의 하나님! 여호와 하나님!
이곳까지 인도해 주셔서 감사합니다. 이제 우리가 헤어져 각자의 길을 가려 하오니 인도해 주옵소서. 여자의 후손의 이름으로.
아멘.

모두: 아멘. 아멘.

서로 포옹하며 석별의 정을 나누는 세 가족.

S#14. 참성단 (외부/아침)

자막: 불함산 참성단

태양이 막 떠오르고 있다.
하늘에는 까마귀들이 날고
환웅이 십이원랑들과 제사를 올리고 있다.
제단에는 일 년 된 양과 큰 잉어 두 마리가 놓여 있다.
환웅이 두 팔을 들어 올리며 기도하는데

환웅: 배달신시를 돌보시는 하나님 아버지시여! 이 제물을 받으시고 우리의 죄를 사하시며 의롭게 하소서. 이제 십이원랑을 맡은 지역으로 보내오니 저들을 지켜 보호해 주소서.

제사를 마친 환웅이 원랑들을 돌아보며

환웅: 오전 중으로 각 지역으로 떠나길 바라요. 참성단을 만들고 아침마다 하나님께 제사를 올리는 것 잊지 말아요. 마지막으로! (뜸을 들이다가) 그동안에는 혼인을 금했으나 낭군과 낭자들의 자유로운 혼인을 허용합니다.
원랑들: (큰절을 하며) 어르신 뜻을 받들겠습니다.

S#15. 움막 삼랑원 (내부/낮)

자막: 삼랑원

태백, 우백, 적봉이 작은 탁자 주위에 앉아 웃으며 차를 마시며 대화를 나누고 주위에는 두 개의 등짐 보따리가 보인다.

우백: 형님은 좋으시지. 정든 불함산과 함께하니.

태백: 하하. 젊을 때는 세상을 떠돌아다니는 것도 좋지. 언젠가 송화강 변에서 함께 고기 잡을 때가 오겠지.

(적봉을 보며) 적봉 아우! 홍산에 가면 일만 하지 말고 기별도 하게. 예쁜 낭자와 사랑도 하고.

적봉: …. (태백과 우백을 보고 미소 짓는다)

이때 요녕과 모란이 들어오는데, 모란의 손에 작은 보따리가 들려 있다. 모란이 보따리를 탁자 위에 놓는다.

요녕: 요하로 떠나기 전 인사하러 왔어요.

모란: 나는 평양으로 갑니다. 언젠가 하나님께서 뵙게 해주시겠죠.

태백: 환웅 어르신께 말씀드려 해마다 한 번씩은 모이도록 하겠습니다. 그러면 바쁘니 석별의 인사를 나눕시다.

모두 일어나려는데 모란이 만류하며

모란: 잠깐만 앉아 계세요. (모란이 일어나 탁자 위에 보따리를 풀면)
모두: (놀래서 쳐다보며 한마디씩) 웬 술 단지?
모란: 제가 산에서 다래를 따서 만든 술이죠.
(잔에 술을 따르며) 자, 큰 형님께서 한 말씀 하세요.
태백: (일어나 술잔을 들고) 환웅님의 배달신시를 위해 건배합시다. 모두 힘차게 배달신시를 위하여!
모두: (일어나며 힘차게) 배달신시를 위하여!

태백 등 원랑들 즐거운 시간 보낸다.

S#16. 송화강 완달산 전경 (외부/낮)

자막: 송화강 완달산

완달산 정산에서 보이는 아름다운 전경. 여름이라 녹음이 짙어 녹색 세상이다.
불함산에서 흘러내리는 물줄기와 완달산에서 흐르는 물줄기가 만나 서쪽으로 흐른다. 곳곳에 움막이 보이고
우백과 낭원들이 산을 개간하여 밭을 일구며 일하는 모습이 보인다.
일각에 큰 움막이 있고 또 작은 참성단도 보이고
주위에는 큰 바위와 큰 박달나무도 보인다.

S#17. 우백의 움막 (내부/밤)

일각에 등잔불이 보인다.
우백이 의자에 앉아 생각에 잠겨 있는데
들어오는 세 낭원(복술, 수리, 소밀)이 예를 갖추며 의자에 앉는다.

우백: 이곳에 온 지 꼭 한 달인데 내일 아침 참성단에서 함께 제사를 올리죠. 환웅 어르신의 분부시니. 그런데 제물이 될 양이 없으니 어떻게 하지?

수리: 원랑님! 환웅께서도 제물이 없을 때는 제단 앞에서 무릎 꿇고 기도만 하셨지요.

우백: 그러셨지. 그러면 내일 아침엔 제물 없이 하나님께 속죄의 기도를 올립시다.

소밀랑: (미소만 짓는다)

S#18. 완달산(소밀랑) 참성단 (외부/아침)

우백과 삼명의 낭원이 무릎을 꿇고 두 팔을 들고 방언으로 기도를 하고 있다.
이때 참성단으로 다가오는 요단의 가족들이 뒤쪽에서 무릎 꿇고 함께 기도를 올린다.
기도를 마친 우백이 일어나 뒤돌아서자
요단의 가족들도 기도를 마치고 일어나 예를 갖춘다.

우백; (요단에게) 누구신가요?

요단과 가족들이 말을 알아듣지 못하자
우백이 나그네임을 알고

우백: 소밀랑! (움막을 가리키며) 이분들에게 저 움막을 내줘요.
소밀랑: 예.

소밀랑이 손짓을 하며 요단 가족을 데리고 작은 움막으로 간다.

S#19. 움막 (외부/낮)

소말랑과 요단의 가족들이 움막으로 들어간다.

S#20. 동 (내부/낮)

움막 안이 깨끗하다. 바닥에는 돗자리가 깔려 있다.
소밀이 손과 몸으로 의사 표시를 하고
요단과 가족들도 알아듣는 듯 웃으며 예를 갖춘다.

S#21. 불함산 참성단 (외부/낮)

자막: 불함산 참성단

가을이라 산이 단풍으로 물들고 있다.
환웅과 웅녀의 혼인식 날이다.
주위에 무궁화나무들이 꽃이 활짝 피어 있다.
참성단 위에는 제물이 놓여 있다.
제단 앞에 혼인식을 위하여 돗자리가 길게 놓여 있다.
양옆으로는 낭원들이 예복을 입고 서 있다.
주위에는 많은 사람이 축하하기 위해 왔다.
십이원랑들이 앞쪽에 보이고 소밀랑 등 적지 않은 낭자들도 보인다. 요단의 가족들도 보인다.
참성단 앞에 환웅이 의자에 앉아 있다.
태백이 앞쪽에 서서 전체를 지휘한다.
준비가 완료된 가운데 웅녀가 탄 꽃가마가 온다.
웅녀가 꽃가마에서 내린다. 모든 사람이 웅녀를 바라본다.
환웅의 얼굴이 환하다.

태백: 웅녀님께서 입장하시겠습니다.

웅녀가 사뿐사뿐 걷는다.
환웅이 일어나 앞으로 와서 웅녀를 맞이하며 제단으로 간다.
환웅이 제단에 준비된 불로 제물이 놓인 나무에 불을 붙인다.

웅녀와 함께 하나님께 무릎 꿇고 기도를 한다.
참여한 모든 사람이 함께 기도를 올린다.
환웅이 제사를 마치자 일어나서
웅녀와 함께 참여한 모든 사람에게 예를 갖추고 인사를 하며
손으로 한쪽을 가리킨다.
잔디 위 돗자리 위에 많은 음식이 준비되어 있다.
사람들이 모두 가서 즐겁게 식사를 하며
춤을 추며 하나님을 찬양하는 〈어아가〉를 부른다.
요단의 가족들도 참여하여 〈알이랑〉을 부른다.
참성단의 제물이 타는 연기가 하늘로 피워 오른다.
요단이 가족들과 보고 있는데
우백과 소밀이 와서 요단과 가족들을 데리고 간다.

S#22. 물함산 마당 바위 (외부/낮)

태양이 서쪽으로 진다. 정확히 산 위에 얹혀 있는 것 같다.
저 멀리 펼쳐져 있는 저녁노을이 장관을 이루고
마당 바위로 오르는 우백과 요단.
우백과 요단이 태양이 지는 모습과 찬란한 노을 보며 감격을 하는데
우백이 요단에게 한 곳을 가리키며

우백: 요단! 보세요. 요하!

저 멀리 요하강이 굽이굽이 흐른 모습을 보는 요단!
순간 요단이 무릎을 꿇고 하나님께 기도를 올리고
하늘에는 까마귀들이 날아가는데
서서히 태양이 사라지고 있다.

S#23. 요단의 움막 (외부/낮)

자막: 송화강 완달산

초봄이라 움막 주위에 동백꽃이 예쁘다.
요단과 가족들이 떠나기 위해 짐을 내놓고 있다.
이때 우백과 소밀랑이 오자
요단과 가족들이 예를 갖추며 맞는다.
우백이 요단에게 상자를 건네면
요단이 상자를 열어 본다. 명도전이다.
요단이 우백을 보자
우백이 손을 쥐었다 폈다 한다.
요단이 알았다는 듯이 예를 갖춘다.
짐을 지고 떠나는 요단과 가족들.
우백과 소밀이 손을 흔든다.

S#24. 불함산 환웅의 움막 (외부/낮)

다시 불함산의 전경이 나타나고
움막들이 많이 보이며
박달나무 숲 사이에 있는 움막이 보인다.

자막: 환웅의 움막

움막 앞에 진달래꽃이 예쁘다.
환웅이 움막 문을 나와
웃으며 생각을 하며 왔다 갔다 하는데
움막 안에서 웅녀가 '아~ 악!' 소리를 연달아 내더니
아기 울음소리가 난다.
환웅이 아이처럼 웃으며 움막 안으로 뛰어 들어간다.

S#25. 동 (내부 / 낮)

웅녀가 아기를 안고 젖을 먹이고 있다.
환웅이 들어와 아기를 안고 너무 기쁘다.
웅녀의 얼굴을 어루만지며 난리다.

환웅: 수고하셨네. 하나님께서 주신 아기니 잘 키웁시다.
웅녀: (환웅과 아기를 보며 웃기만 한다)

환웅: 장차 큰 나라를 이룰 아들이니 이름을 '왕검'이라 하세.
웅녀: (아기에게 젖을 물리며) 왕검아! 잘 커야지?

S#26. 몽타주

① 환웅이 아기를 낳았다는 소문이 신시(神市)에 퍼지고 사람마다 모여 기뻐하며 춤추며 노래하는데(〈어아가〉와 〈알이랑〉)
② 멀리서 각 지역을 맡은 십이원랑이 와서 축하한다.
③ 왕검은 잘 성장하고 영특하며 예절이 밝아 사람들로부터 사랑을 받는다.
④ 환웅은 천제를 드릴 때마다 왕검과 태백과 제랑(祭郞)을 데리고 가고
⑤ 환웅은 왕검이 직접 하나님께 제사 드리게 하고
⑥ 사람들이 어린 왕검의 제사 드리는 모습을 보고 기뻐한다.

S#27. 대형 움막 (내부/밤)

사각형의 움막 안을 밝히는 세 등불.
탁자 앞 의자에 태백이 앉아 팔로 턱을 괴고 삼족오를 바라보고 있다.
문으로 환웅과 왕검이 들어오고 있는데
삼족오만 바라보고 있는 태백.

환웅: (웃으며) 태백랑! 삼족오에 빠져 있구려.
태백: (놀래 일어나며 웃으며) 환웅 어르신. 어서 앉으시죠.

환웅: 삼족오는 천상에서 하나님을 섬기는 天使일세. 저 삼족오가 지금은 나와 배달 신국(神國)을 섬기고 있지.

태백: (왕검을 보며 예를 갖추고) 왕검 군자(君 子)께서 잘 자라시는 모습을 보고 백성들이 모두 기뻐하고 자랑이 대단합니다.

왕검이 태백을 보고 예를 갖추자

환웅: 태백랑! 군자에게 글과 예절과 무예를 가르쳐 주시오.

태백: 예. 어르신. (왕검을 보며) 정성껏 제가 도와드리겠습니다. 벌써 열 살이 되었으니 태백 낭대에서 훈련토록 하겠습니다.

환웅: 그리고, 십이원랑들에게 신시를 돌볼 배달 신을 추천하게 하세요. 분야는 괘서, 농경, 호적, 의약, 병마, 건축으로 하면 어떨까요? 병마신은 송화강 우백으로 하고, 신지 랑(臣智郞) 등 영특한 낭원들을 정하여 글자를 만들게 하세요.

태백: 예. 어르신. 지당하십니다.

S#28. 몽타주

① 왕검은 태백낭대에 들어가 낭원들과 함께 지내며 훈련을 받는다.

② 태백은 괘서신 선희, 호적신 나을, 농경신 팽우, 의약신 기 성, 송화강 우백을 병마신으로 환웅에게 추천하여 승인을 받고

③ 배달신(倍達臣) 임직식을 한다.

④ 신지랑외 낭원 삼명을 환웅에게 추천하여 글자 연구소를 만들고

⑤ 환웅은 웅녀가 왕검과 함께 글자 연구소를 돕게 한다.

S#29. 사각 대형 움막 (내부/낮)

자막: 제세핵랑원(濟世核郞院)

태백이 문가에 서 있고
일곱 명의 낭자들이 탁자에서 옷을 만들고 있다.
소밀랑도 보이고
문으로 들어서는 웅녀.
웅녀의 손에 보따리가 들려 있다.
태백이 웅녀를 모시고 들어가면 낭자들이 일어나 예를 갖추고
소밀랑이 태백에게 눈인사를 하면
태백이 손을 살짝 흔들며 미소를 짓고
웅녀가 웃으며 인사를 하고 보따리를 푼다. 옷가지가 보인다.
낭자들이 모두 일어나 옷가지를 만져 본다.
웅녀가 옷 만드는 법을 가르친다.

S#30. Narration (요단)

자막: 기원전 2360년 5월 2일

어느덧 왕검의 나이가 십 세!
환웅은 왕검의 생일을 맞아 신시 축제를 벌이는데
가장 중요한 행사는 참성단 제사와 왕검도장(王儉道場)의 무예 겨루기다.

S#31. 불암산 참성단 (외부/낮)

불함산의 봄! 하늘은 너무 청명하다.
참성단을 중심으로 불함산 전경이 펼쳐지고
하늘에는 까마귀들이 날고 산에는 갖가지 새들이 지저귀고
제단에는 열두 마리의 양과 열두 마리의 잉어가 놓여 있고
제단 오른쪽에 향불이 피어오르며 고운 연기가 하늘로 오르고
배달신시(倍達神市) 십이주(十二州)에서 온 사람들.
일각에 요단, 고만, 우스, 고리, 마니가 함께 대화하고 있다.
괘서 성희가 제단 왼쪽에서 사람들을 통제하고
태백의 안내를 받으며 오는 환웅 부부와 왕검.
뒤를 따라 배달신(倍達臣)과 십이원랑이 들어오는데
모두가 조용히 예를 갖춘다.
괘서가 환웅 부부와 왕검을 제단으로 안내하고
환웅 부부와 왕검이 제단 앞에 서면
괘서가 '하나님께 올리는 기도'라고 알리면
환웅 부부와 왕검이 무릎을 꿇으며 두 팔 들고 기도를 올리고
모든 참석자가 서서 두 팔을 들고 하나님께 기도를 올리며
기도가 끝나고
괘서가 '제단 봉화' 하면
먼저 환웅이 준비된 화봉에 향불을 붙여 제단에 불을 붙이고
다음은 웅녀가 불을 붙이고
다음은 왕검이 불을 붙이면
제단의 제물들이 타며 연기가 하늘로 올라가는데

하늘에서 비둘기들이 내려온다.

S#32. 오찬장 (외부/낮)

큰 느티나무가 있고 푸른 잔디밭에 준비된 음식들.
돗자리가 펼쳐져 있고 탁자 위에 음식들이 준비되어 있다.
가까이 있는 참성단 제사를 마치고 오는 환웅 부부와 왕검,
그리고 일행들이 자리에 앉는다.
괘서가 식사 기도를 마치면 식사를 시작하고
환웅 부부와 왕검이 식사를 하다가 태백의 안내로 이곳저곳을 다니며
인사하고 우백도 일어나 동행하는데
일각에서 식사하는 요단, 고만, 우스, 고리, 마니
환웅 부부와 왕검이 가까이 오자 일어나 맞는 요단 일행이 예를 갖추면 우백이 나서며 고리와 마니를 소개하는데

우백: 어르신, 고리는 홍산, 마니는 평양 낭대에 속하는데 무예가 뛰어납니다. 내일 오전 왕검 도장에서 열두 명이 결선을 치릅니다.
환웅: (고리와 마니를 보며) 하나님께서 신시를 위하여 자네들을 먼 곳에서 보내셨네. 신시를 위하여 충성을 다해 주게.
고리/마니(무릎을 꿇으며): 예, 어르신.

식사하던 사람들이 모두 수군거리며 고리와 마니를 주목한다.

S#33. 왕검 도장 (외부/낮)

자막: 왕검 도장

많은 사람이 관람하고 있다.
관람석 중앙에는 환웅 부부와 왕검이 앉아 있고
좌측에는 배달신과 십이 원랑이 앉아 있다.
가까운 곳에는 요단, 고만, 우스가 이야기하며 서 있다.
한 젊은 낭자가 나서는데 소밀랑이다.

소밀랑: 지금부터 십 대 어린 낭원 무예 시범이 있습니다.

말이 떨어지기 무섭게 젊은 낭자의 인솔로 어린 낭원 20명이 들어서고 젊은 낭자의 구령에 따라 어린 낭원들이 무예 시범을 보이면 박수하며 환호하는 사람들.
어린 낭원 무예 시범이 끝나 퇴장하는데

소밀랑: 다음은 신시 최고수 검객을 가리는 경기입니다. 각 지역에서 올라온 8명의 최고수 검객들입니다.

말이 떨어지기 무섭게 목검을 든 팔 명의 검객들이 나오는데
나오자마자 사개 조로 두 명씩 마주 보며 대결 준비를 하고
마니와 고리도 보이고

3명의 원랑(요녕, 적봉, 모란)이 심판을 본다.
모란이 심판장이다.

모란: 검 끝이 조금이라도 옷에 스치면 쓰러집니다. 준비! 시~ 작!

대결을 하는 검객들.
순식간에 2개 조가 끝이 나고 곧이어 남은 2개 조도 끝난다.
최후로 남은 4인. 마니와 고리가 보인다.

모란: 남은 검객을 소개합니다.
　　태백 낭대 옹희! (옹희가 환웅과 사람들에게 인사한다)
　　평양 낭대 마니! (마니가 환웅과 사람들에게 인사한다)
　　적봉 낭대 고리! (고리가 환웅과 사람들에게 인사한다)
　　요녕 낭대 요하! (요하가 환웅과 사람들에게 인사한다)
　　먼저 옹희와 마니가 대결합니다. 시간은 심판장이 결정합니다.

옹희와 마니가 대결 준비를 하고
모란의 시작과 동시에 대결하는 두 사람.
막상막하다. 결판이 나지 않는다.
모란이 '멈춰' 지시가 떨어지며 끝을 내는 두 검객.
다음은 고리와 요하가 대결을 갖춘다.
모란의 시작과 동시에 대결하는 두 사람. 막상막하다.
모란의 '멈춰' 지시가 떨어지며 끝내는 두 검객.
모란이 심판 요녕과 적봉을 부르면

서로 의논하는 심판들.
사람들이 수군수군하는데

모란: (중앙에 나오며) 최후에 겨룰 검객은
태백 낭대 옹희! (옹희가 예를 갖춘다)
적봉 낭대 고리! (고리가 예를 갖춘다)

순간 고리가 마니를 바라보면 마니가 미소로 대답하고
곧이어 옹희와 고리가 대결한다.
막상막하다. 순간 옹희의 목검이 부러지고 모두가 놀라는데
모란이 대결을 멈추고, 고리와 옹희를 불러
모란이 고리의 손을 든다. 모란이 고리와 함께 환웅에게로 가서 고리가 환웅에게 예를 갖추는데

환웅: 어제 본 젊은이군. 고맙네!
세상이 악해질 것이네. 장차 하나님의 도성 배달신시를 위해 정의의 용사가 되어주게!
고리: 예! 어르신. 명심하겠습니다.

환웅은 고리에게 우승 상금 삼천 냥을 하사하고
웅녀와 왕검이 일어나 고리를 축복한다.

S#34. 등산로 (외부/낮)

불함산 정상을 향해 오르는 사람들
요단, 고만, 우스, 고리, 마니.
힘든지 큰 바위에 앉아 쉬는데

요단: (땀을 닦으며 고리와 마니를 보고) 멋진 시합이었어. 이곳에 온 보람이 있네.
우스: 그렇죠. 우리를 이곳에 보내신 하나님의 뜻을 늘 잊으면 안 됩니다.
고만: 그런데 상금이 너무 적어요. 일만 냥은 되어야지.

고만의 말에 모두 웃으며 일어나 다시 산을 오르는데
요단이 〈알이랑〉을 부르자
모두 따라서 부르는데

S#35. 불함산 정상 (외부/낮)

자막: 불함산 정상

정상에 오르는 요단 일행.
요단이 무릎을 꿇고 기도를 올리자
모두 하나님께 기도를 올린다.
요단이 일어나며 한 곳을 가리키며

요단: 저기가 내가 사는 요하강! 그 뒤로 고만이 사는 홍산!

모두가 일어나며 바라본다. 굽이굽이 흐르는 요하강.
저 멀리 홍산이 검게 보인다.

우스: 형님! 평양도 보이나요?
요단: (좌로 돌아서며) 저기! 동강이 보이지!
　　불함산으로 뻗은 저 넓은 고원지대를 봐요.
고만: 형님들은 모두 기름진 강변인데. 나만 어떻게 홍산이지?
요단: 모든 것은 하나님의 뜻일세. 가고 싶어 갔나?
　　(등짐을 풀며, 떡과 술을 꺼내 놓는다) 자! 먹읍시다.

즐겁게 음식을 먹으며 홍산 쪽으로 지는 태양을 바라보는 요단 일행!

요단: (고만을 보며) 아우! 태양이 홍산으로 지고 있네!
고만: 형님! 그러네요. 태양이 지는 곳 홍산!
　　홍산에서 보면 태양이 불함산에서 떠요. 하하하
요단: 너무 늦었으니 내려갑시다.

불함산을 내려오는 요단 일행.

S#36. Narration (요단)

기원전 2340년! 왕검의 나이 30세!
환웅은 하나씩 신시의 일을 왕검에게 위임하고
왕검은 수시로 배달신원에서 정사를 살핀다.

S#37. 배달신원(倍達臣院) (외부/낮)

자막: 배달신원

많은 움막이 펼쳐진 곳에 잘 지어진 큰 초가집 한 채.
왕검이 배달신들과 회의를 하고 있다.
원탁 중앙에 왕검이 앉아 있고 쾌서 성희, 농경 팽우, 병마 우백, 의약 기성, 호적 나을이 앉아 있다.

왕검: 이제 신시가 많이 성장하였으니, 십이지역을 성(城)으로 이름하고 원랑들을 성주(城主)로 호칭하면 어떻겠나요?
성조: 당연하옵니다. 원랑들에게 기별하겠습니다.
우백: 낭대도 낭군과 낭자가 혼인하여 자녀들도 많이 낳으니 제세핵랑원을 재정비하겠습니다.
왕검: 좋은 의견입니다.

낭자가 차를 준비해 오면
왕검이 배달신들에게 차를 따라 준다.

S#38. 환웅의 집 (외부/밤)

잘 지어진 초가집이다.
웅녀가 예쁜 낭자와 함께 빨래를 걷고 있다.
행랑채에 있던 환웅이 왕검을 부르는데

환웅(E): (행랑채 안에서) 검아!

웅녀가 일을 멈추고 행랑채로 가서

웅녀: 검이 늦는다고 했습니다. 요즘 신지랑과 글자를 만들기 위해 힘을 기울이고 있지요.
환웅(E); 기특하군! 알았소

마침 왕검이 대문을 열고 들어서고 손에 목판을 가지고 있는데

왕검: 어머님! 이것 보세요. 글자입니다.

왕검이 웅녀에게 한글과 유사한 글이 쓰인 목판을 보인다.

웅녀: (놀란 표정) 잘했다. 아버님께 말씀드리자. 행랑채로 들어가라. 나도 손을 씻고 들어갈게. 아니다. 저녁 식사를 하며 말씀드리자.

S#39. 동마루 (내부/밤)

함께 앉아서 저녁 식사를 하는 환웅의 가족들.
환웅의 옆에 왕검이 가지고 온 글자가 쓰인 목판이 있다.
왕검이 환웅과 가족들에게 글자를 설명하면

환웅: 검아! 수고했다. 더 잘 연구하고 각 성에 기별하여 백성들이 익혀 사용토록 해라.
왕검: 신지신(慎智臣)이 매우 수고했습니다.
환웅: 배달신과 같이 예우해라.
왕검: 예! 아버님.
환웅: 배달신시가 많이 성장하여 이제 나라를 이루게 되었다. 하나님의 뜻이 나를 통해 이루게 되었으니, 나는 할 일을 다 했다. 오는 가을 10월에 날을 잡아 행사를 하여 국호를 조선이라 하고 왕호를 단군이라 해라.
왕검: 예! 아버님!

S#40. 홍산 고만의 집 마당 (외부/밤)

자막: 홍산 고만의 기와집

대문이 굳게 닫혀 있다. 바깥마당이 매우 넓다.
대문 앞마당 일각에 큰 개 두 마리가 보인다.
일각에 소나무들이 서 있다.
밤인데 노비 세 명이 나무를 자르는 일을 하고 있다.
홍산 성주 적봉이 말을 타고 오자
노비 한 명이 와서 말을 소나무에 맨 후
대문을 열고 안내한다.

S#41. 동 행랑채 (외부/밤)

노비가 적봉을 행랑채로 안내하고
적봉의 손에는 작은 보따리가 보인다.

노비: 주인님! 성주님 오셨습니다.

안에서 고만의 목소리.
노비가 나가고

고만(E): 나가네.

고만이 기침하며 안에서 문을 열어주면
적봉이 예를 갖추고 보따리를 건네며

적봉: 장인어른! 장수하시라고 약제를 가져왔습니다.
장모님과 함께 다려 드십시오.
고만: 고맙네. 들어오게.

두 사람이 대문가에 있는 행랑채로 들어간다.

S#42. 동 행랑채 방 안 (내부/낮)

안에는 가구들이 있고 작은 상이 놓여 있다.
일각에는 등잔이 놓여 있다.
돗자리 위 방석에 앉는 두 사람.
잠시 후 젊은 여인(고리의 아내)이 술상을 가져와 예를 갖추는데

고만: (술을 권하며) 왕검께서 새 나라를 세우신다?
적봉: 그러합니다. 10월 3일로 정해졌지요. 그때 장인께서도 참석하셔야 합니다.
고만: 알겠네. 자 이것을 받게. 명도전 일만 냥일세. 그것이면 충분히 거사를 준비할 수 있을 거야. 소문 없이 잘 준비해야 하네.
적봉: 예. 장인어른. 처남이 원낭으로 병사 들을 잘 훈련하고, 특히 장인들을 잘 길러 병기를 충분하게 만들고 있습니다. 언제든지 거

사를 할 수 있지요.

고만: 내년 6월 농번기로 정하고 준비하게.

적봉: 6월보다 4월 20일경이 어떨까요? 4월 15일이 완달로 천도하는 날이죠. 혼란한 틈을 이용해야 합니다.

적봉이 일어나며 예를 갖추고 나간다.

S#43. 동 안채 방안 (내부/밤)

고만 부부, 고리 부부가 저녁 식사를 하고 있다.
고만의 아내가 표정이 밝지 않다.

고만: 임자! 너무 걱정하지 말아요.

아내: 수메르 메사를 떠날 때 셈 할아버지 말씀이 생생해요. '악을 행하지 말고 선을 행하라'는 분부요.

고만: 그러셨지. 거기다가 '언젠가 여자의 후손이 온다'고 하시고. '여자의 후손? 메시아?' 그걸 믿을 수 있나? 말이 되어야지!

고리: 여자의 후손이요?

고만: 노아 할아버지가 늘 그러셨지. 죄로 물든 세상을 구원하기 위하여 하나님께서 메시아를 보내신대.

고리: 죄로 물든 세상을 구원하기 위해 메시아가 오신다?

고만: 오늘은 이만하고!

아범아! 10월 3일 불함산에 갈 준비를 해라. 왕검이 단군으로 조선국을 세우신다고 하니. 가보자.

고리: 알고 있습니다. 적봉 형님과 동행해야죠!

고만: 낮에 적봉이 왔었다. 장인(匠人)들을 잘 기르고 있다던데?

고리: 예. 청동검보다 철검이 더 강합니다. 모든 병기를 철제로 만들어요.

고만: 잘했다. 다른 성, 특히 요녕성(遼寧 省)은 절대 비밀이다.

고만의 식구들이 식사한다.

S#44. 불함산 왕검성 대문 (외부/낮)

새로 지어진 목조 기와집

자막: 불함산 왕검성

대문에는 병사 두 명이 창을 들고 서 있다.

환웅, 왕검, 배달신(倍達臣)들이 건축신(建築臣) 성조의 안내를 받고 있다. 큰 대문 앞에선 환웅 일행.

환웅이 대문에 그려진 문양을 본다.

환웅: (왕검을 보며) 이건 무엇이며 무슨 뜻이냐?

왕검: 태극입니다. 음양으로 된 우주 만물을 만드시고 주관하시는 하나님을 상징합니다.

환웅: 그렇구나! 백성들에게도 알려라.

성조: (병사에게) 대문을 열어라
병사: 네.

성조가 병사에게 지시하자 병사들이 문을 연다.
성조의 안내를 받아 대문을 들어서는 환웅 일행.

S#45. 동 광장 (외부/낮)

잘 정돈된 넓은 광장을 들어서는 환웅 일행.

성조: 이곳에서 단군 임직식을 합니다.
환웅: 수고하셨소.

마침 집 안쪽에서 웅녀가 세 명의 낭자들과 함께 나오며 마주치고 예를 갖추며 지나간다.

S#46. Narration (요단)

왕검의 나이 37세. 기원전 2333년 10월 3일,
왕검은 불함산 왕검성에서 단군 즉위식을 하고
국호를 조선이라 하니, 아침마다 하나님께 양과 물고기로 제사를 드리는 나라라는 의미다.

먼저 참성단에서 하나님께 제사 드린다.

S#47. 불함산 참성단(외부 /낮)

제단에 양 세 마리와 잉어 세 마리가 놓여 있다.
제단 앞 오른쪽에는 향로에 불이 있고
광장에는 많은 사람이 운집해 있다.
앞쪽에 배달신과 십이성주가 보이고
제단 앞 계단 왼쪽에 지휘자의 지휘에 따라 낭원 악대가 연주하고 있다.
요단, 고만, 우스, 고리, 마니도 보이고
악대의 힘찬 연주가 시작되며
괘서 성희의 안내로 환웅 부부와 왕검이 입장하며 제단으로 오르고 태양이 중천에 있다.
제단 앞에 선 환웅 부부와 왕검.
성희가 향로에 화봉에 불을 붙여 환웅에게 건네면
환웅이 화봉을 왕검에게 건네고
왕검이 환웅에게 예를 갖추고 제단에 불을 붙이는데
제물에 불이 붙으며 타오르자
백성들이 바라보며 웅성거리고
왕검이 제단 앞에 서서 외치는데

왕검: 하늘에 계신 하나님 아버지시여!
　　하나님께서 세우신 이 배달의 나라를 지켜주소서.

영광을 받으소서!

백성들: 영광을 받으소서! 영광을 받으소서!

순간 악대의 우렁찬 소리와 함께
비둘기들이 하늘로 날아오르고
환웅이 손가락으로 날아오르는 비둘기들을 가리키자
옆에서 웃고 있는 웅녀와 왕검과 백성들.

S#48. 불함산 왕검성 (외부/낮)

새로 잘 지어진 기와집.
드넓은 광장 주위에는 많은 꽃이 활짝 핀 무궁화나무들과 박달나무들이 보이고 단풍나무들이 보이며 정원에는 국화꽃들이 예쁘다.
뜰이 삼단으로 되어 있는데
둘째 단 중앙에는 태극문양이 그려진 단상이 두 개 보이고,
작은 단상에는 왕의 표시가 된 모자(왕모)가 보인다.
단 중앙 오른쪽에는 전면이 흰 천으로 가려진 게시판이 있고
뜰 위에는 환웅 부부와 왕검의 의자가 보이고
첫째 단 중앙 왼쪽에는 호적신 나을이 서 있다.
배달신과 십이 성주들이 의자에 앉아 있고, 요단, 고만, 우스, 고리, 마니도 보이고 중앙에는 제세핵랑 20명이 양쪽으로 서로 보며 도열해 있다.
뜰 오른쪽에는 삼십 명의 낭원 악대가 연주하고 있다.
광장에 모여든 백성들.

악대의 힘찬 연주와 함께 들어오는 환웅 부부와 왕검.
사람들이 힘차게 박수하고
환웅 부부와 왕검이 웃으며 화답을 하는데
나을이 환웅 부부와 왕검에게 예를 갖추고
환웅 부부와 왕검이 뜰 중앙에 서자
나을의 신호와 함께 모든 사람이 허리를 굽혀 예를 갖추고
환웅 부부와 왕검도 허리를 굽혀 답례하고, 의자에 앉으면
나을이 탁자에 놓인 왕모를 두 손으로 잡으면
환웅 부부와 왕검이 일어나고
나을이 왕모를 환웅에게 건네면
환웅이 왕모를 왕검에게 씌어 주며, '이제부터 단군이다' 하고
백성들이 박수하고 환호하며 낭원 악대가 〈어아가〉를 연주하고
모두 노래를 부르고
노래가 끝나자 나을이 왕검을 게시판으로 안내를 하고
백성들이 수군대고 나을이 게시판의 천을 떼어내자
위에 태극 문양이 보이고
아래는 '조선'이라 씌어 있다.
왕검이 단상으로 와서 말하는데

왕검: 위 그림은 태극이라 하고 창조주 하나님을 상징합니다.
오늘부터 우리나라를 '조선(朝鮮)'이라 부릅니다. 아침마다 하나님께 물고기와 양으로 제사를 올린다는 뜻입니다.

나을이 환웅 부부와 왕검에게 만세 삼창을 당부하면

환웅: 하나님 나라 만세!

백성들: 하나님 나라 만세!

웅녀: 하나님께 영광!

백성들: 하나님께 영광!

왕검: 배달 조선 만세!

백성들: 단군왕검 조선 만세!

모든 백성이 예를 갖추는 가운데 환웅 부부가 떠나지만
왕검은 배달신과 십이성주와 백성들과 더 시간을 즐겁게 보낸다.

S#49. 몽타주 (개천 축제)

① 악대가 연주하는 가운데

② 사람들이 음주를 즐기며 대화하고

③ 한쪽에서는 배달신과 십이 성주가 상에 차려진 식사를 즐기고

④ 요단, 우스, 고만, 고리, 마니가 식사를 하는데 우백과 소밀랑이 와서 인사하며 술을 권한다.

⑤ 우백이 소밀랑을 아내라고 소개하자 모두 소밀랑을 보며 축하하고

⑥ 왕검이 다니며 백성들과 인사를 나누고

⑦ 요단 일행이 있는 곳에도 와서 인사하며

⑧ 특히 고리에게 관심을 보이고

⑨ 왕검이 고리의 손을 두 손으로 굳게 잡고 웃는다.

⑩ 사람들이 일어나 악대에 맞추어 춤을 추며 노래를 부르자

⑪ 요단 일행도 일어나 춤을 추며 〈알이랑〉을 부른다.

S#50. Narration (요단)

왕검이 조선을 세웠다는 소문은 멀리 요나라까지 퍼지고
조선 곳곳마다 퍼져 사람마다 기뻐한다.
축제를 벌이며 기뻐하는 평양, 용녕, 홍산, 완달성 백성들.

S#51. 요나라 순왕의 궁 (외부/낮)

자막: 요나라 순임금의 집

울타리가 없는 큰 기와집이다.
정원이 잘 가꾸어져 있다.
순임금과 괘서 우가 정원을 거닐고 있다.
순임금 머리에 검은 모자를 썼는데 요(堯)라고 쓰여 있다.

순임금: 배달국 왕검이 조선을 세웠다는데.
괘서 우: 그러하옵니다. 왕의 칭호를 단군이라하고, 곧 송화강 완달산으로 도읍지를 옮긴다고 합니다.
순임금: 단군왕검! 인품이 훌륭하다고 우리 백성들도 흠모하던데, 천도(遷都)하면 가봅시다.

정원에는 무궁화꽃이 잘 피어 있다.

순임금: 이 꽃이 조선 땅에서 캐다 심은 꽃이죠?
괘서 우: 그렇습니다.

정원을 거닐며 담소하는 두 사람.

S#52. 송화강 완달의 집 (외부/밤)

자막: 송화강 성주 완달의 집

대문을 나오는 완달.
아내가 '조심하세요'라고 하며 문을 닫는다.
머슴이 나무에서 말고삐를 풀어 완달에세 주면
완달이 말을 타고 달리는데

S#53. 완달산 참성단 (외부/밤)

하늘의 별들이 유난히 반짝이는 완달산의 초봄.

자막: 완달산 참성단

참성단 양쪽 나무 기둥에 초롱불이 켜져 있다.
한 낭원이 참성단 주위를 둘러보고 있다.
산 아래서 말을 타고 오는 완달. 말에서 내려 올라오는데.

낭원: 성주님! 여깁니다.

낭원이 예를 갖추고 완달을 안내하면

완달: 밤이지만 훌륭하네. 불함산 참성단과 짝퉁이네!
낭원: 네! 성주님! 좀 작지만 거의 같죠.
단군께서도 좋아하실 겁니다.
완달: 수고하셨네.
낭원: 성주님! 그리고 저 아래 아사달을 보십시오.

낭원이 가리키는 곳을 완달이 바라보며

완달: 송밀랑 아사달! 세상이 꽃들로 가득하네. (잠시 송밀랑을 회상하며 웃는다)
낭원: 꽃들이 아니고 곳곳에 밝혀둔 횃불들이죠. 조선의 도읍지로 손색이 없습니다. 서너 집마다 횃불을 설치하였는데, 나라에 큰 행사 때마다 횃불을 밝히려 합니다.
완달: 단군왕검께서 매우 기뻐하실 걸세. 천도 준비가 끝났으니 내일 단군왕검께 알리러 가세. 내려가세.

두 사람이 이곳저곳을 둘러 본다.

S#54. 불함산 왕검성 대문 (외부/낮)

자막: 왕검성

대문을 두고 양쪽에서 창을 들고 지키는 병사.
이때 성으로 말을 타고 달려오는 완달과 낭원.

병사: (말을 세우며) 어디의 누구시며 용무가 뭐요.
낭원: 완달성 성주님이시다. 단군을 뵈러 왔네.

병사가 예를 갖추며 대문을 연다.
말을 타고 들어가는 두 사람.

S#55. 배달신원 (외부/낮)

자막: 배달신원

정원을 거닐고 있는 우백과 성조.

성조: 소밀랑에서 기별 올 때가 되었는데요.

우백: 송화강 천도 준비가 만만치 않겠죠.
성조: 단군께서 송화강을 좋아하시는 이유가 병마 때문일 수 있죠.
우백: 하하! 고맙습니다. 송화강이 불함산에서 시작하기 때문이겠죠.

순간 우백이 말을 타고 오는 완달과 낭원을 본다.

우백: 드디어 완달산 호랑이가 나타났군요. 저기 보세요.

완달이 우백과 성조를 알아보고 낭원과 함께 말에서 내리며 예를 갖추면 서로 포옹하는 우백과 완달.
성조와 낭원이 보고 흐뭇해 한다.

우백: 오는 데 고생했으니, 들어가서 쉬며 차를 한잔하세.

배달신원으로 들어가는 네 사람.

S#56. 동 병마부(兵馬部) (내부/낮)

들어가자 조선의 지도가 보이고 주요 지명이 보이며
특히 불함산 왕검성과 송화강 아사달이 표기되어 있고,
4월 15일 천도 예정이라고 쓰여 있다.
홍산 적봉은 특별히 붉은색 별로 표기해 놓았다.
우백의 안내로 성조, 완달, 낭원이 들어와 원탁 주위 의자에 앉는다.

우백이 일각에 준비되어 있던 차를 가지고 와 건네면
완달이 차를 마시며 벽에 걸린 조선 지도를 보는데

우백: (잔을 채우며) 홍삼차네. 마시게.

찻잔을 드는 네 사람.

성조: (완달에게) 성주가 오신 것을 보니 준비가 끝났군요.

완달: 네! 도관(都官) 어른! 준비를 완료했습니다.

우백: 도관! 성주가 행로에 피곤할 터이니, 오늘은 쉬게 하고 내일 단군을 뵈러 가시죠.

성조: 그게 좋겠습니다. 그럼 나는 먼저 갑니다. 선후배가 만났으니 회포도 푸시고요.

성조가 나가자 완달과 낭원이 예를 갖추며

완달: (지도를 보며) 병마 어른! 홍산에 무슨 일이 있나요?

우백: 최근 심상치 않은 기별이 종종 요녕성에서 오고 있네.

완달: 무슨 일입니까?

우백: 수메르에서 온 고만의 병사들이 요녕성에 와서 물건을 약탈하고 부녀자와 아이들을 잡아가는 일이 있었네. 왕검께서 천도를 하려는 때에 마음이 쓰이네.

완달: 마음 놓으십시오. 여차하면 소밀랑 병사들을 보내겠습니다.

우백: 고맙네. 자, 우리 집으로 가세.

모두 일어나 나온다.

S#57. 우백의 집 행랑채 (내부/밤)

자막: 병마 우백의 집

우백이 완달, 낭원과 이야기를 하는데
소밀랑이 저녁상을 준비해 온다.
완달이 일어나 소밀랑에게 예를 갖추면

우백: (웃으며) 오랜만에 만나지? 자네가 소밀랑을 좋아한 것을 아네. 그런데 내가 차지하게 되었지. 그게 다 하나님께서 하시는 일 아닌가?
완달: 소밀 낭자가 이젠 병마 어른의 반려자이시니, 두 분께 감축드립니다.
소밀랑: (미소를 지으며) 천도하게 되면 자주 뵙겠지요.
완달: 소밀 낭자가 고향 소밀랑으로 오시는 것은 당연합니다.
우백: 소밀랑이 완달이 되었으니 기이하네.
모두: 그러네요. 하하하. (소밀랑은 호호호)

시간 가는 줄 모르는 네 사람

S#58. 왕검성 단군관 안뜰 (외부/낮)

자막: 왕검성 단군관(왕검의 國事院)

안 정원에는 동백꽃이 예쁘게 피어 있고
무궁화나무들이 곳곳에 무리를 지어 있다.
성조의 안내로 우백, 완날, 낭원이 단군 집부실로 가는데
나을 과 팽우가 이야기하며 어디론가 가고
몇 명의 낭자가 이야기하며 깔깔거리며 어디론가 가고 있다.
문 앞에 있던 낭자가 성조를 알아보고

낭자: 어르신! 성조 도관(都官) 오셨습니다.
왕검(E): 들어오세요.

낭자가 문을 열어주고 네 사람 안으로 들어간다.

S#59. 동 집무실 (내부/낮)

왕검이 문 앞에까지 나와 네 사람을 맞고
네 사람 예를 갖추고
집무실에는 그림이 보이는데 (天國圖畫와 환웅과 웅녀의 인물화) 원탁
형 탁자 주위에 앉는 왕검과 우백 일행.
일각에 왕검이 직접 준비된 차를 끓여 오며

왕검: 차를 먼저 드시게.

(완달을 보며) 천도 준비에 수고가 많소.

완달: 단군 어른! 최선을 다하였습니다.

왕검: (성조를 보며) 도관! 계획대로 4월 15일 천도하지요.

(우백을 보며) 병마! 홍산과 요녕 상황은 어때요?

우백: 요녕 성주가 잘 대비하고 있습니다.

왕검: 세상에는 악한 자들이 많소. 선으로 악을 물리쳐야 하오.

(완달을 보며) 필요시에는 성주가 요녕을 도우면 좋겠소.

완달: 당연지사입니다. 단군 어르신!

왕검: 먼 곳에서 왔으니 오찬을 함께합시다.

S#60. 동 식당 (내부/낮)

문을 열고 들어오는 왕검과 우백 등 네 사람.
원형 탁자에 음식을 차리던 낭자가 예를 갖춘다.
일각에 요리소가 보이고
낭원이 음식을 준비하고 있다.
탁자 주위 의자에 앉는 왕검과 일행.
왕검이 하나님께 식전 기도를 올리자
성조, 우백, 완달, 낭원이 따라 한다.

왕검: 하늘의 하나님을 항상 경외함이 인생의 근본입니다. 드십시다.

모두: 예!

성조: 단군 어르신도 혼인을 하셔야죠!
왕검: (완달을 보며) 송화강에 하나님께서 짝을 준비해 놓으셨겠지요?
모두: 하하하

조리소의 낭원과 낭자가 함께 웃는데

왕검: 자, 어서 드십시다. (왕검이 수저를 들자 모두 식사를 하고)

S#61. 동 뜰 (외부/낮)

왕검이 우백 일행과 식당을 나오며
완달과 낭원과 포옹을 하며 보낸다.

S#62. 왕검성 대문 밖 (외부/낮)

병사들이 성문을 열며
말을 타고 나오는 완달과 낭원
말에게 채찍을 가하며 달려간다.

S#63. 홍산 적봉성 병사원(兵事院) (외부/밤)

자막: 홍산 적봉성 병사원 연병장

보름달이 밝다. 연병장에서 병사들이 야간훈련하고 있다.
검은 옷을 입은 낭원들이 훈련을 시키는데
잠시 후 적봉과 고리가 와서 훈련하는 모습을 지켜보며

적봉: 병사들 무술 실력이 뛰어나네.
고리: 모두 열심입니다.
적봉: 가세.

S#64. 동 제련소 (외부/밤)

자막: 홍산 적봉성 병기 제련소

불이 타오르는 용광로가 보이고
십여 명의 장인(匠人)이 병기를 만들고 있다.
일각에는 철검과 창이 쌓여 있다. 낭원 두 명이 지키고 있다.
적봉과 고리가 말을 타고 와서 내려 접근하자
낭원이 와서 예를 갖추면

고리: 검을 가져오게.

낭원: 네! (검을 가져와 건네면)

고리: 청동검도 가져오게.

낭원: 네! (청동검을 가져오자)

고리: 청동검으로 이 검을 힘껏 쳐보게.

낭원: (기합 소리) 이얏!

순간 강철검과 청동검의 부딪히는 소리와 함께 청동검이 부러진다.

적봉: (고리에게) 강철검을 보여주게.

고리가 강철검을 건네면

적봉이 강철검을 보며

적봉: (웃으며) 천하의 명검이네.

고리: 성주님의 이름을 따 '석봉검'이라 하겠습니다.

적봉 (고리를 보며) 고맙네.

다시 말을 타고 달리는 적봉과 고리

하늘의 달이 밝다.

S#65. 기마병 훈련소 (외부/밤)

자막: 홍산 적봉 기마병 훈련소

산기슭에서 야간에 훈련하고 있는 기마병들.
말을 타고 창과 검을 들고 훈련하고 있다.
말을 타고 활을 쏘는 기마병들
적봉과 고리가 말을 타고 달려오자
훈련을 시키던 마병장이 마중하며 예를 갖추고
적봉이 기마병들의 훈련하는 모습을 보며

적봉: 병사들과 말들에게 먹을 것을 충분히 주게.
마병장: 모든 것이 충분합니다.
고리: 요녕성에서 노획한 물자들이 넘쳐요.
적봉: 절대 비밀로 해야 합니다.

S#66. 왕검성 환웅의 집 마당 (외부/낮)

자막: 왕검성 환웅의 집

머리가 백발인 환웅 부부가 마당에서 정원을 거니는데
하얀 애완견 세 마리가 따라 다니고
비둘기들이 마당에서 모이를 먹고 있다.
환웅 부부가 정원 의자에 앉으며 함께 손을 잡고
불함산 정상을 바라보는데 아침 안개가 자욱하다.
왕검이 대문 쪽에서 걸어오자
환웅 부부가 왕검이 오는 것을 보고 일어나고

웃으며 서로 예를 갖추는 부모와 아들.

왕검: 아버님! 어머님! 강령하시지요?

환웅: 그래. 잘 지내지? 인생 만사 하나님의 은혜다.

왕검: 아버님! 삼 일 후 천도하는데 가셔야죠.

환웅: 아니다. 하나님께서 내게 주신 이곳을 지키겠다. 완달에 가면 현숙한 낭자를 만나 혼인을 하거라. 혼인식에 가마. 가기 전 참성단에 제사를 지내자.

왕검: 네. 아버님. 그럼, 또 문안드리겠습니다.

왕검이 예를 갖추고 나오는데 마음이 아픈지 표정이 어둡다.

S#67. Narration (요단)

자막: 기원전 2332년 봄

단군왕검은 불함산에서 송화강 아사달로 천도를 하고
백성들도 자유롭게 이주를 한다.

S#68. 몽타주

① 이삿짐을 싣고 불함산을 떠나는 사람들, 마차를 끄는 사람들, 보따

리를 인 사람들.

② 아침에 참성단에서 제사 드리는 환웅 부부와 왕검.

② 말을 타고 가는 왕검과 신하들.

③ 환웅 부부가 집에서 나와 떠나가는 행렬을 보며 손을 흔들 고

④ 왕검이 부모님에게 예를 갖추고 손을 흔든다.

S#69. 송화강 아사달 전경

자막: 송화강 아사달

완달산 정상에서 바라보는 송화강 줄기.
산 주위 곳곳에 보이는 기와집과 초가집들.
사람들이 밭에서 일하는 모습.
산에서 양과 염소를 키우는 사람들 모습 평화롭다.

S#70. 완달산 참성단 (외부/밤)

자막: 완달산 참성단 (외부/낮)

단군왕검이 제사를 올리는데
제단에는 양 세 마리와 잉어 세 마리가 놓여 있다.
괘서가 화봉에 불을 붙여 왕검에게 건네고

왕검이 제단에 불을 붙이면 연기를 내며 불타오른 제단
왕검이 무릎을 꿇고 기도를 하면
참여한 신하들과 십이 성주와 백성들이 허리 굽혀 기도하는데
일각에 요단, 우스, 마니도 기도하고 있다.

S#71. 동 하산길 (외부/낮)

참성단을 내려오는 요단, 우스, 마니.

요단: 고만이 참석 안 했네. 보고 싶었는데.
우스: 무슨 사정이 있겠죠.
요단: 들리는 말에 고리가 홍산 적봉성 훈련대장이라네.
마니: 고리 형님도 참석을 안 했네요.
요단: 요즘 평양성은 소용한가?
우스: 마니가 요즘 장인(匠人)들을 길러 청동검을 강철검으로 바꾸고 있네.
요단: 강철검!
마니: (멈추며) 한번 보실래요?

마니가 검을 빼더니 한 곳에 있는 돌을 내려치자
강한 마찰 소리와 함께 돌이 깨어지고
요단이 놀래며 말을 못 한다.

S#72. 하백의 목장 (외부/낮)

자막: 송화강 하백의 목장 해가 중천에 있다.

송화강 변에 있는 하백의 목장.
하백이 딸 하주와 함께 양의 젖을 짜고 있고
가까운 곳에 집이 보이는데 멀리서 말을 타고 달려오는 세 사람. 왕검이 우백, 완달과 함께 말을 타고 달리다가 멈추고
세 사람의 옷이 보통 사람의 옷인데

왕검: 성주! 잠시 쉬었다 가세. 저기 목장에 가보세.

왕검 일행이 하백이 일하는 곳으로 오고
열심히 젖을 짜고 있는 하백과 딸 하주.

왕검: (웃으며) 지나가는 사람들인데 물을 줄 수 있소?

하백과 하주가 젖을 짜던 일을 멈추고

하백: (예를 갖추며) 하주야! 가서 물과 그릇을 가져오거라.
하주: (공손히 예를 갖추며) 네! 아버님.

하주가 집으로 달려가는데
왕검이 하주의 뒷모습을 보며

왕검: 기르는 양들이 모두 몇 마리요?
하백: 삼백 마리죠. 젖을 짜면 시장에 넘깁니다.
왕검: (먼 산을 가리키며) 저기가 불함산이요. (송화강을 보며) 이 강이 저 산에서 시작하는데. 하나님께서 진짜 복은 완달에 주셨습니다.

하주가 물을 담아 오고
왕검이 하주를 보며

왕검: 따님이신 것 같은데. 얼굴과 마음이 곱군요.

하백이 물을 따르면서

하백: 스물네 살인데. 아직 미혼이죠.

이때 저 멀리 말을 타고 달려오는 병사 두 명.
말에서 내려 황급한 표정으로 왕검에게 예를 갖추며

병사: 단군 어르신! 큰일 났습니다.
요녕성 푸신 마을을 지난 밤 도적들이 기습하여 집을 불사르고 남자들을 죽이고 가축과 재물을 약탈하고 부녀자들과 아이들을 잡아갔다고 합니다.
왕검: (우백과 완달을 보며) 아사달로 갑시다.

말을 타고 달리는 세 사람.

하백과 하주가 걱정하며 바라보며

하백: (하주에게) 하주야! 저분이 단군왕검이시다.
하주: 아버지! 나라에 무슨 일이 있는 모양인데요.
하백: 하나님께 기도를 올리자. (무릎을 꿇고 기도하는 부녀)

S#73. 요녕성 푸신 마을 (외부/낮)

자막: 요녕성 푸신 마을

곳곳에 집들이 불에 타고 있고 연기가 나며 적막감이 돌고 있다. 살아남은 몇 사람이 연기 나는 집 앞에서 멍하니 앉아 있다.

S#74. 요녕성 요녕의 집무실 (내부/낮)

자막: 요녕성 요녕의 집무실

성주 요녕과 낭원 5명이 원탁에서 회의하는데

요녕: 약탈자들이 홍산 쪽으로 갔다? 말을 타고 병사가 아니고?
낭원 1: 그렇습니다. 살아남은 사람들의 말입니다.
요녕: 정확히 누구의 소행인지 알아야 한다. 내가 홍산 성주를 만나야

겠다. 아니다. 변장하고 가서 정탐하세.

S#75. 몽타주

① 요녕과 낭원이 변장하고
② 말을 타고 요하강을 건너는 요녕과 낭원
③ 저녁이 되어 홍산성 어느 마을에 도착한다.

S#76. 홍산성 조양의 주막 (밤/외부)

자막: 황산성 조양의 주막

밖에 호롱불이 켜진 주막인데 안에서 사람들이 술을 마시고 소란하나. 말을 달리던 요녕 일행이 멈추고 내려, 말을 나무에 매고
요녕과 낭원 문을 열고 들어가는데 남자들의 말소리 크게 들린다. 요녕과 낭원, 멈추어 듣는데

남자 1(E): 어젯밤, 예쁜 처녀를 잡아 데려왔어.
남자 2(E): 평생 놀고먹겠네. 노비가 생겼으니.
남자 3(E) 그럼, 다음엔 나도 갈게.
남자 1(E) 아무나 안 돼. 훈련을 받아야지.
남자 3(E) 나도 지원하면 되지. 요즘 병사들을 모집한다던데.

남자 1(E) 야! 술 마셔. 주모! 술 좀 더 주소.
주모(E): 언제까지 마실 거야? 여기 있어. (술 따르는 소리)

엿듣던 요녕과 낭원. 요녕이 주모를 부른다.

요녕: 주모!

주모가 문을 열며 들어오라고 손짓을 한다.

S#77. 동 (내부/밤)

문으로 들어서는 요녕 일행 작은 탁자를 잡고 앉는다.
남자 1은 대머리, 남자 2는 수염쟁이, 남자 3은 난쟁이다.
술을 마시던 세 사람이 술을 마시다 요녕 일행을 쳐다보며

남자 1: 어디서 왔소?
요녕: 조양 사람이오.
남자 1: 홍산 사람이네. 그럼 같이 마십시다.

탁자를 옮기며 합석하는 요녕 일행.

요녕: (남자 1에게 술을 따르며) 훈련대장이 고리란 사람이죠?
남자 1: (술잔을 받으며) 그렇소.

남자 2: (술 취한 상태로) 고리 대장의 지시로 요즘 청동검을 강철검으로 교체하고 있죠.

요녕: 강철검을 제조해요?

남자 2: 요즘 거의 밤새며 만드는데.

(고개를 가누지 못하고 쓰러지자)

남자 1, 3이 두덜대며 일어나 주모에게 돈을 주고
문을 열고 나가고 주모가 나갔다 들어오며 문을 닫는다.
요녕이 주모를 부르며

요녕: 주모! 저 나간 사람이 누구요.

주모: 병사죠. 요령성에 근무한대요.

요녕: 예쁜 처녀를 잡아 왔다는데.

주모: 도적질을 하는 것 같애요.

요녕: (남자 2를 보며) 이 사람은?

주모: 장인(匠人)이죠. 요즘은 강철검을 만든대요. 바로 옆집에 살죠. 나간 사람들과는 불알친구죠.

요녕: 그렇군요. 자, 여기 술값!

요녕 일행 주모에게 술값을 주고 나온다.

S#78. 요하강 요단의 집 (외부/밤)

초여름이라 푸른 초장으로 덮인 요하 강변.
저 멀리 요녕 일행이 말을 타고 달려와 강을 건너서 집 앞에 서고 부근에는 목장이 보인다.

요녕: 여기가 요단 어른의 집인데.
낭원 1: 요단 어른요?
요녕: 바쁘다. 그냥 가자!

요녕이 말을 타고 달려가는데
집 안에서 요단이 통을 들고 나와 목장으로 걸어 간다.

S#79. 완달산 아사달 단군관 (외부/낮)

단군관 앞에서 청소하는 남자.
우백, 완달, 요녕이 다가오자

남자: 단군 어르신! 우백신 오셨습니다.
왕검(E): 들어오시게. (문을 열며 맞는 단군)

S#80. 동 단군관 (내부/낮)

왕검이 권하자 우백 일행이 앉는다.
왕검의 뒤 벽에는 태극 문양의 그림이 있고
왕검의 왼쪽 벽에는 조선의 지도가 달려 있다.
왕검이 차를 준비하는 동안 우백 일행 지도를 보고 있다.
왕검이 차를 가지고 와서 잔에 따라 주며

왕검: 급할수록 서두르지 말고 차분히 대응합시다.
우백: 요녕 성주! 어르신께 상황을 고하세요.
요녕: 어르신! 홍산 성주 적봉이 모반했습니다.
왕검: (놀래며) 어찌 아시오?
요녕: 제가 직접 변장을 하고 홍산으로 가서 정탐을 했습니다.
왕검: 정탐을? 그래서요.
요녕: 홍산 성주 적봉이 병사들을 모집하여 훈련하고, 상색을 훈련하여 청동검을 강철검으로 교체하였다고 합니다.
왕검: (크게 놀래며) 강철검!
우백: 어르신! 모든 성에 기별하여 조속히 청동검을 강철검으로 바꾸고, 기마병을 육성하겠습니다.
왕검: 좋은 의견입니다. 그러세요. 완달 성주는 병사들을 보내 요녕을 도와주세요.
완달: 네. 어르신.

S#81. Narration (요단)

단군왕검이 불함산에서 송화강 아사달로 천도한 그해.
홍산 성주 적봉의 반란과 약탈로 요녕성은 소란하다.
마을마다 기습하여 가축과 재물을 약탈하고 남자는 죽이고 여자들은 잡아가 노비로 삼는다.
고리를 대장으로 한 기마병과 강철검으로 무장한 적봉의 병사들 앞에 요녕성 병사들은 무릎을 꿇는다.

S#82. 요하강 전경 (외부/낮)

부근의 높은 산에서 보는 요하강 줄기. 굽이굽이.
드물게 곳곳에 집들 보이고 배들도 보인다.
강변에 있는 작은 집. 부근에 양을 치는 목장이 보인다.

S#83. 요하 동쪽 강변의 목장 (외부/낮)

요단 부부가 양의 젖을 짜고 있다.

아내: (걱정스런 모습) 여보! (뜸을 들인다)
요단: 네. (젖을 짜다 아내를 바라본다)
아내: 강 건너 푸신 마을에 도적들이 와서 여자와 아이들을 다 잡아갔

대요.

요단: 그래요. 요녕 성주가 걱정이 많겠네. 가서 뵈어야지.

요단 부부 일을 마치고 집으로 손을 잡고 간다.

S#84. 요녕성 요녕의 집무실 (내부/낮)

요녕과 세 낭원이 의자에 앉아 벽에 걸린 지도를 유심히 본다. 걱정스런 표정들이다.

요녕의 뒤 벽에는 태극 문양의 그림이 걸려 있다.

요녕: 원랑! 좋은 대응책이 없을까?

원랑: 완달이 지원을 해도 강철검 앞에는 속수무책입니다. 일단 기마병을 보십해서 훈련을 하고 있지만. 장색이 강철검을 만드는 기술을 가져야 하는데.

요녕: 장색! (탁자를 치며) 됐네! 지난번에 홍산을 정탐하러 갔었지. 주막에 술에 떨어져 자던 사람. 그가 강철검을 만드는 장색이라고 했지. 그 사람을 데려 오세.

원랑: 그 사람이 올까요? 온다 해도 혼자서 언제 강철검을 만들고.

이때 밖에서

하인(E): 성주님! 강변 요단 어른 오셨습니다.

요녕: 요단 어른! 들어오시죠.

요단이 문을 열고 들어와 예를 갖춘다.

요녕이 의자를 권하고 요단이 의자에 앉는다.

요녕이 가까운 탁자에서 차를 가져와 잔을 내민다.

요단이 마시면서

요단: (둘러보며) 요즘 걱정이 많으시죠?

요녕: 홍산 성주 적봉이 반란을 일으켰지요. 수메르에서 온 고리가 장수인데 문제는 저들이 강철검을 사용하는 것이죠. 청동검으로는 당할 수가 없어요.

요단: 성주님! 그럼, 평양 성주에게 도움을 요청하세요.

요녕: (놀래서) 평양 성주 모란에게?

요단: 지난 천도 행사 때 참성단 제사를 마치고 평양에서 온 우스와 아들 마니를 만났죠. (뜸을 들인다)

요녕과 세 낭원이 요단을 집중한다.

요단: 마니가 평양에서는 강철검을 만들어 사용한다고 했죠.
마니가 차고 있던 강철검으로 돌을 깨는 시범을 했어요.

요녕: 요단 어른. 고맙습니다. 원랑! 당장 아사달 우백신에게 기별하고 평양 성주에게 도움을 구합시다. 당장 아사달과 평양성에 두 낭원을 보내세요.

원랑과 두 낭군이 문을 열고 나가고

요녕: 어르신! 며칠 전 강변 어르신의 집을 지나친 적이 있지요. 목장이 잘 되는지요?

요단: 성주님! 하나님의 은혜죠. 제가 삼 년 된 양 두 마리를 선물로 가져왔으니 잘 요리해 드십시오.

요단이 일어나자 요녕이 예를 갖춘다.

S#85. 몽타주

① 말을 타고 달려가는 두 낭원(한 명은 송화강 아사달로 한 명은 평양성으로)

② 아사달로 간 낭원은 우백을 만나 기별하고

③ 평양성으로 간 낭원은 성주 모란과 마니를 만나 협력을 요 청한다.

④ 평양 성주 모란은 마니에게 지시하여 요녕성에 강철검과 창과 활을 지원하고 기마병도 지원한다. 마니가 직접 병사들과 함께 물자들을 이동시킨다.

⑤ 마니의 병사들은 최전방 홍산성과 요녕성 접경지역에 주둔 한다.

⑥ 완달성에서 온 완달의 병사들도 주둔한다.

⑦ 요녕의 병사들이 접경지역 중앙에 주둔한다.

⑧ 요녕과 완달과 마니가 중앙 막사 내에서 회의를 한다.

⑨ 전투 준비를 완료하고 밤낮으로 대기하는 병사들.

S#86. 송화강 아사달 단군관 (내부/낮)

자막: 송화강 아사달 단군관

왕검이 집무실에서 왔다 갔다 하며 벽의 지도를 보고 있다.
그때 밖에서 우백의 목소리

우백(E): 어르신! 우백입니다.
왕검: (문을 열며) 들어오게.

왕검이 우백이 들어오자 의자에 앉도록 권하고.

왕검: (준비된 차를 내며) 요녕성은 어떤가요?
우백: 완전 전투 준비가 갖추어졌습니다.
어르신! 함께 시찰을 하시지요.
요하를 건너 요녕과 홍산 접경지역입니다.
왕검: 그러세. 곧 떠나세.

S#87. 단군관 대문 밖 (외부/낮)

두 나무에 말이 매어져 있다.
왕검과 우백이 대문을 나서며 말을 탄다.
달리는 두 사람.

S#88. 요하강변 요단의 목장 (외부/낮)

많은 양들이 보이고 요단이 아내와 양의 젖을 짜고 있다.
이때 멀리서 말발굽 소리 들린다.
요단과 아내가 일어나 바라보는데
왕검과 우백이 요하를 건너고 있다.

요단: 단군왕검과 병마신 우백이시네. 얼마 전에 평양성 마니가 병사들을 이끌고 건너고, 완달성 완달의 병사들이 건너더니. 시찰을 오신 거야.
아내: 좀 안심이 되네요.
요단: (하늘을 보며) 하나님께서 도우시는 거야. 감사하지.

왕검과 우백의 말이 요하를 건너 사라져 간다.
웃으며 바라보는 요단 부부.

S#89. 황산성 고만의 집 행랑채 (내부/밤)

고만, 적봉, 고리가 술을 마시고 있다.

고만: (낮은 목소리) 성주! 요녕을 빼앗으면 나라를 세우세. 우리의 기마병과 강철검을 당해낼 상대는 아무도 없으니까. 이번 전투에는 나도 나가겠네.

적봉: 장인께서는 집에 계시지요.

고만: 아냐. 나는 말을 타고 구경만 하겠네.

고리: (걱정스럽다는 눈치) 아버님! 싸움터에서는 안전이 보장이 안 됩니다.

고만: 괜찮다. 자, 술들을 더 마셔라.

적봉: (취한 듯) 장인어른! 집으로 가겠습니다.

방을 나가는 적봉. 바라보는 고만과 고리.
고만 부자 술을 서로 권하는데
밖에서 적봉의 목소리와 말이 달리는 소리.

S#90. 홍산과 요녕 접경지역 (외부/낮)

곳곳에서 병사들이 무술을 연마하고 있고
병사들의 막사가 보이고 곳곳에 보초를 서고 있다.
진 중앙에 있는 대형 막사를 지키고 있는 두 병사.
진을 향해 말을 타고 달려오는 왕검과 우백.

S#91. 동 대형 막사 (내부/낮)

지도를 걸어 놓고 작전을 짜고 있는 요녕, 완달, 마니와 원랑들. 이 때 초병의 안내를 받아 안으로 들어오는 왕검과 우백.

요녕, 완달, 마니와 원랑들이 예를 갖추고 왕검과 우백도 예를 갖춘다.
요녕이 왕검과 우백에게 의자를 권하고
왕검이 의자에 앉자 요녕이 왕검에게 전선 상황을 보고한다.
상황 보고가 끝나자 왕검이 일어나며

왕검: (우백을 보며) 병사들에게 물자를 충분히 주세요.

우백: 예. 알았습니다.

왕검: (마니에게 가서) 자네에게 장수의 칭호를 주겠네. 자네가 조선을 구했어. 하나님께서 보내신 용장이네.

마니: 단군 어르신 감사합니다. 최선을 다하겠습니다.

왕검: 그럼, 함께 진을 돌아보세.

모두 막사를 나온다.

S#92. Narration (요단)

왕검은 우백, 완달, 요녕, 마니와 함께 말을 타고 시찰을 한다. 진들을 둘러 본 왕검은 진마다 일만 냥을 주어 사기를 진작시키고 말을 타고 완달산 아사달로 달린다.

S#93. 완달산 참성단 (외부/낮)

자막: 완달산 참성단

제단 앞 향로에 불이 타오른다. 옆에는 화봉이 보인다.
왕검이 우백 등 신하들과 함께 제사를 지낸다.
제단에 양과 잉어 각각 세 마리가 놓여 있다.
괘서 성희가 화봉에 불을 붙여 왕검에게 건네면
왕검이 화봉으로 제단에 불을 붙이고
활활 타오르는 제물들. 왕검이 무릎 꿇고 하나님께 기도하면
모든 신하도 무릎을 꿇고 기도를 한다.

왕검: 하나님 아버지, 조선을 개국하고 홍산 성주가 반란을 일으켰습니다. 곧 전투가 예상되는데 잘 끝나게 하여 주옵소서.

신하들도 각자가 큰 소리로 기도한다.

S#94. 몽타주 (홍산軍과 요녕軍의 전투)

① 접경지역에서 전선을 형성하는 홍산 적봉의 군대. 적봉이 장군으로 고리가 장수로 전투에 임한다. 삼족오를 그린 기가 보인다.
② 반대편에서 전선을 형성하는 요녕 부대, 완달 부대, 마니 부 대, 태극 문양의 기가 보인다.

③ 적봉의 군대 기마병이 선두에 나서자. 선두에 고리가 보인다.

④ 마니의 군대도 기마병이 선두에 나선다. 선두에 마니가 보인다.

⑤ 고리의 진격 소리와 함께 북소리가 울리며 기마병들 달리고

⑥ 동시에 마니의 진격 소리와 함께 북소리 울리고 앞으로 달린다.

⑦ 급속히 기마병 전투가 벌어지고

⑧ 곳곳에서 아우성 소리. 말이 우는 소리 들린다.

⑨ 마니와 고리가 마주치지만 그냥 지나친다.

⑩ 기마병전 시작되자

⑪ 양측의 보병전도 이루어진다. 상호 물러서지 않고 싸운다.

⑫ 기마병 뒤에서 말을 타고 도망가려는 고만에게 창이 날아 와 등에 꽂히며 고만이 말에서 떨어져 신음한다. 몸에는 피가 범벅이다.

⑬ 적봉과 요녕이 말을 타고 창으로 싸우는데 막상막하다.

⑭ 고리가 와서 적봉에게 아버지가 부상을 당했다며 후퇴하자 고 하자

⑮ 적봉이 병사들에게 후퇴를 명령하고 돌아서는데

⑯ 요녕의 병사가 던진 창이 적봉의 말에 꽂히고 말이 쓰러지며 뒹굴자

⑰ 말에서 떨어진 적봉이 병사들에게 후퇴하라고 소리치며

⑱ 칼로 자신의 배를 찌르며 쓰러지고 배에서 피가 솟구친다.

⑲ 곳곳에 병사들이 쓰러져 있는 가운데 전투가 끝난다.

⑳ 승리를 기뻐하는 마니와 요녕과 완달의 군대

㉑ 힘없이 퇴각하는 적봉의 군대

㉒ 요녕과 완달과 마니가 두필의 말에 고만과 적봉을 실어 홍 산으로 보낸다.

㉓ 마니가 고만을 보며 눈물을 흘리며 무릎을 꿇고 하나님께 기도를 한다.

S#95. 진중 대형 막사 (내부/밤)

요녕과 완달과 마니와 원랑들이 전투를 마치고 쉬며 회의를 하고 있다.

요녕: 적봉이 죽었으니 다시는 도발하지 못할 겁니다. 이제 이곳은 제가 지킬 것이니 완달군과 평양군은 돌아가도 될 것 같습니다.
완달: 알겠습니다. 그러나 단군께 기별하여 승낙을 받아야죠. 내일 곧 아사달로 사람을 보내죠.
마니: 완달 성주님께 동의합니다. 서두를 필요가 없지요. 물자가 충분하니까요. 단군께서 주신 하사금으로 병사들과 승리의 축제를 벌이죠.
모두: 하하하. 하하하. (웃음과 동시에 개선행진곡 울려 퍼진다)

S#96. 요하 강변 요단의 목장 (외부/낮)

요단 부부가 양들을 돌보고 있다.
요하강을 건넌 기마병이 말을 타고 달리며 승전보를 전한다.
요단 부부가 기마병을 향해 손을 흔든다.
잠시 후, 두 낭군이 말을 타고 강을 건너와 아사달 쪽으로 달린다.

요단: 여보! 하나님께서 조선을 도우셨네.
아내: 맞아요. 하나님께서 마니를 보내셨죠.
요단: 단군왕검께서 하나님을 잘 섬기기 때문이오.
아내: 감사기도 드려요.

요단 부부 서서 머리 숙여 기도를 올리면
하늘이 열렸다 사라진다.

S#97. 홍산 고리의 집 (내부/밤)

고리가 두 명의 병사와 함께 고만과 적봉의 시체를 염을 하고 있다. 옆에서 오열하는 고만의 아내와 딸 고희.

병사 1: (고리에게) 동료 병사들에게 고인돌을 준비시켰습니다.
고리: 고맙네.

S#98. 홍산 기슭 묘지 (외부/낮)

날씨가 비가 올 것 같다.
곳곳에 크고 작은 고인돌이 보이고
열 명의 병사가 고인돌을 두 곳에 설치하고 있다.
고리와 적봉의 가족과 하객들이 흐느끼고 있다.
고리의 어머니가 고인돌을 붙잡고 오열을 하는데
적봉의 아내 고리의 동생 고희가 적봉의 고인돌을 붙잡고 오열하고 까마귀들이 하늘에서 슬피 울고 하늘에서 비가 내리기 시작하는데 슬피 울며 움직이지 않는 사람들.

S#99. 홍산과 요녕 접경지역 전경 (외부/낮)

자막: 홍산과 요녕 접경 지역

맑은 하늘. 푸르른 산하(멀리 홍산과 가까이 요하)
전체적인 접경지역 모습 보이고
요녕의 병사들이 곳곳에 보초를 서고 있고
일각에 대형 막사 보이는데

S#100. 동 대형 막사 (내부/낮)

돗자리에 누워 쉬고 있는 요령, 완달, 마니

요녕: (완달에게) 전령들이 올 때가 되었죠.
완달: 그러네요.

순간 밖에서 말발굽 소리 들리다 멈추더니
말이 무섭게 문으로 들어오는 두 낭원이 예를 갖춘다.
일어나 의자에 앉는 요녕, 완달. 마니는 누워 있다.
두 낭원 의자에 앉으며 요녕에게 서한을 내민다.
요녕이 서한을 두 손으로 들고 읽고

요녕: 단군께서 말씀하시기를 모두 복귀하라고 하십니다.

마니 장수께는 10월 개천 행사를 평양에서 할 것이니 전하라고 하셨습니다. 그리고 요녕 성주는 전사한 자들의 장례를 적군, 아군 구별 말고 잘 치르라 하셨습니다.

완달: 수고하셨네. (마니를 보며) 마니 장군! 수고하셨습니다.

요녕: 나는 장례며 좀 더 수습해야 하니 더 머물겠습니다.

마니: 성주님! 요단 어른이 요하강 변에 사신다고 들었는데.

요녕: 그렇습니다. 나에게 마니 장군의 도움을 받게 하신 분이 요단 어른이죠. 돌아가시는 길 요하강 변에 집이 있으니 잠시 들렀다 가시죠. 내일 아침 출발하면 동행하리다.

마니: 감사합니다. 그리고 성주님! (뜸을 들인다)

요녕: 특별히 하실 말씀이라도?

마니: 고리를 용서해 주시길 바랍니다. 수메르에서 함께 온 친척 아우죠.

요녕: 왕검께 간절히 말씀을 올리겠습니다.

마니: 감사합니다.

S#101. 몽타주

① 태극기를 들고 아사달로 복귀하는 완달의 군대. 왕검과 우백과 백성들이 환영을 한다.

② 태극기를 들고 요하강을 건너는 마니의 군대. 기마병들이 보인다.

③ 마니가 요녕의 안내로 요하강변에서 잠시 요단 부부를 만난 후 평양으로 간다.

④ 평양성으로 입성하는 마니의 군대. 모란 성주와 백성들이 환영을 한다.

⑤ 요녕성 백성들이 승리의 축제를 벌인다. 요단 가족들도 축 제에 참여하여 〈알이랑〉을 부른다.
⑥ 왕검은 참성단에서 감사의 제사를 드린다.

S#102. 접경지역 요녕의 막사 (내부/낮)

요녕이 원랑과 장수들과 회의를 하고 있다.

요녕: 홍산성은 어떻게 하면 좋겠소?
원랑: 왕검께서 자세한 지시를 하지 않으셨으니.

이때 낭원의 안내를 받아 막사로 들어오는 고리.
일어나는 요녕과 장수들. 리가 요녕 앞에 무릎을 꿇고 울면서

고리: 성주님! 저를 죽여 주십시오.
요녕: (고리를 일으키며) 고리 장군! 왕검께서 분부하시기를 적군, 아군 불문하고 잘 예우하라 하셨습니다. 죄를 크게 뉘우치셨으니 잘하셨습니다.
고리: (고개를 숙이고 눈물만 흘린다)

요녕과 장수들 모두 숙연하다.

요녕: 왕검께서 적군, 아군 구분 말고 전사자의 장례를 잘 치르라고 하

셨는데?

고리: (고개를 숙이고) 아버님과 적봉 성주는 고인돌로, 병사들은 적석총으로 장례를 치렀지요.

요녕: 어디에?

고리: 홍산 기슭입니다.

S#103. Narration (요단)

성주 요녕은 왕검에게 요녕성과 홍산성에 대한 전후(戰後) 상황을 보고한다.

적군, 아군 불문 장례를 잘 마쳤다는 내용과, 특히 홍산성 장수 고리가 죄를 크게 뉘우치고 있으니 용서하여 주십사 하고 글을 전령을 통해 올린다.

S#104. 완달산 아사달 단군관 대문 밖 (외부/낮)

정원을 거닐고 있는 왕검과 우백과 성조와 나을과 성희.

왕검: 병마! 요녕에서 기별이라도?

우백: 예, 올 때가 되었는데.

이때 말을 타고 달려오는 두 낭원.

왕검을 알아보고 말에서 내려 예를 올린다.

낭원1: 단군 어르신! 요녕성 전령입니다.
성주께서 올리는 전후 보고서입니다.

왕검이 글을 읽는다.

왕검: (글을 다 읽은 듯) 병마! 요녕 성주의 보고입니다.
우백: (글을 읽으며) 단군 어르신! 홍산 성주를 고리 장군으로 하심이 좋을 것 같습니다. 고리장군은 조선 최고의 무인입니다. 전에 만나 보았는데 인품도 남다른 데가 있습니다.
왕검: 호적신(戶籍臣)이 요녕 성주와 홍산 고리 장군에게 전달하세요.
나을: 네. 어르신.
왕검: 평양 갈 준비를 잘하세요.
나을: (성희를 쳐다보며) 네. 어르신.
성희: 어르신의 분부에 따라 모란 성주가 참성단을 잘 지었다고 합니다.
왕검: 잘했군요. 조선의 백성들이 모두 하나님을 잘 섬기도록 해야 합니다. 온 세상 사람이 하나님을 잘 섬기어야죠.
성희: 지당하시옵니다.

S#105. 접경지역 요녕의 막사 (외부/밤)

달이 밝은 컴컴한 밤. 하늘에 별들이 반짝이는데

어디선가 귀뚜라미 우는 소리.

부엉이 우는 소리.

요녕이 원랑과 막사를 나와 말을 타고 진(陣)을 둘러본다.

간간이 보초서는 병사들이 보이는데

그때 말을 타고 달려오는 두 낭원.

요녕을 보고 말에서 내리며 예를 갖추면

말에서 내리는 요녕과 원랑.

낭원 1: 성주님! 왕검께서 내리신 글입니다.

요녕: (글을 읽으며 원랑에게) 예상대로 고리를 홍산 성주로 임명하셨네.

원랑: 잘되었습니다.

낭원 1: 성주님! 홍산성 고리 장군에게 다녀오겠습니다.

요녕: 조심하게. 늦었으니 주막에서 묵고 가게. 자, 받게. (명도전을 보이며 주면)

낭원 1: (명도전을 받으며) 감사합니다.

두 낭원이 요녕에게 예를 갖추고 말을 타고 달려간다.

S#106. 홍산 고리의 집 (내부/낮)

자막: 홍산 고리의 집

고만의 아내가 신음하며 누워 있다.

고리 부부가 돌보고 있다.

고리: 어머님! 다 잊으시고 새 출발 해야죠.
어머니: 모든 게 하나님의 뜻이다. 회복되겠지.

고리 아내가 다려 온 약제를 수저로 떠서 입에 넣어 주는데
이때 밖에서 들리는 말발굽 소리와 말 울음소리.

낭원 1(E): 고리 장군님!

문을 나가는 고리

S#107. 동 마당 (외부/낮)

낭원 두 명, 고리를 알아보고 예를 갖추고 서신을 전달하면
눈으로 글을 읽는 고리.
서신에는 '홍산 성주 고리'란 글과 왕검의 직인이 보인다.

고리: 낭원들! 수고하셨소. 은혜를 잊지 않겠소.

두 낭원이 예를 갖추고 떠나면
고리가 서신을 들고 하늘을 보며

고리: 하나님 감사합니다. 뜻을 받들어 홍산성을 하나님 나라로 만들겠습니다.

S#108. Narration (요단)

고리는 홍산 성주가 되어 백성들을 잘 돌본다.
요녕성도 다시 활기를 되찾는다.
이렇게 하여 단군왕검의 조선은 다시 평화롭고 부강한 나라가 된다. 왕검은 개천 행사를 평양에서 거행한다.

S#109. 평양 모란봉 참성단 (외부/낮)

자막: 평양 모란봉 참성단

제단 앞에 신하들과 성주 모란과 마니가 보이고
우스 부부도 보인다.
모란 성주가 화봉에 불을 붙여 왕검에게 주면
왕검이 제단에 화봉으로 불을 붙이니
제물에 불이 붙고 타며 연기가 하늘로 오르는데
왕검이 제사를 마치고 성주 모란의 안내로
일행과 참성단을 내려오는데

왕검: 성주! 가까운 곳에 이민족들이 많이 출입하는 곳이 어딘가요?
모란: 평양의 동강도 출입이 있지만. 혈구가 가장 많이 이민족이 출입합니다.
왕검: 그 이유는 무엇이오?
모란: 각종 어류가 많이 잡히기 때문입니다.
왕검: 그럼, 이 기회에 함께 가봅시다.
(마니를 보며) 마니 장군과 함께 사냥도 즐기고.
모란: 예. 어르신.
왕검: (마니를 보며) 지난 황산 전투에서 공을 세우셨소.
마니: 모든 것이 하나님의 은혜이옵니다.
왕검: 그렇지요. 하나님께 영광!!!

S#110. 혈구의 높은 산 (외부/낮)

왕검과 신하들이 산에서 사냥을 하고 있다.
모든 사람이 5 미터 간격으로 흩어져서 올라가며 사냥하는데
왕검이 고라니를 발견하고 외친다. '고라니다' '고라니다'
고라니가 놀라서 산꼭대기로 도망가면
왕검 일행이 고라니를 쫓고 순식간에 산 정상까지 도달하는데
마니가 고라니를 생포하여 왕검 앞에 놓자

왕검: 마니 장군! 고맙소. 산 정상에 왔으니 고라니를 하나님께 제물로 드려 이 땅 백성들에게 복을 주시게 합시다.

신하들: 지당하십니다.

신하들이 바위 위에 나무를 주워 제단을 만들면
마니가 고라니를 칡덩굴로 묶어 바위 제단 위에 올려놓고
모란이 나무로 불씨를 만들어 왕검에게 건네면
왕검이 나무에 불을 붙인다.
제물에 불이 붙고 냄새와 연기가 하늘로 오르는데
왕검 일행이 하나님께 허리 숙여 기도를 올리고
제사를 마친 왕검이 멀리 서해를 바라보는데
태양이 바다로 들어간다. 붉게 물든 바다.
어선들이 오가는데

모란: 어르신. 저 해 지는 곳을 지나라고 합니다.

왕검: 그래요. 지나. 혈구는 조선의 젖줄이오. (마니를 보며) 장군! 이 산 이름을 '마니산'이라 불러요.

신하들: 좋으신 생각이십니다.

왕검: 저 지나에도 우리 조선족들이 가서 터를 잡고 하나님을 믿으며 잘 살아야 하지요.

신하들: 지당하십니다.

S#111. 아사달 단군관 집무실 (내부/낮)

자막: 아사달 단군관

의자에 앉아 생각에 잠겨 있던 왕검.
창문을 열고 밖을 보니 눈이 내리고 있다.
눈을 보며 회상에 잠기는 왕검.
물끄러미 물을 가지고 오는 처녀가 떠오르는데
하백의 딸 하주다.

S#112. 왕검의 회상

말을 타고 송화 강변을 달리는 왕검, 우백, 완달.

왕검: 가까운 집에 가서 물을 마시고 갑시다.
우백: 네! 어르신.
완달: 저기에 목장이 보입니다.
왕검: 그리로 갑시다.

왕검 일행, 목장으로 가까이 가는데
하백과 딸 하주가 양의 젖을 짜고 있다.
왕검 일행 말에서 내리며

왕검: 지나가는 사람들인데 물을 마실 수 있겠소?

하백과 하주가 일어나며 예를 갖추며

하백: 네. 잠시 기다리세요. 하주야 물을 가져 오너라.

하주: 네. 아버님. (집으로 달려가는 하주)

왕검이 하주의 뒷모습을 보며

왕검: 아름다운 딸을 두셨습니다.

하백: 스물네 살이죠.

그릇에 물을 가져온 하주가 왕검 일행에게 물을 따라 준다.
왕검이 물을 따르는 하주의 얼굴을 보자
하주가 부끄러운 듯 왕검의 눈을 피하며
우백과 완달에게 물을 준다. 물을 마시는 왕검 일행.
물을 마시고 하주에게 빈 물그릇을 준다.
왕검이 물그릇을 하주에게 주며 눈을 본다.
왕검과 하주의 눈이 마주친다.
하주가 부끄러운 듯 눈을 피하며
빈 물그릇을 가지고 집으로 가는 하주.
왕검이 물끄러미 보는데 병사 두 명이 말을 타고 와서 내리며

병사 1: 어르신! 큰일 났습니다. 도적 떼가 요녕 땅에서 약탈을 해갔습니다.

우백이 왕검을 보며

우백: 어르신. 이제 가시죠!
왕검: (정신이 번쩍들며) 아! 우백. 갑시다.
　　주인 고맙소. 하나님께서 복 주시길 기도합니다.

말을 타고 달리는 왕검 일행.
왕검이 말을 타고 달리며 하주의 얼굴을 떠올린다.

S#113. 동 집무실 (내부/낮)

회상하던 왕검이 미소를 짓는다.
눈이 펑펑 내리고 있다.
이때 밖에서 하인의 목소리

하인: 어르신. 우백신과 완달 성주 오셨습니다.
왕검: (문을 열어주며) 들어오세요.

우백과 완달이 예를 갖추며 들어와 의자에 앉는다.
왕검이 준비된 차를 가지고 와 따르며

왕검: (창을 보면서) 성주! 이런 눈 오는 날 기억나는 것 없소?
완달: 어릴 때 아이들과 눈 덮인 산에 가서 사냥하던 일이 생각납니다.
우백: 젊은 시절 눈 덮인 완달산에서 아내와 사랑을 나누던 때가 생각
　　납니다.

왕검: 나는 창가에서 눈 오는 모습을 보며…. (뜸을 들인다)

우백과 완달이 궁금한 듯 왕검을 바라본다.

왕검: 언젠가 우리가 송화 강변을 말 타고 달리다가 한 목장에 가서 물을 마신 적이 있지요. 그때, 물 주던 그 처녀가 너무 예뻐 내가 정신을 잠시 잃었던 적이 있어요. 왜 갑자기 그 처녀가 떠오르는지?

우백: 어르신. 이제 혼인하실 때가 된 것입니다.

완달: 어르신이 원하시면 제가 주선을 하도록 하겠습니다.

S#114. 몽타주

① 완달의 주선으로 왕검은 하주와 혼인식을 하고

② 혼인식장은 단군관 마당이며

③ 혼인식은 왕검의 의견에 따라 조촐하게 치른다.

④ 환웅 부부와 요순 임금, 하백의 부부도 보인다.

⑤ 혼인식 후 왕검 부부와 환웅 부부는 참성단에서 하나님께 제사 드린다.

⑥ 혼인 후 날마다 사랑에 빠지는 왕검 부부.

S#115. 왕검의 집 정원 (외부/밤)

보름달이 불함산에 떠오르는데

왕검 부부, 정원을 거닐며 떠오르는 달을 본다.

하주의 배가 많이 불러 있다.

왕검: (하주의 배를 보며) 아기 이름을 무어라고 할까요?

하주: (왕검을 보며 미소만 짓는다)

왕검: 오늘이 보름이오. 아들을 나면 부루라고 합시다.

하주: (달을 보며) 부루요. 보름이란 의미?

왕검: (달을 보며) 그렇소!

S#116. Narration (요단)

왕검은 하주와 혼인 후 곧 임신하여 일 년 후에 아들을 낳고 이름을 부루라고 하며

곧 이어 둘째 아들을 낳고 이름을 미루라고 하며 셋째 아들을 낳으니 이름을 머루라고 하여 행복한 가정을 이룬다. 하주가 세 아들을 잘 키우며, 하나님께 제사 드리는 법도 가르친다.

S#117. 몽타주/왕검 재위 50년(87세)

① 자막: 왕검 재위 50년 여름(87세)

② 조선 천지에는 한 달간 엄청난 비가 오고

③ 나라 곳곳이 홍수로 물난리다.

④ 사람들이 재산을 잃고 사망자도 속출하고

⑤ 왕검은 풍백신 팽우에게 명하여 하천을 정비하게 하고

⑥ 왕검은 가장 피해가 심한 평양을 시찰하여

⑦ 모란 성주와 마니 장군을 만나 하나님께서 벌을 내리셨다며

⑧ 오십여 년 전의 개천 축제와 마니산 등산을 회상하고

⑨ 마니산에 참성단을 만들 것을 지시한다.

⑥ 온 백성들이 나서서 힘을 다하여 복구한다.

⑦ 왕검은 완달산 참성단에서 하나님께 속죄의 제사를 올린다.

S#118. 마니산 참성단 (외부/낮)

자막: 왕검 재위 51년 가을, 왕검 나이 88세.

모란 성주와 마니는 혈구 마니산에 참성단을 세운다.

S#119. 혈구 마니산 입구 (외부/낮)

자막: 혈구(강화도) 마니산 입구

저 멀리 울긋불긋 단풍으로 물든 산이 아름답다.
왕검이 세 아들(부루, 미루, 머루)과
우백, 성희, 나을 등 신하들과 마을 타고
모란 성주의 안내로 마니산 입구에 이르면

마니가 입구에서 왕검 일행을 맞이하며

마니: (예를 갖추며) 어르신! 어서 오십시오.

왕검: (마니에게 가까이 가며) 수고 많으시네. (산을 바라보며) 정상까지 말을 타고 가는가?

마니: 그렇습니다.

S#120. 동 산기슭 (외부/낮)

마니가 말을 타고 왕검 일행을 안내하는데
곳곳에서 꿩과 고라니들이 놀래 도망하고
곳곳에서 들리는 꿩들이 날며 우는 소리.
왕검과 세 군자들의 즐거운 표정.
어느덧 참성단이 가깝게 보이는데

S#121. 마니산 참성단 (외부/낮)

정상에 잘 만들어진 참성단.
평양성 원랑과 괘서가 제사를 준비하고
이십여 명의 혈구 주민들도 보이고
제단에 제물로 세 마리의 양과 세 마리의 잉어가 놓여 있고
제단 오른쪽 향로에 불꽃이 보이고 그 앞에 놓인 화봉.

마니의 안내로 참성단 가까이 올라오는 왕검 일행.
주위에 있는 나무에 말을 매고 오면
제사 드리기 위해 괘서가 진행하는데

괘서: 단군 어르신께서 제사를 올리십니다.

왕검이 성주 모란의 안내로 제단으로 오르고
모란이 화봉에 불을 붙여 왕검에게 주면
왕검이 화봉으로 제단에 불을 붙이니
제물에 불이 붙어 타오르며 향과 연기가 하늘로 오르는데
왕검이 무릎을 꿇고 기도하기를

왕검: 하늘에 계신 하나님! 영원토록 영광을 받으소서.

모두가 무릎을 꿇고 기도를 한다.

모두: 하나님! 영원토록 영광을 받으소서.

제사를 마치고
왕검이 서해를 바라보며

왕검: (손으로 가리키며) 성주! 저 멀리 보이는 곳이 '지나'죠? 혼인식 때 만났던 요순 임금이 그리워지네요. 그는 하나님의 모습이었지요.

왕검 일행이 마니산 정상에서 서해 수평선을 바라보니
(하단 자막) 태양이 바다를 지나서 '지나'로 지고
왕검 일행 태양을 바라보는데 머리 위로 까마귀들이 날아가며

흰옷 입은 마을 주민들 마니산을 오르며 주제가 〈어아가〉와 〈알이랑 노래〉가 들린다.

♨ 또 이르시되 나는 네 조상의 하나님이니 아브라함의 하나님, 이삭의 하나님, 야곱의 하나님이니라 모세가 하나님 뵈옵기를 두려워하며 얼굴을 가리매(출 3:6)

문학에서 놀다

- 羅牧의 문학 세계 -

배영숙(前 국어교사)

먼저 작가와의 관계를 말해야 할 것 같다.

'羅牧'은 내가 국어 교사로 재직했던 중고등학교(경기 성남 소재)에서 가르친 제자이다. 《羅牧文學選集》을 내는 작가를 우선 경축드린다. 그 시절 작가는 소설 등 문학작품 읽기를 매우 즐겼다. 작가의 부친은 아들이 너무 문학 서적 읽기 좋아하는 것을 보고 "인생은 소설이 아니다" 라고 종종 말했다고 한다. 羅牧은 고교 졸업 후 해군에서 장기 근무하고, 인생의 2막으로 다시 신학을 하고 목회를 하다가 8년 전 은퇴하였다. 이제 70대 초반, 인생 3막으로 문학 세계에 발을 들여놓은 것이다. 그동안 시나리오를 2년, 시, 소설, 수필을 3년 동안 학습하였다고 하니 짧은 기간이 아니다.

그러면 나목의 작품 세계를 생각해 보고자 한다.

첫째, 詩 세계이다.

모두 29편의 작품을 실었다. 〈행복〉, 〈천국환송시〉 등 일상에서의 詩들이 많다. 어렵지 않게 생각이나 느낌을 즉흥적이고 직감적으로 의인화하거나 상징화하고 있다.

삶을 살아가다 보면 여러 애경사를 접한다. 〈친구 어머님을 기리며〉, 〈팔순 생신〉, 〈여동생〉, 〈친구를 보내며〉 등이다. 나목은 주위 사람들의 애경사를 접하며 그들에게 맞는 詩作을 하여 현장에서 낭송하거나 가족들에게 시를 주어 위로하려고 힘썼음이 느껴진다. 이것이 '문학의 힘' 아닌가? 나목의 고향은 城南市 금토동이다. 〈금토동 노래〉, 〈달래내 고개〉, 〈청계산 산행〉을 통해 작가의 애향심을 그리고 있다.

나목의 글은 기독교 신앙이 자연스럽게 드러난다. 〈자유 묵상〉, 〈맘몬의 권세〉, 〈전능자시여!〉, 〈손원일 선교센터〉 등이다. 특히 나목은 〈자유 묵상〉에서 그대로 성구를 인용하였는데 詩의 범위를 생각하게 하는 시도라고 생각된다. 관심을 끄는 것은 5편의 〈의지의 불꽃〉이다. 羅牧은 고교 졸업 후 서울 삼선동 도서관에서 공부하면서 낮에는 우유 배달하였다고 한다. 다음은 〈의지의 불꽃 (5)〉의 일부이다.

그러나 나는 곡선이 아니고 직선을 가노라
저무는 햇녘을 계속 달리노라
하늘새 우는 새벽부터 징경 울리는 저녁까지
귀뚜라미의 밤놀이가 끝날 때까지
나는 광야의 나그네요 의지의 청년이었노라
그리고 영원을 부르짖노라
짜라투스트라는 그렇게 말했노라
플래시 밝히는 자동차도 달리다가 내 옆에 섰노라
긍지의 신이여! 우리는 간다.
드디어 동서남북에서 다이내믹한 빛이 온다.
꿈이 밝아 온다.

10대의 청소년으로서 미래에 대한 꿈을 힘차고 자유롭게 묘사한 詩로서 니체의 〈짜라투스트라는 이렇게 말했다〉를 인용한 것은 청소년 시절 고향을 떠나 처음으로 닥치는 어려움을 이겨내면서 미지의 세계를 향해 강한 의지를 품고 살고자 하는 작가의 몸부림이라 하겠다.

둘째, 수필이다. 〈詩의 산행〉, 〈재미난 놀이들〉, 〈미친 짓 하기〉, 〈장생 형제〉, 〈군 선교 위문 행사〉 등 5편을 실었다. 〈시의 산행〉은 작가가 사는 마을의 뒤에 있는 청계산을 오르며 느낀 것을 詩的으로 부드럽게 묘사하였다. 수필과 시를 융합한 작품으로 좋은 시도라고 생각된다. 〈재미난 놀이들〉이나 〈미친 짓 하기〉는 따분한 일상을 살면서 어차피 사는 인생 즐겁게 살자는 작가의 삶의 철학을 녹여낸 것이리라.

작가는 20여 년 이상을 목회하였다. 〈장생 형제〉는 목회를 하면서 겪은 사연을 그려낸 것으로 짧은 소설이라고 보고 싶다. 그러나 최근 수필의 범위를 다양하게 보는 시각이 있다. 최근 산업을 1, 2, 3차 산업 업종 간에 융합하여 4차 산업이라 부르듯 현대에는 문학도 장르를 융합하여 새로운 문학을 창출하는 시도가 필요하다는 생각도 든다. 羅牧은 군 장교로 오래 근무하였다. 〈군 선교 위문 행사〉는 군부대를 방문하여 선교도 하고 위문도 하면서 있었던 일들을 기행문 형식으로 쓴 글로서, 군에 대한 깊은 애정을 담고 있다.

셋째, 단편소설은 〈부동산 여왕〉, 〈현대판 바벨탑〉, 〈노인정〉, 〈聖牧會〉 등이다. 작가는 소설을 쓸 때 논픽션 30%, 픽션 70% 정도로 쓴다고 한다. 네 편의 단편소설에는 자신을 연상케 하는 '남성우 목사'가 주인공으로 등장한다. 대부분의 작가와 같이 작품을 통해서 사회의 부조리와 모순을 지적하고 있다. 〈부동산 여왕〉은 정부가 신도시를 개발하는 과정에서 생겨나는 개발회사들과 주민들의 문제를 다룬다. 이 작품에서 여주인공 '장경수'는 잘 그리고 있는데, 반면 남주인공 '오문호'는 활동이 부족하다는 생각이 든다. 예를 들면, '오문호'가 애인인 '장경수'에게 건설업을 명목으로 30억 원을 빌렸는데 갚지를 않는다. 그렇다면 '오문호'는 그 돈을 어디에 어떻게 썼는지 좀 더 자세히 묘사했으면 좋을 것 같다. 〈현대판 바벨탑〉은 기승전결이 매우 뚜렷한 작품이다. 정부의 지역개발 과정에서 시행자와 주민들과의 갈등을 그린다. 공익사업에서 공기관과 주민들이 부딪칠 때 큰 하자가 없다면 공기관을 주민이 이기기 어려운데, 나목은 주민들이 기적적으로 이기는 것으로 마무리하였다.

> 그날 이후 백두리 주민들은 4월 7일을 잊지 못하고 모이면 서로 이야기하였다.
> "죽으면 죽으리라."
> "필사즉생."
> "현대판 공룡 EO가 쓰러졌다."
> 주민 카톡방엔 마지막으로 백미령의 댓글이 간단히 달렸다.
> "현대판 바벨탑 무너지다."

늘 힘겹게 사는 독자들을 위하여 이러한 작품을 만드는 것이 작가의 마음이요 기쁨이 아닐까? 〈노인정〉은 2020년 총선부터 크게 불거진 '부정선거'를 다루고 있다. 특히 노인정에서 TV로 유튜브를 보면서 '부정선거'에 대하여 노인들이 열띠게 토론하는 장면을 잘 그려내고 있다.

문학인은 정의롭고 공의로운 나라를 위하여 펜으로 봉사해야 한다. 나목의 애국심이 돋보이는 작품이라 하겠다. 나라의 주인인 국민은 선거 때마다 투표로 주권 행사를 한다. 따라서 부정선거가 있었다거나 의혹이 있다면 독자들에게 알리고 바로잡도록 해야 할 것이다. 〈聖牧會〉는 〈노인정〉과 같이 부정선거 문제를 다루면서, 마약 같은 사회문제도 다루고 있다. '남성우 목사' 등 목사 6명이 호수 부근의 휴양림 숙소에서 자유롭게 난상토론 하는 묘사는 목사 세계의 다른 모습을 보는 것 같아 흥미롭다.

마지막으로, 시나리오 〈단군왕검〉이다. 작가가 시나리오에 관심 두고 공부하게 된 계기는 영화감독인 큰아들 때문이라고 한다. 작가도 영화를 좋아하는데 특히 찰턴 헤스턴이 주연한 영화 〈벤허〉를 좋아하였다. 아들 감독도 〈벤허〉와 같은 영화를 만들도록 돕기 위해 직접 시나리오를 공부하게 되었다고 한다. 최근 몇 년 동안 작품을 영화진흥위원회와 경기도 영상 위원회 공모전에 출품하였지만 입상하지 못했다고 아쉬움을 토로하였다.
시나리오 〈단군왕검〉은 구약성경 창세기에 등장하는 노아의 후손들이 바벨탑 사건으로 온 세상에 흩어졌다는 고증에 따라 메소포타미아를 떠나 우랄 알타이 산맥과 천진 산맥을 넘어 바이칼호를 지나 만주와 한반도에 정착한 셈족 후손들이 왕검을 도와 고조선을 건국하였다고 하는 역사 드라마이다. 고증하기 어려우나 나목의 상상력을 엿볼 수 있다. 또한 〈아리랑〉이 〈알이랑〉에서 연유한 것으로 '알'은 셈어로 '하나님'을 의미하며, '알이랑'은 '하나님과 함께'란 뜻이니, 아리랑은 '하나님과 함께'라는 것이다. 그는 작의(作意)를 통해 그의 역사관과 세계관을 암시해 준다.

〈作意〉
단군왕검과 잃어버린 고조선의 역사를 다루어
민족정기를 새롭게 고취하고, 민족의 정체성을 구현하며,
구약성경의 바벨탑 사건 등 기독교 세계관을
환단고기의 신교사관(神敎史觀)과 엮어 고조선 역사에 대한
관심을 고취함은 물론 국민통합에 기여코자 한다.

위와 같이 시, 수필, 소설, 그리고 시나리오를 살펴보았다. 나는 전문적인 문학 평론가가 아니다. 과거에 교단에서 수십 년 국어를 가르쳤지만, 그곳에서 떠난 지 오래되었고, 타인의 문학작품을 해설하고 비평한다는 것은 주제넘은 짓이다. 사랑하는 제자인 작가 '羅牧'은 65세부터 뒤늦게 문학을 시작하여 그동안 시, 수필, 소설, 시나리오를 쉬지 않고 썼고, 그중에 일부를 선택하여 〈羅牧文學選集〉을 내게 되었다. 늦깎이 문학인으로 더욱 정진하여 신선하고 다양한 좋은 글, 좋은 작품을 세상에 내어주길 기대한다. 다시 한번 겸손한 마음으로 그의 용기에 찬사를 보낸다.

♨ 네 시작은 미약하였으나 네 나중은 심히 창대하리라(욥 8:7)